無正之路

Fantastic Oriental Heroes

무정길로

부정지로 10

참마도 新무협 판타지 소설

초판 1쇄 찍은 날 § 2005년 1월 31일
초판 1쇄 펴낸 날 § 2005년 2월 10일

지은이 § 참마도
펴낸이 § 서경석

편집장 § 문혜영
편집책임 § 김민정
편집 § 장상수 · 최하나
마케팅 § 정필 · 강양원 · 이선구 · 김규진 · 홍현경
펴낸곳 § 도서출판 청어람
등록번호 § 제1081-1-89호
등록일자 § 1999. 5. 31
어람번호 § 제2-0522호

주소 § 경기도 부천시 원미구 심곡1동 350-1 남성B/D 3F (우) 420-011
전화 § 032-656-4452 팩스 § 032-656-4453
http://www.chungeoram.com
E-mail § eoram99@chol.net

ⓒ 참마도, 2004

ISBN 89-5831-414-1 04810
ISBN 89-5831-065-0 (SET)

무정지로

無正之路 10 완결

Fantastic Oriental Heroes

참마도 新무협 판타지 소설

도서출판
청어람

목
차

□ 제83장 □
분투

분투 1

피리리링! 파파파팡!

파공음과 함께 사방팔방으로 눈이 휘날리기 시작했다. 유경과 호금종의 대결은 그야말로 호각지세였다. 비록 한 손이 없었지만 호금종의 내력은 진정 두려운 것이었다.

유경의 검세를 모조리 막아내고 있었다. 연검으로 펼쳐 내는 그의 화려한 공격도 내력을 앞세우는 호금종 앞에서는 좀처럼 제 위력을 발휘할 수가 없었다. 어떠한 공격도 내력으로 밀어내고 있었던 것이다.

유경은 정말 놀라고 있었다. 이타득사력이란 말을 듣기는 했지만 설마이 정도의 위력이 있을 줄은 짐작도 못했었다. 부상을 입힌 지 얼마 되지도 않았는데 어느새 완전한 내력을 회복한 듯 호금종은 펄펄 날고 있었다. 진정 섬뜩한 무공이었다.

그러나 여기서 호금종을 놓친다면 그야말로 다신 잡기 힘들 것 같다는 생각에 그는 최선을 다하고 있었다. 이대로 포위망을 뚫고 저 호금종이 도망가 버리면 종적조차 찾기 쉽지 않을 것임을 그는 직감하고 있었다.

"……."

설매검사 모인승은 아무런 말이 없었다. 옆에 묵묵히 서 있는 정화검인 구한승도 벙어리마냥 입을 다문 것은 마찬가지였는데, 그들을 위시한 화산의 무인들은 지금 자신들의 눈앞에 있는 한 사람을 보며 긴장하고 있었다.

향검 설군우, 그가 살기를 비치며 자신들을 노려보고 있었다. 긴 검을 대지 위에 휘날리며 그렇게 철탑처럼 우뚝 서 있었던 것이다.

"대관절 뭐가 그리도 불만이었소? 화산의 어떤 점이 그리도 싫었기에 이처럼 동문의 가슴에 검을 겨눈단 말이오!"

설군우의 목소리가 허공에 울려 퍼지자 화산 무인들이 모두 찔끔한 표정을 지었다. 하나 모인승은 생각보다 담담한 목소리로 입을 열었다.

"불만이라… 뭐라고 해야 할까? 천재는 알 수 없는 범인의 고통이라고 해야 하나?"

"……."

뜻 모를 모인승의 목소리에 설군우는 눈을 가늘게 만들었다. 대관절 무슨 이야기를 하는 것인지 알 수가 없었다.

천재는 알 수 없는 범인의 고통이라니? 대관절 누가 천재이고 누가 범인인지조차 알 수 없었던 것이다.

"비록 자네는 내 사제지만 천재라 불리기에 충분한 사람이었네. 그 어린 나이에 벌써 화산의 무공을 두루 통달하고 어느새 검향의 경지를 바라보는 자네에게 있어, 이 사형처럼 범인들은 그저 눈앞에 스쳐 지나가는 개미 정도로 보일 것이네. 아니 그런가?"

담담히 말하는 모인승의 목소리에 설군우는 어이가 없었다. 대관절 지금 모인승이 이야기하려는 요지가 어떤 것인지 알 수가 없었다. 그렇다면 자신이 언제 모인승을 업신여기기라도 했단 말인가?

"헛, 역시 그렇군. 예나 지금이나 자네는 날 그저 사형으로만 보고 있었구만. 이보게, 향검. 나는 무림인일세. 검으로 승부하고 무공으로 인정받는 무림인이란 말일세. 그런 나에게 있어서 자네는 어떤 존재로 다가오는지 생각지 못했단 말인가?"

"사형! 지금 무슨 소리를 하고 있는 것이오? 그렇다면 이 내가 바로 사형이 동문들에게 검을 들이대는 원인이었다는 말씀이시오!"

눈을 치켜뜨며 설군우는 소리쳤고, 모인승은 작게 웃으며 고개를 저었다. 마치 네가 그럴 줄 알았다는 듯한 표정이었다.

"역시 내 생각대로구나……. 난 너를 꺾고 싶었다. 솔직히 장문인의 자리 따위는 나에게 있어 아무것도 아니었다. 그래서 화문성이 나를 젖히고 장문인이 되었을 때도 난 아무 감정이 없었다. 하나 너는 아니었다."

모인승은 설군우를 보며 차갑게 이야기하기 시작했다. 언제나 맏형처럼 보였던 사람이 적대적인 감정을 실어 이야기하는 것을 보며 설군우는 턱을 떨기 시작했다.

"나에게 있어 화산이 얼마나 싫으냐구? 뭐가 그리도 싫었냐고 물었느냐? 확실하게 이야기해 주마. 아무리 발버둥쳐도 널 이길 수 없는 이 화산이 싫었다. 화산 최고의 고수가 내가 아닌 너라는 것이 싫었다. 언제나 너만을 말하는 세상 사람들이 싫었단 말이다!"

"……!"

설군우는 어금니에 힘을 주어 떨리는 턱을 멈추었다. 지금 모인승의 말은 도저히 수긍할 수 없는 이야기였다.

대체 누가 화산의 최고수가 자신이라 이야기하던가? 화산 무공 하나하나 무섭지 않은 것이 없었다. 그 무공들을 각기 특색있게 수련한 사람들이 바로 자신을 비롯한 화산의 동문들이었다.

서로 간 조금씩 발전의 차이는 있을지 몰라도 그 위력이 천양지차라는 것은 있을 수 없는 일이었다. 화산의 무공 중 기본 입문으로 불리며, 그 누구나 수련하는 매화검도 자신들의 사부인 예검 사운청의 주 무공이지 않았던가?

요는 어떤 수련을 얼마만큼 하는가가 중요한 것이지, 강한 무공을 선택해 익히는 것은 옳지 않았다. 바로 설군우는 그 점에 대해 할 말이 있었다.

"사형! 묻겠소이다. 대관절 지금 무슨 의미로 하는 말인지 모르나 그렇다면 사형은 이 하늘을 보고 장담할 수 있으시오? 나보다 수백 배 더 노력했다고 말이외다! 이 설군우가 자거나 놀 때 피를 토하는 심정으로 수련해 왔다고 이야기할 수 있냔 말이외다!"

"……."

피를 토하듯 격하게 흘러나온 설군우의 목소리에 모인승은 순간 얼굴빛을 바꾸었다. 그건 설군우의 말이 맞았다.

너무도 성취가 빠른 설군우의 모습에 스스로 자괴감에 빠졌었다. 그래서 그는 술로 하루를 달래는 일이 잦아졌다. 이어 화설군이 장문으로 선출되고 어느 날 예검 사운청이 종적을 감춘 후부터 그의 주벽은 나날이 늘어 갔다.

그러던 어느 날 술에 쩌든 채 검을 쥔 자신의 오른손이 떨리는 것을 본 그는 이를 악물며 다시금 검 수련에 몰두하기 시작했다. 하나 이미 설군우에 비한다면 그 격차는 말할 수 없을 만큼 벌어져 있었다.

설군우는 비가 오나 눈이 오나 검만을 끼고 살았다. 심지어는 잠잘 때조차 그 옆에 끼고 잘 정도로 검 하나에 미친 사람이었다. 그런 설군우와 격차를 줄인다는 것은 솔직히 누가 보아도 어려운 일이었다.

더구나 자신이 그렇게 술에 쩌들어 살아온 삼 년, 그 삼 년의 시간은 삼십 년과 마찬가지로 생각되었다. 게다가 설군우는 그 시간 동안 기어이 검향의 경지에 들어섰던 것이다.

"진정 몰랐소이다, 모 사형! 그때 모 사형께서 다시 검을 잡을 때 그런 생각을 가지고 있었는지 본인은 꿈에도 생각지 못했소이다!"

설군우의 격한 목소리가 들려오자 모인승은 이젠 담담한 눈빛으로 그를 바라보기 시작했다. 설군우의 음성은 계속 들려왔다.

"모 사형께서 다시 검을 잡던 날, 이 미욱한 사제는 진심으로 기뻤소이다. 그저 또 하나의 검사가 이 화산에 탄생했고, 그것이 나의 사형이라는데 하늘에 감사했소. 또한 그런 사형에게 도움이 될 수 있도록 이 설군우… 더욱더 검을 갈고닦았소이다!"

갑작스레 목이 메이는지 설군우는 말을 끊었고, 그런 설군우를 보며 모인승은 눈을 감았다. 하긴 설군우가 무슨 죄가 있으랴? 있다면 그가 아니라 자신이 잘못한 것이었다.

처음 조량금이 자신을 찾아와 지금의 화산을 만들고 싶다는 이야기를 했을 때 그를 미친 사람 취급했다. 그가 원하는 방법은 화산을 이 세상에서 사라지게 하는 것과 다름없는 짓이었다. 한데 시간이 흐르고 그 생각이 머리 속에서 떠나지 않으면서 묘한 생각들이 고개를 들기 시작했다.

애당초 설군우와 화문성이 없다면? 하나는 화산의 최고수였고 또 하나는 화산의 장문인이었다. 둘 다 모인승에게 있어 깊은 좌절을 안겨준 사람들이었다.

이들만 없다면 화산의 으뜸은 자신이 아닐까? 사람들이 화산을 이야기하면 향검 설군우와 장문인 화문성이 아니라 설매검사 모인승을 말하게 되지 않을까? 자연스럽게 그가 화산의 얼굴이 되는 것이 아닐까 하고 그는 생각했었다.

결국 그는 조량금을 찾아갔다. 그리고는 오늘의 화산을 만들기 위한 계획을 세웠다. 그 과정에서 그의 사제 라잔무와 장로 나여인도 동참하게 된 것이다.

"......"

그는 묵묵히 눈을 떠 설군우를 바라보았다. 설군우는 분한 마음에 눈에 눈물을 가득 담고 있었다. 하긴 자신이 설군우의 입장이라도 그리했을 것이다. 진실로 화가 나고 슬펐을 것이다. 그에게 있어 자신은 온유하고 강직한 사형의 모습만 보여주고 있었으니 말이다.

하나 이미 쏘아진 화살, 더 이상 어떻게 할 도리가 없었다. 설군우가 이미 죽었을 것이라는 조량금의 말에 미련없이 독해졌지만 이젠 상황이 바뀌었다.

설군우는 살아 그 앞에 우뚝 서 있었고, 같이 죽었을 것이라던 귀무혈도 무정의 동료들도 아무런 이상 없이 이 자리에 모두 있었다. 사정이 이런데 더 이상 무슨 이야기가 필요할까?

"밤이 길면 꿈도 길다 했다. 쓸데없는 말을 계속하니 어이없는 생각만 잔뜩 드는구나. 네가 뭐라고 하든지 난 후회하지 않는다. 잠시나마 난 이 화산에서 최고의 자리에 있었고, 또다시 기회가 생긴다면 역시 같은 행동을 하게 될 것이다. 검을 들어라, 설군우. 이게 내가 할 수 있는 최선 같구나."

"...사형! 정말 이 사제에게 검을 들이대실 생각이시오!"

결국 일갈과 함께 설군우의 눈에서 눈물이 떨어지기 시작했다. 그는 이 상황을 이해하기조차 싫었다.

동문 사형제의 가슴에 검을 겨눈다는 것은 있을 수 없는 일이었다. 세상이 거꾸로 돌아가 온 사람이 다 미친다고 해도 그에게는 있을 수 없는 일이었다. 그는 뽑아 든 검을 좀처럼 들지 못하고 있었다.

"잘 들어라, 설군우! 그 같은 유약함으로 날 설득할 생각이라면 일찌감치 버리는 것이 좋을 것이다. 분명히 이야기한다! 난 너를 죽일 것이다. 그리하여 화산에서 제일 강한 검은 바로 나라고 세상에 이야기할 것이다! 그리고……."

모인승은 잠시 말을 끊었다. 왠지 그는 숨을 들이키며 설군우의 뒤쪽을 흘끔 바라보고 있었다. 이윽고 그의 입술이 다시 열렸다.

"오늘의 이 일을 강호에서 알지 못하도록 다 죽일 것이다! 저 비연과 그의 아이를 비롯한, 이쪽에 서지 않은 화산의 무인들은 생을 마감하게 될 것이란 말이다!"

"…사형!"

설군우의 눈이 치떠지며 일갈이 터져 나왔다. 솔직히 그 혼자만의 죽음이라면 별것도 없었다. 그러나 더 이상은 용인할 수 없었다. 더 이상은…….

저 아이들이 무슨 죄가 있는가? 죄가 있다면 혼탁한 세상에 물든 자신들이었다. 그저 그 치부를 가리기 위해 그들을 죽인다면 그것만은 어떤 이유를 들어도 용서할 수 없는 노릇이었다. 어떤 이유를 들더라도…….

이윽고 설군우의 검이 조금씩 하늘로 들리기 시작했다. 천천히 주위에 검향이 짙어지는 가운데 설군우의 목소리가 허공에 울려 퍼졌다.

"알겠소이다, 사형……. 어디… 한 번 해보시구려……!"

피를 토하듯 격한 음성이 그의 입에서 흘러나왔다. 이윽고 그의 검이 설군우의 가슴께까지 치켜 올라왔을 때 모인승의 입가에 작은 미소가 걸렸다.

휘이이이이잉…….

갑작스레 강한 바람이 불면서 허연 눈송이가 허공에 휘날리기 시작했다. 그 눈송이들 사이로 모인승의 작은 목소리가 묻혀 사라졌다.

"미안하구나, 군우야……. 용서를 빌기에는 너무… 늦었구나……."

파아아앙.

모인승의 신형이 설군우를 향해 달려가기 시작했다. 흡사 이 바람이 끝나면 안 된다는 듯 그는 온 힘을 다해 달려가고 있었다.

카카카칵!

유경의 검이 다시금 불꽃을 일으키며 호금종의 가슴에 작렬했지만 그는 요지부동이었다. 대관절 어떤 철갑인지 모르지만 정말 단단했다. 벌써 내력을 일으켜 몇 번을 내리그었는지 모른다. 그러나 아직도 한 군데 끊어진 곳이 없었다.

"차이앗!"

파아앙!

힘찬 기합 소리와 함께 호금종은 유경을 향해 왼손을 내밀었고, 유경도 왼손을 내밀어 같은 장력을 날렸다. 그러자 공중에 떠 있던 유경의 신형이 뒤로 삼 장 가깝게 밀려 나갔는데, 진정 놀라운 내력이었다.

타탁!

눈이 쌓인 대지 위에 올라서면서 유경은 호흡을 고르기 시작했다. 상대는 괴물 같은 내력의 소유자, 단 한 순간 밀린다면 그것으로 끝이었다. 그때였다.

"유 대협, 잠시 비켜주실 수 있소이까?"

"…광검?"

뒤쪽에서 들려온 소리에 유경은 의아하단 목소리를 내었다. 지금 패도란 친구가 거의 죽어가는데 왜 이곳에 왔는지 알 수가 없었다. 문득 유경의 눈이 광검의 눈을 향했다.

"……."

알 것 같았다. 그의 벌겋게 충혈된 눈에서는 강한 살기가 비쳐 나오고 있었는데, 그건 저 호금종을 향한 노골적인 적의였다. 유경은 고개를 조금 더 돌려 뒤쪽에 있는 패도란 친구를 향해 눈을 돌렸다.

고죽노인이 돌보고 있었으나 거의 죽은 것이나 마찬가지였다. 온몸에 움직임이란 없었고, 그저 고죽노인이 내력을 불어넣으며 살리려 애를 쓰고 있었다.

"그렇군……. 알았네. 기꺼이 양보하도록 하겠네."

"고맙소, 유 대협."

짧게 인사를 하며 광검은 유경의 앞으로 나서기 시작했고, 유경은 그런 광검의 등을 바라보았다. 대단한 분노였다.

무정의 동료들은 하나같이 격한 감정의 소유자들이지만 그만큼 상당히 노련하게 감정을 조절했다. 무정도 그렇거니와 이들 역시 은연중에 자신이 화를 내고 이성을 잃게 되면 다른 동료들이 위험하다는 것을 알고 있었다. 그러하기에 이렇듯 화가 치밀어 오르면서도 한줄기 냉정한 이성이 살아 있었다. 진정 대단한 일이었다.

자신은 지금껏 너무나 화가 난 나머지 온 힘을 다해 내려치기만 했다. 앞뒤 살펴볼 것도 없었다. 한데 이들은 아니다.

지금 뒤쪽으로 돌아 들어가는 상귀와 하귀를 보면 잘 알 수 있었다. 이미 퇴로를 차단하고 있었다. 상식적으로 치닫는 화를 다스리지 못한다면 그렇게 할 수 없었다. 전장에서의 경험이 지금 이들을 살리고 있는 것이다.

유경은 신형을 돌렸다. 일단 이곳 전체의 상황을 파악해야만 했다. 지금 싸움은 모두 두 곳, 한쪽은 호금종과 싸우는 무정 일행이었고, 또 한쪽은 설군우가 상대하는 화산의 사람들이었다.

문득 그가 손짓을 했다. 그러자 유경의 수하들이 모여들기 시작했다. 지금은 부상자를 돌보고 돌아갈 만반의 준비를 하는 것만이 제일 시급한 문제였다. 싸움은…… 그 다음 문제였다.

"호오, 이번에는 너냐? 강호의 무사라는 것들이 차륜전을 펼친다라? 좀 너무한다고 생각지 않나?"

비꼬듯 말하는 호금종의 얼굴에는 여유가 넘쳤다. 광검은 당장이라도 튀어나가 저 맨들한 얼굴에 검을 들이밀고 싶었지만 참아야 했다. 비록 죽이고 싶을 만큼 증오하는 상대이기는 하나 쉽게 볼 수 없는 자였다. 흥분은 금물인 것이다.

"차륜전? 강호의 무사? 지금 네놈이 도의라는 것을 따지는 것이냐? 남의 내력이나 갈취해 가는 기생충 같은 놈이!"

꾹 참으려던 광검의 입에서 거친 목소리가 흘러나왔다. 정말 이렇게라도 하지 않으면 참을 수 없을 것만 같았다.

호금종은 그 모습에 징그러운 미소를 머금었다. 광검의 반응은 그가 생각한 대로였다. 조금만 더 입을 열면 완전히 이성을 잃을 것이다.

지금 상황은 호금종 자신에게 너무나 불리하다는 것을 그는 잘 알고 있었다. 사방이 적인 상태에서 이미 도망갈 기회를 놓쳤다. 저 유경이 앞뒤 볼 것도 없이 달려드는 바람에 실기(失期)해 버린 것이었다.

그는 한껏 여유로운 웃음을 짓고 있었지만 솔직히 그다지 여유로운 상황이 아니었다. 그도 내력이 서서히 고갈되어 가고 있었는데, 이곳에서는 이타득사력으로 끌어당길 내력도 마땅치 않았다. 저기 설군우가 있는 곳으로 가 해야 하는데, 여기 있는 광검이 그렇게 순순히 놓아줄 리가 만무한 것이다.

"허허허. 이래서 천주 그 아이에게 사람을 좀 가려 사귀라 했건만……. 하나같이 다 모자라고 무례한 놈들만 사귀었구나."

하나 남은 손으로 뒷짐을 지면서 그는 나직하게 입을 열었고 아나나 다를까, 그 말에 광검의 눈썹이 단박에 하늘로 치솟고 있었다.

"세상이 정말 이걸 아는지 궁금하군! 내가 미쳤다고들 하지만 나보다 더 미친 놈이 이곳에 있다고 말이야! 친구라 했나! 네깟 놈이 친구란 의미를 알기나 알고 지껄이는 것이냐!"

당장이라도 광검은 검을 곧추세우며 달려올 듯이 보였고, 호금종은 내심 쾌재를 부르며 왼손에 장력을 집중하기 시작했다. 광검이 달려오는 순간이, 바로 그가 온 힘을 집중해 장력을 날리는 순간이었다.

"그래서 지금 그 친구를 위해 나선다? 눈물이 다 나려 하는구만. 하긴 내가 눈물이 나려는 것이 이번이 처음은 아니지…… 허수아비마냥 내가 날린 장력을 그대로 맞으며 뒹구는 저 덩치 큰 놈을 보면서도 참 눈물이 나왔었지. 너무 따분해서 말이……"

"…입 닥쳐! 이 자식아!"

결국 광검은 온 힘을 다해 지면을 박차고 뛰어나갔다. 패도의 이야기에 그나마 가지고 있던 이성의 끈이 끊어진 듯했다. 호금종은 두 눈을 부릅뜨며 기회를 노렸다.

쉬쉬싯……!

검이 바람을 가르는 소리가 들리면서 광검의 신형이 어느새 일 장여 앞에 나타났다. 정말 분노로 머리가 돌아버렸는지 다른 초식도 없이 그저 검의 변화만으로 공격해 오고 있었다.

다른 사람이라면 몰라도 상대는 호금종이었다. 초식의 유려함은 저 유경이 훨씬 앞서는 것을 생각해 볼 때 광검이 덤벼든 것은 자살 행위나 마찬가지였다. 그대로 내력으로 눌러놓으면 되는 것이다.

"오냐! 기다렸다!"

우우우웅…….

호금종이 왼손을 앞으로 길게 뻗자 공기가 울리는 소리가 들리면서 광검의 전면에 장력이 휘몰아치기 시작했다. 잔뜩 웅크리고 있다가 단 한 번에 쳐낸 일격이기에 그 위력은 여타의 장력에 비할 바가 아니었다.

이 정도의 위력에 속도라면 광검은 피할 수 없을 것만 같았다. 더구나 광검은 온 힘을 다해 달려오기 때문에 더욱더 쉽지 않을 것이 분명했다. 한데 호금종의 눈에 뭔가 이상한 점이 보였다.

광검의 눈, 그 눈이 이상했다. 분명 붉게 충혈되어 있기는 하지만 이성을 상실한 눈이 아니었다. 광기로 번들거리기는 했으나 눈동자가 맑았다. 그 점이 호금종을 불안하게 만들고 있었다. 그때였다.

스팟······.

"······!"

자신이 쳐낸 장력이 공기를 가르자 호금종은 눈을 크게 떴다. 서로 간의 거리가 채 반 장도 안 남은 상태에서 그는 자신의 눈을 의심했다.

광검이 신형을 좌측으로 반 보 정도 이동하며 너무도 쉽게 피해낸 것이었다. 더구나 달려오는 신형의 속도는 줄지 않은 채 오히려 더 빠르게 늘어난 듯하자 호금종은 이를 악물었다.

앞쪽에 나가 있는 오른발로 땅을 찍으며 신형을 뒤로 힘껏 뽑으려 했다. 하나 이미 광검의 검이 그의 가슴에 닿기 직전이었다.

이것저것 생각할 것 없이 당장에 이 호금종을 쳐 죽이고만 싶었다. 솔직히 광검도 온통 그 생각뿐이었다. 하나 그는 이를 악물며 참았다.

황궁 제일고수 유경도 어떻게 하지 못한 것이 바로 이 호금종이란 인간이었다. 유경의 실력은 이미 보아서 잘 알고 있으니 정공으로 간다면 호금종을 절단내는 목표는 요원하게만 보였다.

그래서 더 화를 내었다. 겉으로 화가 나 어쩔줄 모르게 느끼도록 그는 만들고 나서 기회를 노린 것이다.

예상대로 호금종은 기다렸다는 듯이 장력을 쳐왔다. 그리고 그 순간이 바로 광검이 기다린 순간이었다.

오른발을 공중으로 살짝 띄운 후에 왼 발목을 꺾어 신형을 튕겼다. 언젠가 무정을 상대하기 위해 익힌 보법을 이젠 아주 완숙하게 사용할 수 있게 되었다. 바로 그 보법으로 호금종의 공격을 피한 후 그대로 짓쳐 들어간 것이다.

지금이야말로 그가 가진 모든 힘을 쳐 올릴 때라는 생각에 광검은 뒤로 물러서는 호금종의 신형을 향해 검을 뻗었다. 그러자 검 주위에서 강한 기류가 형성되기 시작했다.

"…이런!"

호금종의 입에서 작은 비명이 흘렀다. 광검이 내민 일격은 그저 검의 날카로움을 주로 한 일격이 아니었다. 산운, 검기와는 또 다른 기공이었던 것이다.

한 팔을 휘두르며 그는 결사적으로 장력을 쳐 올렸다. 하나 이미 기회를 잡은 광검이 이를 그대로 용인하지 않음은 너무나 당연한 일이었다.

우르르르릉!

물경 십여 개의 산운이 호금종의 가슴을 향해 쏟아졌다. 산운과 호금종의 내력이 충돌하기 시작했다.

쩡! 쩌저저정!

"커어억!"

호금종은 입에서 피화살을 내뿜으며 뒤로 튕겨졌다. 광검의 산운에 강렬한 타격을 입은 듯 일어서는 그의 양다리가 후들거리고 있었다. 문득 그는 가슴을 바라보았다.

"……"

멀쩡했다. 갑주는 멀쩡했지만 문제는 그 안의 것들이었다. 유경의 검과는 달리 광검의 내력은 마치 망치로 몸을 두드리는 듯한 느낌이었다. 물리적인 검상은 막아냈지만 보이지 않는 내력은 고스란히 그의 몸에 전달되었던 것이다.

호금종은 비칠비칠 물러나기 시작했다. 한꺼번에 온 내력을 퍼붓느라 힘든 듯 광검은 가쁜 숨을 몰아쉬며 조용히 노려보고 있었는데, 호금종은 이를 기회라 여긴 것이다. 아직 광검이 내력을 다 채우지 못하고 있을 때, 바로 지금이 도망칠 적기였다. 그때였다.

"카아아악! 퉤애앳! 이 쏩새가 지금 어딜 내빼려고 수작질이야! 당장 그 자리에 못 서? 이 쏩새야! 니기미."

"고 쉐이 보게? 아주 정신 나간 쉐이구만! 우린 호구 같냐, 이 쉐이야!"

…으득!

문득 들려오는 고함 소리에 고개를 돌린 호금종은 이를 부득부득 갈았다. 이미 뒤쪽에는 상귀와 하귀가 퇴로를 막고 있었다. 아무래도 저 광검과 격돌할 때 어느새 달려와 자리를 잡은 것 같았다.

호금종은 솔직히 함정을 파고 광검을 기다렸다고 생각했다. 하나 사실은 그 반대였다. 광검이 아니라 호금종 자신이 함정에 빠진 것이었다.

지금 자신을 바라보는 광검의 눈……. 비록 붉게 충혈된 것은 여전하나 그 눈빛은 유연하게 가라앉아 있었다. 스스로 기회를 잡기 위해 그저 이성을 상실한 척했던 것임을 이제야 느꼈던 것이다.

2

"이쯤에서 그만두는 것이 어떻소이까? 더 이상 우리와 손을 섞는다면 당신의 생명은 보장할 수 없소이다."

"강호에 나와 무공을 펼치는 사람이 어찌 목숨을 생각할까? 언제부터 자네들이 그리도 인자했다고 나에게 그런 조건을 거는 것인가?"

혈권 다기라나한의 말에 홍관주는 차분하게 입을 열었다. 그의 말처럼 지금 다기라나한의 말은 고양이가 쥐를 생각하는 정도 외에는 아무런 의미가 없었다.

누가 봐도 홍관주의 상세는 정상이 아니었다. 입에서 피를 흘리는 것은 둘째 치더라도 그의 몸은 잔떨림이 계속되고 있었다. 아직도 부상으로 인한 고통이 가시지를 않고 있는 것이다.

무릇 사람이 다치게 되면 고통이 따른다. 하나 인간은 그 고통을 오래도록 느낄 수가 없다. 맨 처음 상처를 입었을 때 느껴지는 고통은 계속 느끼다 보면 둔감해지기 마련이다. 고통이란 것은 그렇게 시간이 지나면 잊혀지기 마련이었다.

하나 그것은 내상이 아닌 외상에 국한된 이야기였다. 내상이라면 이야기가 달라진다.

내상은 상처를 입은 후 완치될 때까지 고통이 따랐다. 자신이 가진 내력의 힘으로 눌러놓는다면 좀 낫기는 하겠지만 고통은 필수적으로 수반되었다. 그래서 외상보다 내상을 더 중히 여기는 것이 무림인에게는 일반적인 상식처럼 되어 있었다.

홍관주의 경우는 그런 점을 생각한다면 좀 이상한 경우였다. 모두가 알고 있다시피 그의 내공은 세상이 인정하는 최고의 내공이었다. 그에게 이처럼 내상을 입힐 수 있다는 것 자체가 괴이한 일인 것이다.

어떤 내력이라도 그의 몸 안에 들어온다면 홍관주는 자신의 내력을 사용해 누를 수가 있었다. 바로 그러한 점 때문에 홍관주가 강호제일의 이름을 날릴 수가 있었던 것이다.

"……."

모두가 의아하게 바라보는 가운데 유독 과사옥만이 눈을 가늘게 뜨고 있었다. 그는 지금 홍관주의 상태가 어떤지 아주 잘 알고 있었다. 바로 밀검을 정통으로 맞았을 때 나오는 증상이었다.

밀검은 일반적인 내력의 공격과는 조금 다른 형태로 증상이 나타난다. 보통의 내상처럼 이질적인 기운이 몸 안으로 들어가 기운이 흐르는 통로 자체를 막아 부상을 입히는 것이 아니었다.

기운을 막기는 막는데 완전히 막는 것이 아니었다. 그 기운을 비틀어 엉뚱한 곳으로 흐르게 만들었다. 따라서 밀검을 맞은 사람이 내력을 일으킨다면 스스로 죽는 결과를 만들게 되고, 그래서 밀검이란 이름이 그토록 두려운 존재로 각인된 것이다.

더구나 밀검의 힘은 지속 시간이 상당히 길었다. 그저 한 번에 쭉 퍼지고 사라지는 여타의 내력과는 달랐다. 가슴을 정통으로 맞은 홍관주는 지금 죽어가는 것이나 마찬가지였던 것이다.

"쓸데없는 고집을 부려 명을 재촉한다면 그것은 당신의 책임, 이 과사옥은 그런 사태에 대해 아무런 책임을 지지 않겠소. 육장로의 말처럼 이쯤에서 그만두는 것이 좋을 것이오."

"…홋홋홋. 지금 내게 협박하는 것인가?"

홍관주의 눈에서 약한 살기가 흘러나오기 시작했다. 과거 진성천교와 맞서 싸운 이후로 그가 이렇듯 살기를 흘리는 모습은 정말 좀처럼 볼 수 없는 모습이었다.

"아미타불……. 분하지만 홍 노야, 저들의 말이 어느 정도 맞습니다. 제발 일단 진정하시고 상세부터 돌보십시오."

걱정하는 명각의 말에도 홍관주는 아무런 반응을 보이지 않았다. 그는 그저 과사옥의 얼굴만을 보고 있었다. 이윽고 홍관주의 입술이 열렸다.

"과사옥! 너는 지금 내가 밀검으로 죽어간다고 생각하느냐? 고작 네놈의 밀검 따위로 말이냐!"

"……!"

과사옥의 눈썹이 꿈틀거렸다. 홍관주는 알고 있었다. 강호에서 밀검에 대해 아는 사람은 그의 손에 모두 죽었기에 더 이상 아는 사람이 없을 줄 알았는데, 뜻밖에도 홍관주는 알고 있었다.

밀검은 마교의 독문무공이 아니었다. 천축에 연원을 둔 것으로, 참으로 우연히 그 비급이 과사옥의 손에 흘러 들어왔다. 어떻게 소문도 없이 밀검이 자신의 손에 쥐어진 것인지 알 수 없었지만, 그는 천운이라 생각하고 자신이 알고 있던 모든 무공을 버리고 밀검에 매진했다.

그렇게 세월이 흘러 밀검을 완전히 터득하게 되었을 때, 그가 맨 처음한 것은 바로 밀검을 알고 있는 모든 이들을 척살하는 것이었다. 밀검은 커다란 약점이 있었기 때문이다.

위력이 강한 만큼 그 시동 시간이 너무 길었다. 그래서 과사옥도 밀검을 쳐내기 이전에 상당한 움직임으로 상대를 현혹시키고 있었다. 물론 과사옥 정도라면 거의 일반 무공 수준과 다름없이 줄일 수 있었지만, 고수들 간의 대결에서는 어림없었다. 바로 그런 약점을 알리지 않기 위해 밀검을 아는 모든 사람들을 죽였던 것이다.

그런데 홍관주가 지금 밀검을 이야기한다는 것은 어느 정도 밀검에 대한 지식이 있다는 소리였는데, 어찌 보면 당연한 일이었다. 전단격류와도 같은 뜬구름 잡기식과는 달리 밀검은 고래로 전해 내려온 기록이 분명히 있는 무공이었던 것이다.

"밀검이 그토록 대단하다 생각한다면 내가 가르쳐 주마! 무공이란 것이 어떤 무공을 익혔는가에 관한 문제가 아니라 얼마나 고련을 해온 것이냐란 것을 보여주겠다는 말이다!"

"……."

과사옥의 얼굴이 눈에 띄게 변하고 있었다. 분명 홍관주는 지금 부상을 입고 악담을 퍼붓는 수준밖에는 되지 않았다. 상처 입은 야수일 뿐인 것이다. 문득 그의 귓가에 홍관주의 목소리가 다시금 들려왔다.

"내가 누구라고 생각되느냐? 내가 홍관주이니라! 이따위 공격에 눈 하나 깜빡거릴 사람으로 보이느냐!"

"……!"

과사옥의 눈이 커지며 그야말로 놀란 기색이 완연했다. 하나 홍관주가 하는 말 때문이 아니었다.

홍관주의 몸, 어느새 잔떨림이 멎고 있었다. 내력도 다시금 피어오르기 시작했는데, 그 모습은 과사옥의 밀검에 전혀 영향을 받은 듯한 모습이 아니었다.

"호오, 진정 내가 잊고 있었소이다. 지금 내 앞에 계신 분이 과연 뉘신지……."

과사옥의 신형이 천천히 앞으로 나오고 있었고, 그 옆에 어느새 다기라나한도 같이 와 있었다. 홍관주의 말투에서 뭔가 울컥함을 느낀 듯했다.

"정식으로 검을 섞길 원하오이다. 이 절환사 과사옥, 온 힘을 걸고 그대와 무공을 논하려 하오이다!"

"이 다기라나한도 다시 이 비무에 참여하려 하오! 강호의 큰어른이시니 이 정도의 사람이 있다 해서 흔들릴 어르신이 아니라 생각하오만!"

굳은 얼굴로 다기라나한은 홍관주의 앞에 섰다. 아마도 이 둘이 진심으로 홍관주를 향해 덤벼들 생각인 것 같았다. 문득 홍관주의 뒤쪽에서 주교의 목소리가 울려 퍼졌다.

"강호의 큰어른? 언제 당신들이 그 대우를 해주었던가! 그저 숫자로 사람을 농락할 생각이라면 일찌감치 때려치워라! 차라리 그냥 입을 열어라! 이대로 맞붙어보자고 말이다!"

살기를 풀풀 피워 올리며 주교는 대뜸 검부터 뽑아 들었다. 그는 더는 저들 마교의 사람들을 눈 뜨고 봐줄 수가 없었다.

무정이 덤빈 것은 그렇다 치고 왜 홍관주에게까지 검을 들이대는지 이해할 수 없었다. 그것도 여럿이 하나를 향해 말이다.

말이 두 사람이지 실질적으로 다른 장로 모두가 덤비는 것이나 마찬가지였다. 그들은 뒤쪽에서 팔장을 끼며 보고 있었는데, 좀 전에 무정과 싸웠던 승편무적 도승경과 위천 우염은 이미 무기까지 꺼내고 언제든 출수할 태세였다.

사정이 이러하니 주교를 위시한 강호의 사람들도 가만있을 수 없었다. 모두 주교의 말에 고개를 크게 끄떡이며 천천히 앞으로 나서기 시작했다. 이대로 가면 전면전이 일어날 것은 당연한 수순이었다.

"그대로들 있게나! 어디까지나 이 싸움은 내 개인 자격으로 하는 일일세! 자네들 모두가 나설 일이 아니란 말일세!"

"홍 어르신! 그 무슨 말씀이십니까!"

당현의 입에서 고함 소리가 흘러나왔다. 가뜩이나 그동안 꾹 참고 있느라 울화통이 터지기 직전인데, 여기서 더 참으라니……. 사람의 탈을 쓰고 그럴 수는 없었다.

당현은 홍관주가 뭐라 하든 더 이상 개의치 않을 생각이었다. 그래서일까? 저쪽 마교의 사람들 중 위천 우염이 눈썹을 꿈틀거리며 서서히 나오자 당현은 아예 그를 목표로 신형을 돌려 나가려 했다. 그때였다.

"그만두게, 현이! 자네는 정말 강호에 피바람이 부는 것을 원하는 것인가!"

"……."

홍관주의 말에 당현의 신형이 우뚝 섰다. 정말 듣고 싶지 않은 말을 듣고야 만 것이다. 강호의 안위…….

그 누가 있어 강호의 안위를 책임질 것인가? 말이 좋아 강호의 안위지, 사실 이 자리에서 저들과 무림인들이 모두 싸운다고 해서 강호의 안위가 어떻게 된다고 확언할 수 있는 사람은 아무도 없었다.

한데 지금 홍관주는 그 강호의 안위를 들먹이고 있었다. 못내 이해하기 힘든 부분이면서도 수긍할 수밖에 없는 일이었다.

강호의 큰어른 홍관주, 그가 판단하는 강호가 바로 당현이 사는 강호였다. 그의 한마디가 가져오는 파급 효과는 적지 않았다. 더구나 그는 지금껏 공정하고 바른 판단을 해왔기에 강호인이라면 누구나 그의 말에 이의를 달지 않았었다. 따라서 지금 상황에서라면 절대적으로 홍관주의 말을 듣는 것이 옳았다. 하나…….

이대로 둔다면 홍관주는 죽게 될 것만 같았다. 암격제 당현이기에, 의술로도 정평이 나 있는 당가의 최고 어른이기에 그는 한눈에 홍관주의 상세를 알 수 있었다.

그저 겨우 억누르는 것밖에는 되지 않았다. 너무도 강대한 내력이 흘러나와 몸 안 구석구석을 휘돌며 밀검이 맹위를 떨치지 못하게 먼저 치고 나갔을 뿐이지, 분명 홍관주는 밀검에 의해 부상을 입은 상태였다.

그것도 보통 부상이 아니었다. 여기서 조금만 더 부상을 입어 한순간에 내력의 움직임이 불규칙해진다면 그건 죽음으로 연결되는 일이었다.

…으드득!

결국 당현은 이를 갈아붙이며 신형을 멈추었다. 더 이상 강행한다면 그건 지금 홍관주의 얼굴에 먹칠을 하는 일일 뿐이다. 이미 홍관주는… 죽음까지도 생각하고 있는 것이다.

과연 홍관주였다. 이장로 진마도 곡유연은 이런 상황에서도 냉정을 잃지 않는 홍관주를 보며 감탄하고 있었다.

강호와의 전면전…… 솔직히 강호도, 마교도 서로 내키지 않는 일이었다. 서로 간의 실력이 완전한 차이를 보인다면 모를까, 그다지 차이점도 없는 상황에서는 공멸(共滅)을 의미하는 일이었다.

강호는 마교를 껄끄러워한다. 힘을 모아 쳐도 마교를 이긴다 장담하지 못했다. 또한 마교는 그 강대한 힘을 가지고 있음에도 불구하고 강호를 일통할 수 없다는 것을 너무나 잘 알고 있었다. 사실 그런 일 자체가 일어나서는 안 되는 일이었다.

힘이라는 것은 서로가 엇비슷하게 이루어질 때 견제의 역할을 할 수 있는 것이다. 한쪽이 월등한 상태에서는 견제는커녕 그저 눈치만 보며 있을 수밖에 없는 것이 현실이었다.

강호라는 곳을 생각해 보았을 때 현 무림의 중추적인 세력과 마교와의 전면전이 일어난다면 전혀 예상하지 못한 세력들이 그 와중에 무기를 들고 일어설 것이 분명했다. 그것이 정파든 사파든 간에 그것 자체가 혼란일 것임은 분명했다. 홍관주는 지금 그 점을 염려하고 있는 것이다.

만일 지금 홍관주를 죽인다면 마교는 더 이상 강호에 나설 수조차 없게 된다. 비록 이 자리는 어떻게든 피한다고 하지만 다시 강호에 나서는 순간이 바로 마교와 무림과의 전면전이 될 테니 말이다.

또한 홍관주를 구하기 위해 저들 무림인들이 한꺼번에 덤빈다면 그것은 마교에서 출정할 명분을 주는 것밖에는 되지 않았다. 어찌 되었든 저 교주 마룡검제 지천희의 의도대로 풀리는 결과가 되는 것이다.

"허어……."

곡우연의 입에서 나직한 한숨이 흘러나왔다. 그럼에도 불구하고 홍관주가 왜 저리 고집을 부리는지 알 수가 없었다. 저렇듯 강호에 대한 냉정한 판단을 내리면서도 끝까지 개인적인 싸움을 고집하는지 알 수가 없었다.

어쨌든 더 이상 그는 일이 엉뚱하게 흘러가는 것을 두고 볼 수 없었다. 천천히 걸음을 옮기면서 그는 홍관주를 향해 입을 열었다.

"대관절 어르신께서 뭣 때문에 이리 당혹스럽게 나오시는지 모르겠지만 이 곡 아무개 역시 여기서 끝내었으면 합니다. 그럴 생각은 없으십니까?"

"……."

문득 들려오는 곡우연의 말에 홍관주는 눈을 돌렸다. 담담한 표정의 곡우연이 어느 틈에 저들 다기라나한과 과사옥의 옆에 와 있었다. 홍관주는 그를 보며 잠시 생각에 잠겼다.

아니, 한숨을 쉬면서 마음을 진정시키고 있다고나 할까? 이윽고 결심이 선 듯 그는 곡우연을 향해 입을 열었다.

"그렇다면 저기 누워 있는 정아는 누가 그 책임을 지겠나! 자네 곡우연이 그 책임을 질 것인가!"

한층 누그러지기는 했지만 여전히 살기가 묻어 나오는 음성이 홍관주의 입에서 흘러나왔고, 그제야 곡우연은 홍관주가 왜 이리 막 나오는지 알 수 있었다. 귀무혈도 무정, 바로 그 때문이었다.

여태껏 싸우다 부상을 입은 무정을 대신해 나온 것임을 깜박한 것이다. 정말 홍관주는 저 무정이란 자를 생각하는 것이 남다른 것만 같았다. 하나 그렇다고 해서 그 책임을 자신들이 질 수는 없었다.

"그가 저렇게 된 것이 우리의 책임이라 보시오? 똑똑히 보지 않으셨소? 분명 그는 이성을 잃고 우리에게 덤벼들었소. 그 상황에서 우리가 그냥 목을 내놓고 죽어야 하는 것이었소이까?"

"……."

곡우연의 말에 홍관주는 눈을 감으며 눈썹을 떨었다. 곡우연의 말은 틀린 것이 없었다. 분명 무정이 먼저 살기를 내비치며 그들에게 덤벼들었다.

하나 발단이 그럴지언정 결과는 지금 무정의 심한 부상으로 이어져 버렸다. 그는 그 점에 화가 나는 것이다.

최소한 그를 저렇게 만들어놓은 놈이라도 그의 손으로 거꾸러뜨리고 싶었다. 그래서 아무도 나오지 못하게 하고 혼자 나온 것이었다.

한데 더 이상은 명분이 없었다. 이런 말까지 들은 이상 그 빌어먹을 놈의 명분이 없기에 그도 주먹을 내밀지 못하게 된 것이다.

"아무리 우리가 마교의 사람들이기는 하나 우리도 역시 사람이오. 죽음은 누구나 두려운 것이고, 저기 누워 있는 무정은……."

문득 홍관주의 귓가에 곡우연의 음성이 들리다 끊겼다. 뭔가에 놀라 말을 잇지 못하는 듯했는데, 그는 눈을 떠 곡우연의 얼굴을 보았다.

"……."

마치 보지 못할 것을 본 듯 눈을 휘둥그렇게 뜨고 있었다. 한데 그런 반응을 보이는 것은 비단 곡유연만이 아니었다. 그를 포함한 구대장로 모두가 그런 반응이었고, 조금 멀리서 이곳을 바라보는 마교교주도, 그리고 아직 마차에서 꼼짝 못하고 결박당해 있는 다래가 역시 같은 반응을 보였다.

문득 홍관주의 감각에 누군가 뒤에 서 있는 것이 느껴졌다. 정말 한순간에 느껴진 것으로 그전에는 아무런 느낌을 받을 수가 없었다. 그는 흠칫하며 고개를 돌렸다.

"저…… 정아!"

홍관주의 입에서 떨리는 목소리가 흘러나왔다. 무정, 바로 그였다. 너무도 큰 부상에 목숨이 위험하면 어찌할까 생각만 하고 있던 무정이 지금 그의 뒤에 서 있었다.

왼팔에 입은 부상만 아니면 너무나 정상적인 것처럼 보였다. 다만 그 내력만이 약하게 느껴지는 것이 좀 이상하게 보이기는 했지만 그 외에는 다른 점이 아무것도 없었다.

"홍 노야…… 이곳은 내게 맡겨주시겠소?"

"……."

너무나 놀란 홍관주는 아무런 말도 하지 못하고 그저 무정의 얼굴만 보고 있었다. 무정은 그런 홍관주를 향해 보일 듯 말 듯한 미소를 지어주었다.

그는 홍관주가 이토록 막무가내로 저들에게 부딪치는 이유를 알 것 같았다. 입장을 바꾸어놓고 생각하면 너무나 간단한 일이었다.

만일 홍관주가 좀 전의 무정처럼 당하고 쓰러져 있다면 그땐 무정이 가만있지 않았을 것이다. 이미 홍관주는 무정에게 있어 동료 이상의 사람이었던 것이다.

"부탁한다, 정봉……."

"알겠소, 무형."

문득 다가온 유정봉에게 홍관주의 신형을 맡기며 무정은 등을 돌렸다. 그의 넓은 등판이 홍관주의 눈 안 가득 들어왔다.

"정아… 설마… 설마……."

홍관주는 말을 잇지 못했다. 그는 누구보다도 무정에 대해 잘 알고 있는 사람이었다. 무정이 이렇게 급작스럽게 변했다면 그건 단 한 가지 경우였다. 바로 백회혈이 열리는 경우를 제외하고는 다른 원인이 생각나지 않았다.

백회혈이 열리게 되는 것이 과연 무정에게 좋은 것인지 나쁜 것인지 아무도 모르지만, 왠지 홍관주의 마음에 불길한 느낌이 가득 일어나고 있었다.

"…내 ……내가."

홍관주는 말을 잇지 못했다. 왠지 무정이 자신 때문에 지금 백회를 연 것이 아닌가 하는 생각이 들었다. 힘에 관해 그다지 큰 갈구가 없는 무정이 백회를 연 이유가 혹 고전하고 있는 자신 때문이 아닌지 하는 생각이

든 것이다. 그때였다. 무정의 목소리가 홍관주의 귓가에 작게 들려왔다.

"홍 노야…… 강호에 나와 홍 노야를 만난 것은…… 나에게는 행운이었소."

"…저 ……정아야!"

놀란 홍관주가 입을 열 때였다. 갑자기 무정의 주위에서 엄청난 기운이 일어나기 시작했다. 내리는 눈과 쌓인 눈이 모두 뒤섞여 버릴 정도로 엄청난 기운이었다.

"우읏!"

"허억!"

심지어 앞서 나왔던 구대장로의 다기라나한과 과사옥까지 신음성을 흘리며 뒤로 물러날 정도의 강력한 기운이었다. 절대 이전까지 보여주었던 그런 기운이 아니었다.

갑자기 구대장로의 눈이 일제히 무정을 향하기 시작했다. 그리고는 긴장하며 각자의 무기에 손을 얹기 시작했다. 무정의 눈은 완전한 혈안이었다. 길게 풀어헤친 흑발 사이로 번뜩이는 붉은 눈은 공포 그 자체였다.

그러던 그들의 귓가로 무정의 목소리가 들려왔다. 살기가 뚝뚝 묻어나는 목소리였다.

"다시 한 번 물어보겠다……."

"……."

"려군이 죽는 모습을 보고 있는 것이 즐거웠나?"

"……!"

구대장로의 눈이 치떠지며 안색이 핼쑥하게 변하기 시작했다. 강렬한 살기는 이전에 비할 바가 아니었는데, 마치 쥐가 고양이 앞에 서듯 사람을 옴짝달싹 못하게 만들 정도로 엄청난 기운이었다.

그러나 그들의 안색이 변한 것은 그 살기 때문이 아니었다. 느껴지는 무정의 내력, 점점 커지고만 있었다. 도무지 그 끝을 알 수가 없었던 것이다.

"칵칵칵. 그래 좋다, 좋아……. 다 죽여라. 암 다 죽여야 하고말고……."

결박당한 채 마차 안에 있는 다래가의 입에서 쉿소리가 흘러나왔다. 그는 비록 움직일 수는 없었지만 그런 것 따위는 아무래도 상관없었다. 이 순간을 위해 살아온 것이 아닌가 하는 생각이 들 정도로 통쾌한 감정을 느끼고 있었다.

"보여주어라. 전단격류의 위대함을 말이야! 아울러 그 잔인함을 세상에 알려줘라! 차라리 지옥의 야차가 되어 세상을 붉게 물들이란 말이다!"

미친 듯이 혼자 중얼거리며 다래가는 광기 어린 웃음을 흘리기 시작했다. 그는 지금 단 한 가지만 생각하고 있었다. 자신이 처음 전단격류에 대한 책을 접했을 때 보았던 구절을 생각하고 있던 것이다.

만일 그러한 자가 지옥의 야차라면 고개를 숙여라. 저 하늘을 보려 하지 마라. 핏빛 하늘 아래 살육의 현장만이 가득할 테니. 연자여, 명심하라. 인간의 능력은 위대하나 그 성품까지 위대한 것은 아닐지니…….

"칵칵칵… 그래, 그래, 네놈의 능력은 대단하지. 하나 성품은 네놈도 나와 다를 게 없는 거야! 칵칵칵칵칵……."

휘몰아치는 눈바람 속에서 다래가는 그렇게 사이한 괴소를 흘리고 있었다.

설원의 눈물 1

천류검과 낙화추영장, 그것이 모인승이 온 정신을 기울여 익힌 성명절기였다. 화산의 검공과 장공 중에서도 가장 부드러우면서도 강한 무공, 그것이 그가 원한 것이었다.

이미 향검을 익힌 설군우, 그를 능가할 것을 찾기 위해 노력하고 또 노력했고, 자신의 성격과 몸에 가장 맞는 이 무공을 찾아 온 힘을 기울일 때만 해도 자신의 능력을 믿었다. 조금 있으면 이제 설군우도 능가할 수 있을 것이라 생각했던 것이다. 그러나 오산이었다.

"…후우우우우."

가쁜 숨을 몰아쉬던 모인승은 새삼 다시 설군우를 보게 되었다. 기껏해야 한 단계 정도 강할 줄 알았던 설군우의 무공은 이미 두 단계 이상의 차이를 보이고 있었다. 한마디로 아이와 어른의 차이였던 것이다.

문득 모인승은 고개를 들어 하늘을 바라보았다. 첫눈치고는 상당한 눈이 내리고 있었다. 왠지 그는 눈을 보면서 작게 웃기 시작했다. 이 눈 속에서 수련했던 일이 떠올랐던 것이다.

천류검은 하늘을 떠도는 구름과도 같은 검, 방원 반 장여 안의 대지 위에 내리는 눈송이를 모두 쳐 올려내었을 때 비로소 팔 성 이상의 경지를 바라보는 검법이었다. 모인승은 이미 구성이 넘는 수위를 가지고 있었다.

그러한 경지를 가지고서도 모인승은 설군우를 넘어설 수가 없었다. 검향을 맡는 순간 그의 내력은 반감되고 있었던 것이다.

"설군우… 정말 대단하구나. 네가 왜 화산을 대표한다고 이야기하는지 알겠다. 네 검향을 맡는 순간부터 나의 내력이 반이나 내려갔구나……."

처연한 표정으로 그는 입을 열었다. 그동안 가끔 대련해 보기는 했지만 그건 대련이었다. 진짜 설군우가 적으로 생각하고 검향을 발출하면 완전히 다른 결과가 나오는 것이다.

"사형! 부탁이니 이쯤에서 그만두는 것이 어떻소이까? 아직 늦지 않았소! 나와 함께 장문인을 찾고 다시 예전의 화산으로 만들어놓읍시다. 그게 우리가 할 일이오이다!"

설군우는 다시금 검을 거두며 입을 열었다. 그는 정말이지 이 말도 안 되는 짓거리를 끝내고 싶었다. 도대체가 동문들이 서로 검을 겨누는 상황이라는 것이 그는 믿어지지 않았던 것이다. 하나 그 말에 모인승의 고개는 가로저어지고 있었다.

"이미 시작된 일……. 더 이상 나를 혼란스럽게 하지 말게나. 설 사제, 이제 내 모든 힘을 보여주겠네. 부디 날 후회하게 만들지 말아주시게나."

"……."

목소리 느낌까지 바꾸면서 모인승은 나직하게 입을 열었고, 설군우는 묵묵히 검을 다시 들어 올렸다. 모인승의 온 내력이 크게 올라오고 있었다.

검향을 맡으면서 저렇게 내력을 끌어올리는 것은 죽음을 각오하는 것이나 마찬가지였다. 검향 자체가 내력을 방해하기 때문이다.

검향은 곧 내력으로 이루어진 설군우의 의지력이나 마찬가지였다. 그 힘을 이겨내려면 설군우보다 더 강한 내력을 가지고 있어야 가능한 것이다.

모인승에게 그런 힘이 있을 것이라고는 설군우는 생각하지 않았다. 물론 그도 대단하지만 현 장문인이라도 힘들 설군우의 검향을 그가 힘으로 물리칠 수는 없었다.

그렇다면 모인승의 의도는 단 한 가지였다. 그는 무인의 죽음을 생각한 것이다. 설군우가 그의 눈에 나타났을 때부터 이미 그는 죽음을 결심한 것이나 마찬가지였던 것이다.

기이이이잉…….

모인승의 검이 기묘한 소리를 내며 울기 시작했다. 넓은 대지에 울리는 장중한 소리가 아니라 들릴 듯 말 듯한 작은 울림이었는데, 그 작은 울림에 오히려 설군우는 긴장하고 있었다. 이 소리는 소명(小鳴)이라 불리는 천류검의 최고 경지였다. 모인승은 천류검을 십성이 아니라 십이성 대성하고 있었던 것이다.

시시싱…….

모인승의 검날이 허공으로 치솟았다. 신형을 공중으로 띄운 채 모인승은 설군우를 향해 섬전같이 달려나갔고, 설군우는 뒤로 한 걸음 물러서며 칠 척의 긴 검을 허공으로 치켜들었다. 추호도 방심할 수 없었다.

모인승의 입가에서는 지금 선혈이 작게 흘러나오고 있었다. 그는 지금 모든 것을 단 한 수에 건 셈이었다. 설군우는 그런 모인승의 모습에 왼발을 몸 쪽으로 끌어당기며 오른발 하나로 중심을 잡기 시작했다.

엄지와 검지를 곧게 편 채 그는 왼손을 길게 내밀며 날아오는 모인승을 향해 뻗었다. 오른손은 머리 위로 치켜들면서 검날을 눈높이까지 치켜들었다.

"차아아앗!"

일갈과 함께 피를 토하며 모인승이 검을 내밀었다. 문득 그의 손목 어림에서 푸른 기가 맺히기 시작했다.

천류검은 일반적인 내력의 운용과 다른 점이 하나 있었다. 하단전이 아니라 중단전을 운용하면서 펴내는 것이 바로 그것인데, 그렇기 때문에 천류검은 독특한 움직임을 보이고 있었다.

허공에 뜬 채 마치 새처럼 부드러운 운신을 가능하게 했는데, 지금 모인승의 모습처럼 허공을 날면서 검을 쳐낼 수 있는 묘용이 있었다. 하늘을 흐르는 검이라는 천류검은 검의 모습이 아니라 사람의 모습을 보고 붙여진 이름이었던 것이다.

모인승의 손목에 모여 있던 내력이 검으로 옮겨지면서 검날이 약간 떨기 시작했다. 그러더니 어느 순간 모인승의 검날이 한줄기 빛살이 되어 허공으로 비산하기 시작했다.

파파파파파파…….

눈이 사라졌다. 설군우의 주변에 내리던 눈송이들이 모인승의 검에 의해 산산히 부서지고 있었다. 실로 설군우가 눈을 부릅뜨고 보고 있지만, 그 궤적을 알 수 없을 정도로 모인승의 검은 유연하게 움직였다.

"후우웃!"

설군우의 입에서 긴 바람 소리가 흘러나오더니 이윽고 그가 움직였다. 한껏 치켜 올린 왼발을 힘차게 앞으로 내디디며 오히려 모인승을 향해 더욱 빠르게 움직인 것이다.

시리링…….

마치 채찍처럼 하늘거리며 허공을 물들이는 설군우의 검은 무섭고 두렵다는 말보다는 아름답다는 말이 어울렸다. 설원을 풍광으로 한 채 설군우는 허공에 빛의 그림을 그렸고, 그 그림 속으로 모인승의 신형은 뛰어들었다.

쩌저저저정!

현란한 공기의 파공음이 들리면서 두 사람의 신형이 어우러지기 시작했고, 푸른 장삼을 입은 서로의 신형이 얽혀 누가 누군지 구분할 수도 없는 빠른 공수가 이루어지기 시작했다.

고오오오오…….

두 사람의 내력이 어우러지는 서슬에 쌓였던 눈들이 공중으로 다시 솟구쳐 오르며 때 아닌 눈보라가 피어오르기 시작했고, 그 안에서 두 사람의 내력은 끝없이 솟구쳤다. 그리고는 한순간 정적이 찾아왔다.

"……."

모인승과 설군우 두 사람은 모두 말이 없었다. 서로가 삼 척의 공간을 둔 채 등을 돌리며 석상처럼 서 있었다. 문득 모인승의 입이 열렸다.

"자넨… 끝까지 날 비참하게 만들 텐가?"

"……."

모인승의 말에 설군우는 입을 굳게 다물었다. 그는 차마 모인승에게 살검을 겨눌 수가 없었다. 누가 뭐라고 하든 간에 그는… 자신의 사형이었다.

"지금 네가 화산에 오르려 한다면 이렇듯 손에 자비를 둬서는 안 될 것이야. 설마 그걸 알면서도 나에게 이렇게 대하는 것이냐?"

나직하게 물어오는 모인승의 목소리에 설군우는 두 눈을 질끈 감았다. 그가 가장 걱정하던 것이 바로 그 점이었다.

화산에 오르면 그는 무력을 사용할 수밖에 없었다. 하고 싶지 않아도 모든 것을 다 되돌리려면 그럴 수밖에 없었다. 바로 저들이 쓴 방법이 무력이었으니 말이다.

그렇다면 설군우가 올라서게 되면 피를 봐야만 하는 것은 틀림없는 수순이었다. 특히 들은 대로라면 조량금을 향해 필히 그는 검을 뽑아야만 했다. 그야말로 가차없이 실수를 써야 하는 상황이 되는 것이다.

한데 지금 그의 사형에게도 실수를 쓰지 못하는데 어떻게 그를 향해 검을 뽑을 수 있을 것인가? 스스로가 생각해도 한심한 일이지만 설군우는 그런 자신을 바꿀 수가 없었다.

그러나 모인승의 말이 옳았다. 더 이상 우물쭈물할 여유 따윈 없었다. 이젠 그런 긴박감을 온몸으로 느끼고 있는 것이다.

"난 최선을 다하고 있다. 더 이상 날 화나게 하지 마라! 네가 날 아직도…… 사형이라 생각한다면……."

모인승의 몸에서 다시금 내력이 치고 올라오기 시작했다. 그는 목구멍까지 올라오는 역한 핏물을 간신히 삼키며 검을 치켜들었다.

설군우는 알 수 없었지만 이미 모인승의 앞섶은 핏물로 검붉게 물들어 있었다. 검향을 이기며 움직이는 것만으로 그는 이미 죽어가고 있는 것이다. 설군우의 내력은 처음부터 그를 상회하고 있었다. 어떻게 해볼 도리가 없었던 것이다.

모인승은 오른 발목을 살짝 꺾으며 다시금 검에 힘을 주기 시작했다. 그의 입에서는 작은 핏줄기가 끊임없이 흐르고 있었다.

"……."

설군우는 이를 꽉 깨물었다. 비록 보지 않아도 모인승의 상태가 어떤지 너무나 잘 알 수 있었다. 느껴지는 그의 기력은 너무나도 약해져 있었다.

무인의 삶, 비록 모인승은 이야기하고 있지만 그건 핑계였을 뿐이다. 그는 지금 죽음을 원하고 있었다. 이젠 설군우도 어떻게 할 수가 없었다. 그의 마음은 굳어질 대로 굳어진 것이다.

쉬이잇!

문득 두 사람의 신형이 돌아서기 시작했다. 동시에 돌아서면서 장검을 서로에게 길게 뻗어낸 것이었다.

카카카각!

기묘한 소리와 함께 설군우의 검날이 움직이더니 돌아서는 모인승의 검을 채찍처럼 휘감기 시작했다. 모인승의 검은 설군우의 검에 얽혀 더 이상 앞으로 나아가지 않았다.

두 사람 사이에 잠시 정적이 흐르기 시작했고, 문득 설군우의 눈에 모인승의 모습이 보였다. 모인승의 몸은 이미 정상이라 볼 수가 없었다.

얼마나 많은 피를 입에서 흘렸는지 그의 바지까지 온통 검붉은 피가 젖어 있었다. 호흡도 거칠어질 대로 거칠어진 상태였고, 온몸에서 작은 경련이 그치지를 않았다.

"사형!"

설군우의 입에서 앙다문 목소리가 흘러나오기 시작했다. 모인승의 얼굴은 참으로 평온해 보였다. 좀 전까지 그렇게 막무가내로 나오던 사형이 아니었다.

"과연 향검…… 역시 자넨 화산의 자랑일세……. 이 모인승 지금에야 깨달았네……."

조용한 목소리로 이야기하는 모인승은 설군우를 향해 나직하게 웃었다. 설군우는 이를 악물며 그를 바라보았다.

"이제 내가 자네에게 부탁할 것은 하나밖에 없는 것 같군. 들어주겠나?"

"사… 형……."

설군우는 끝내 눈을 질끈 감았다. 모인승이 원하는 것은 한 가지. 죽음뿐이었다.

이미 모인승은 오장육부가 갈갈이 찢긴 후였다. 설군우의 내력이 그를 헤집어놓은 것이다. 지금 그가 견디는 것은 그저 남은 한줄기 내력 덕분이었다.

아마도 지금 엄청난 고통을 참으며 서 있을 터였다. 그 점을 잘 알기에 설군우는 눈을 감은 것이다. 그의 마지막을 보지 않기 위해 말이다.

이윽고 설군우의 검날이 곧게 펴졌다.

쩌어어엉! 파파파꽝…….

모인승의 검날이 산산조각으로 부서지며 그의 전신 대혈을 훑고 지나가자 모인승은 천천히 무너져 내렸다. 눈 속에 고개를 박으며 그는 빙긋이 웃고 있었다.

털썩.

"사, 사형! 모 사형!"

설군우의 눈에서 눈물이 흐르기 시작했다. 이를 악물고 고개를 떨구는 그의 앞에는 그의 사형, 모인승의 몸이 차갑게 식어가고 있었다.

"쿨럭!"

호금종은 결국 기침과 함께 검붉은 핏덩이를 토해내었다. 광검이 날린 산운을 하나하나 막은 결과였다. 하나 여전히 그의 눈만은 새파랗게 빛나고 있었다.

"이상하군. 아까부터 그렇게 놀리던 그 주둥이를 닫으니 네놈이 마치 다른 사람 같구나. 어때? 이 미친놈에게 다시 한 번 지껄여 보시지? 이번엔 아주 그 입을 뭉개 버릴 테니!"

차디찬 미소를 지으며 광검은 눈을 부라렸고, 그 모습을 보며 호금종은 하나 남은 왼손을 굳게 말아 쥐었다. 처음의 격돌에서 당한 여파가 너무도 컸다.

수를 쓴다고 쓴 것이 오히려 자신이 함정에 빠진 꼴이 되자 남은 것은 한없이 밀리는 것밖에는 수가 없었다. 단 한 번도 역공을 펼쳐 보지 못한 채 호금종은 지금껏 간신히 버티고 있었고, 그마저도 이젠 힘들 것 같았다. 이제 남은 내력이 얼마 없었던 것이다.

대의천공은 희대의 신공임에 틀림없었다. 남의 내력을 자신의 것으로 만들어 버리는 무공이라면 어떠한 것을 포기하든지 반드시 배울 만한 가치가 있다고 호금종은 생각했었다. 그래서 그는 대의천공을 익혔었다.

하나 대의천공은 약점 또한 분명히 존재했다. 남의 내력이기에, 빌려온 내력이기에 아무래도 자신이 발출하면 원래 내력의 위력이 나오질 않았다. 즉, 반 정도는 버린다고 봐도 무방한 것이다.

하나 그는 이러한 점을 받아들이는 내력의 크기를 늘림으로써 해결했고, 여태껏 그게 잘 먹혔었다. 한데 지금은 오히려 그 점이 역으로 자신을 누르고 있었다.

대의천공을 믿고 소홀히 한 본신 내력의 힘이 정말 아쉬워진 것이다. 하다못해 삼 년 정도만 더 수련했어도 아마 저 광검과 맞먹는 무위를 지금 선보일 수 있었을 것이다. 그러나 모든 것은 때늦은 후회일 뿐이었다.

"크흐훗! 정히 원한다면 들려주어야지, 왜 가만히 있겠나? 같잖은 무공으로 조금 선기를 잡았다고 아주 기고만장을 하는 것 같은데, 그게 얼마나 오래갈 것 같나? 설마 하니 내가 정적을 없애고 자금성에서 우뚝 설수 있던 것이 그저 이 머리로 이루어진 것 같나?"

"……."

이윽고 들려온 호금종의 목소리에 광검은 입을 꽉 다물며 노려보기 시작했다. 확실히 호금종의 내력은 자신보다도 높게만 느껴졌다. 좀 전에는 선기를 뺏겨 허둥댄 것처럼만 보였다.

대의천공이 본신 내력의 반도 사용 못한다는 것을 그는 알지 못했으니 당연한 것이었다. 광검은 다시 검을 치켜들며 호흡을 가다듬기 시작했다.

"훗, 미친놈아! 할 말 없느냐? 그럼 이거나 받아라!"

파아아앙…….

마침내 호금종이 움직였다. 한데 장력의 방향이 조금 이상했다. 광검이나 뒤쪽에서 눈에 불을 켠 채 감시하는 상귀와 하귀의 방향이 아니라 자신의 발밑이었다. 그러자 쌓여 있던 눈들이 하늘로 치솟아오르기 시작했다.

휘류류류릉…….

"……!"

뜻밖의 사태에 광검은 눈을 크게 떴다. 호금종이 그 자리에서 신형을 휘돌리고 있었다. 마치 거대한 눈의 회오리가 일듯이 주위의 공기를 휘몰아치자 호금종의 모습이 흐릿하니 보이지 않았다.

게다가 그 상태로 조금씩 자신을 향해 다가오고 있었는데, 광검은 그것을 보며 이를 악물었다. 아무래도 마지막 발악인 것 같았다.

"차아압!"

파아앙!

힘껏 기합성을 지르며 광검은 발로 땅을 박찼다. 그러자 그의 신형도 호금종처럼 휘돌기 시작했는데, 역시 그의 신형도 부옇게 변하며 잘 보이지 않았다. 하나 눈 때문에 그런 것은 아니었다.

그가 일으켜 올린 산운이 같이 휘돌며 그렇게 된 것이었다. 그 상태로 광검은 다가오는 호금종을 향해 움직였다.

쩌두두두두두.

두 사람의 내력이 부딪치기 시작하자 귓가에 거슬리는 소리가 들려왔다. 소리나 서로의 위치를 보았을 때 누구 하나 밀리지 않는 백중세였다.

"이얍!"

"타이얏!"

두 사람의 입에서 동시에 기합성이 흘러나오면서 이윽고 신형이 멈추었다. 광검은 검을 들어 올리며 휘도는 산운을 쳐내었고, 호금종은 왼손을 들어 광검의 산운을 향해 장력을 날린 것이다.

쩌러러러렁!

"우웃!"

"컥!"

답답한 신음성을 흘리며 두 사람의 신형이 밀려나고 있었다. 한데 그 방향이 좀 묘했다.

뒤쪽이 아니라 오른쪽으로 돌듯이 움직인 것인데, 서로의 내력이 일자로 충돌한 것이 아니라 회전하면서 충돌한 여파인 듯했다.

"커헉. 컥!"

호금종은 밀려난 곳에서 다시금 피를 토했다. 아무래도 역부족인 듯했는데 그건 광검도 마찬가지인 것 같았다. 광검 역시 입가에 피를 흘리며 호금종을 노려보고 있었다. 그때였다.

"……!"

갑자기 광검의 눈이 살짝 커졌다. 호금종의 얼굴… 웃고 있었다. 방금전 거의 상당한 타격을 입어 더 이상 회생이 불가능할 것만 같았는데, 뜻밖에도 그는 사이한 웃음을 짓고 있었다.

"어차피 죽는다면 그냥은 죽지 않는다. 모두 함께 죽는 거다!"

파아앙!

"이런!"

빙글 신형을 돌리며 힘차게 허공으로 도약하는 호금종을 보며 광검은 낯빛을 바꾸었다. 순간적으로 서로의 위치가 바뀌어 버린 것을 몰랐던 것인데, 바로 이런 상황을 호금종은 노린 것이다.

그는 지금 패도와 비연이 있는 곳으로 가고 있었다. 도망치는 것이 아니라 마지막 발악을 하고 있는 것이다.

"고죽노인! 유경! 그놈을 막아!"

파아아앙!

힘껏 발을 구르며 광검은 소리쳤지만 두 사람 사이의 거리는 근 삼 장이 넘는 거리였다. 그가 쫓아가는 것은 사실상 불가능한 일이었다.

입에서 끊임없이 선혈을 흘리면서도 호금종은 온 내력을 일으켜 달려가고 있었다. 이미 그의 눈은 광기 어린 눈빛으로 변한 지 오래였다.

2

"지독한 놈! 게 서지 못하겠느냐!"

유경은 고함을 지르며 호금종의 앞을 막아서려 했다. 그러나 호금종은 전혀 멈출 기세가 아니었다. 오히려 놀리는 양 발에 더욱 힘을 주면서 속력을 더 끌어올리고 있었다.

"차아앗!"

피리리리링…….

유경의 연검이 또다시 허공에서 춤을 추기 시작했다. 그의 용무십삼세가 다시금 허공에서 찬란하게 피어오르기 시작했고, 그제야 호금종의 눈빛이 약간 변했다.

하나 이미 두 사람과의 거리는 너무도 가까웠다. 호금종은 속력을 줄일 수가 없었고, 줄일 생각도 하지 않았다. 그대로 밀어붙이려는 심산이었다.

"미친!"

카카카칵!

또다시 호금종의 몸에서 불꽃이 일기 시작했다. 그의 비갑에 유경의 용신검이 닿은 것인데, 이번에는 그것으로 끝나지 않았다. 유경은 허리를 틀어 호금종이 발출한 장력을 피하며 검을 위로 치켜들었다.

사아앗!

"크아아아악!"

호금종의 입에서 커다란 고함 소리가 흘러나왔다. 그의 얼굴을 유경의 검날이 훑고 지나간 것이다. 분수처럼 피가 흐르는데도 불구하고 그는 멈추지 않았다. 그는 다시금 발을 내디디며 더욱더 앞으로 뛰어나가 순식간에 유경을 뒤로하고 달려나갔다.

"저……!"

유경은 잠시 멍한 기분이었다. 설마 또다시 이성을 잃고 날뛸 줄은 그도 미처 생각하지 못했었다. 그가 실수한 것이다.

하나 그는 다시 숨을 들이키며 호흡을 고르기 시작했다. 아직 그가 늦은 것은 아니었다. 지금 저 앞에는 고죽노인이 버티고 있었던 것이다.

"오냐! 산산조각을 내주마! 이 죽일 놈!"

고죽노인의 입에서 거친 소리가 흘러나왔다. 얼굴에서 피를 쏟으며 달려오는 호금종을 보면서 그는 단창의 수실을 풀어내었다.

"비켓! …이아아압!"

구오오오오……

순식간에 왼손에서 장력을 쳐 올리며 달려오는 호금종을 보며 고죽노인은 침착하게 호흡을 가다듬었다. 그리고는 앞발을 박차며 신형을 뒤쪽으로 움직였다.

짜자자자작!

휘돌리는 고죽노인의 수실에 호금종이 내민 장력이 갈갈이 찢겨가기 시작했다. 고죽노인은 호금종의 속력과 같이 움직이면서 계속 수실을 휘둘렀다.

파사사사사……

호금종은 왼손을 눈앞으로 치켜든 채 그대로 밀고 달려왔다. 그의 팔뚝에서 핏줄기가 사방으로 튕겨 나가는데도 그는 멈추지 않았다. 순간 고죽노인의 허리가 굽혀졌다.

"차아아앗!"

피리리릿… 파아악!

시선을 가리고 있던 호금종의 무릎 어림에서 핏줄기가 터져 나왔다. 고죽노인의 수실이 그의 양 무릎을 관통한 것이었다. 비록 뼈까지 자르지는 못했지만 호금종은 더 이상 다리에 힘을 줄 수 없을 것이 분명했다. 한데……

"우아아아악!"

푸우욱……. 파아앙!

"……!"

고죽노인의 눈이 한껏 커졌다. 호금종은 발로 땅을 박차는 것이 아니라 눈 속에 왼손을 박더니 왼손의 힘으로 튕기듯 앞으로 나가고 있었다. 패도와 비연이 있는 곳과는 기껏해야 일 장 정도? 이 정도의 힘으로도 충분히 도약할 수 있었다.

고죽노인은 욱신거리는 팔꿈치의 고통을 잊으며 다시 양 발에 힘을 주려 했다. 순간 뒤쪽에서 느껴지는 감각에 살짝 옆으로 이동했다 .

파아앙!

광검의 신형이 보였다. 그가 어느새 달려와 호금종을 바짝 따르고 있었는데, 고죽노인이 보기에도 좀 …늦은 듯 보였다.

"죽… 인… 다!"

호금종은 왼손을 뻗었다. 바로 앞에 죽은 듯이 쓰러져 있는 패도와 비연이 보였다. 비연은 지금 손에 아이를 든 채 패도의 앞을 막아서고 있었다.

솔직히 저 곰 같은 패도의 목숨이 어찌 되든 그는 상관하지 않았다. 그저 저 반뇌의 처와 딸, 그들의 목숨을 뺏는 것이 그의 목표였다. 비록 자신이 죽더라도 반뇌가 절망의 구렁텅이에 빠지는 꼴을 보고 싶었던 것이다.

이제 조금만 더 가면 이 손으로 두 사람의 머리를 으스러뜨릴 수가 있었다. 약 반 장의 거리, 달려오는 힘이나 속도 모두 괜찮았다. 그는 왼손에 온 힘을 집중하며 이를 갈았다. 그때였다.

스슷―

문득 앞에 누군가의 신형이 나타났다. 청의 무복을 입고 있는 사내였는데, 정확히 호금종의 목을 향해 검을 내밀고 있었다.

"…네놈이!"

호금종은 이를 악물며 손을 움직였다. 나타난 사람은 화수련의 동생 화설군이었다. 그가 검을 들이댄 것이었다.

따아앙……

손가락으로 다가오는 검날을 튕겨내자 검이 둥글게 휘기 시작했다. 그러자 목이 아니라 그의 가슴에 검날이 닿았다.

카라라락. 따아앙……

비갑에 거슬리면서 검이 호금종의 하체를 향해 미끄러져 가다 결국 부러져 버렸다. 그러자 화설군은 왼손을 치켜 올렸다. 호금종의 목을 향해 호구를 만들며 쥐어뜯으려는 듯한 동작이었다.

"쥐새끼 같은 놈!"

파아앙.

호금종은 대번에 그의 목 밑으로 장력을 날렸다. 비록 화설군이 화산파의 후기지수 중 상당한 실력을 갖고 있는 사람이고, 호금종이 부상을 입었다지만 그는 호금종의 상대가 될 수 없었다. 가슴 어림에 정통으로 장력을 입은 채 화설군은 신형을 땅바닥에 뉘었다.

호금종은 그 반탄력을 이용해 허공으로 솟구쳤다. 이 장여를 솟구치며 올라선 그의 눈에서 새파란 광망이 비추어지기 시작했다. 필사적으로 흔들리는 신형을 가누면서 장력을 가득 담은 왼손을 머리 위로 치켜들었다. 그대로 떨어져 내리면서 가속을 붙여 비연과 패도를 한꺼번에 죽일 생각인 것이다.

"죽엇!"

고오오오……

호금종의 주위로 흩날리던 눈송이들이 거칠게 움직였고, 그의 손 일척 주위에는 눈송이들이 삽시간에 녹아내렸다. 이른바 낼 수 있는 모든 힘을 다 치켜 올린 것이다.

슷—

"……."

순간 호금종은 목 어림에 뭔가 서늘한 것이 스쳐 지나간 것을 느꼈다. 왠지 차가운 그 감촉은 순식간에 그의 의식을 흐리게 만들어놓고 있었다.

문득 그의 눈에 누군가의 모습이 비치고 있었다. 왼 어깨를 앞으로 내밀며 전방에서 섬전같이 달려오는 광검의 모습, 그것이 그가 기억하는 마지막이었다.

파아앙!

달려오는 탄력을 어깨에 실은 광검은 그대로 호금종의 가슴을 밀어붙였다. 뒤로 튕겨 나가는 호금종의 모습을 보며 광검은 땅에 내려섰다.

두툭.

폭신하게 쌓인 눈 위로 둔탁한 물체 하나가 떨어지는 소리가 들렸다. 광검은 고개를 내려 그 물체를 향해 시선을 주었다.

"……."

묵묵히 바라보던 광검은 이윽고 시선을 돌렸다. 그가 보던 것은 호금종의 목이었다. 유경과 고죽노인이 조금이나마 시간을 끌어준 덕분에 광검은 호금종의 신형을 따라잡을 수 있었고 간발의 차이로 그의 목을 벤 것이다.

더 이상 주위에는 사람들이 없었다. 언뜻 보니 설군우도 도착해 있는 것으로 보아 화산 사람들과의 승부도 이미 난 것 같았다. 나머지 화산의 제자들은 이미 이곳에 없었다. 아까 설군우가 나타나 검을 뽑는 순간부터 이미 서서히 도망치고 있었던 것이다.

패도를 몰아세웠던 화산의 무리 중 남아 있는 것은 저 화설군이란 친구뿐이었다. 그는 지금 가슴이 함몰된 채 가쁜 숨을 몰아쉬고 있었다.

"서, 설군아!"

비연은 너무나 놀라 무슨 말을 해야 할지 알 수 없었다. 솔직히 패도가 걱정되어 고죽노인과 함께 돌보다 보니 옆에 있었는지조차 알 수 없었다. 그녀는 그저 화설군이 같이 온 대사형과 함께 화산으로 몸을 뺐으리라 생각했는데, 설마 옆에서 우두커니 서 있을 줄은 꿈에도 생각하지 못했다.

게다가 자신을 위해 목숨을 내밀다니……. 화산에서 그가 자신에게 한 것을 생각하면 도저히 이해가 가지 않는 행동이었다. 솔직히 그 누구보다도 자신을 몰아붙였던 것이 바로 친동생 화설군이지 않는가?

"누… 누님……."

가슴속에서 올라오는 핏물을 꾸역꾸역 뱉으며 화설군은 비연을 찾았고, 비연은 흠칫하며 신형을 옮겼다.

"네가… 네가 왜?"

비연은 떨리는 목소리를 겨우 내었다. 이미 화설군의 상세는 눈으로 봐도 어쩔 수 없다는 것을 알 수 있었다. 말은커녕 함몰된 가슴뼈로 인해 숨도 제대로 못 쉬고 있었던 것이다.

"죄… 죄송… 본의가… 아니……."

떠듬떠듬 이야기하는 화설군의 목소리에 비연의 눈에서 눈물이 고이기 시작했다. 그때였다.

"수련아! 잠시 비켜보거라!"

설군우의 목소리가 들리더니 어느새 비연의 앞에 나타나 화설군의 몸을 빠르게 점혈하기 시작했다. 완전히 굳어 있는 그 얼굴은 화설군의 상세가 너무도 중함을 은연중에 알리는 듯했다.

"여기서 이럴 때가 아닌 것 같구나! 어서 쉴 곳을 찾아봐야 되겠다. 아니, 조금만 가면 관군들이 있으니 그곳에서 보도록 하자! 어서 움직이거라!"

설군우는 화설군을 재빨리 들쳐 업으며 이야기했고, 그 말에 모두의 신형이 바쁘게 움직이기 시작했다. 사실 패도의 상세 역시 작은 것이 아니었다. 지금껏 고죽노인이 응급처치를 하긴 했지만 더 편안하게 쉴 곳으로 이동해야 하는 것은 마찬가지였다.

"내가 업지! 다들 움직입시다!"

광검이 냉큼 달려와 패도를 업고 온 곳으로 다시 달리기 시작하자 사람들이 하나 둘 사라지기 시작했다. 비연과 난영화, 그리고 그들이 데리고 있던 어린 제자들까지 모두 사라지자 어느덧 유경 혼자만이 그곳에 남아 있었다.

"……."

유경은 묵묵히 땅에 뒹구는 호금종의 목을 바라보다 손을 뻗었다. 그 머리라도 가져가려는 듯했는데, 그러다 갑자기 멈추었다.

그리고는 고개를 흔들며 신형을 돌렸다. 이럴 필요가 없었다. 비록 황제의 명이라지만 그가 죽음을 확인한 이상 더 이상의 증거는 소용없었다. 세상에 목이 분리되고도 살아날 수 있는 사람은 없을 테니 말이다.

유경도 다리에 힘을 주고 움직이기 시작하자 움직이는 것이라고는 아무것도 없는 적막한 풍경이 연출되었다. 점점이 내리는 눈에 호금종의 목은 점점 그 형체가 사라지고 있었다.

"누구든… 해야… 했습니… 다. 컥!"

"말하지 마라! 조금 있다 치료라도 제대로 한 후에 그때 이야기해라! 알겠느냐!"

설군우는 다급한 목소리를 내었다. 등에 업은 화설군이 기어이 입을 열고 있었다. 지금이 아니면 마치 입을 열 수가 없다는 듯이 말이다.

화설군도 무공을 하는 사람이기에 자신이 입은 부상이 어느 정도인지 모를 턱이 없었다. 더 이상 목숨을 연명하기 힘들다는 판단을 한 듯 그는 힘겹게 입을 열기 시작했다.

조량금의 야심, 화설군은 이미 알 만큼 다 알고 있었다. 왠지 자신의 아버지에게 적의를 드러내는 조량금을 화설군은 유심히 지켜보고 있었다.

비록 그는 표면적으로는 언제나 화문성에게 전폭적인 지지를 보내고 있었지만 왠지 모를 가시가 항상 돋아 있었다. 다른 사람들이야 잘 모를지 몰라도, 적어도 화문성의 아들 화설군에게는 그것이 너무나 잘 보였다.

솔직히 조량금이 그렇게 행동하는 것을 느낀 것은 상당히 오래된 이야기였다. 그러나 확증은 없었다. 그리고 설마 그가 장문인인 자신의 아버지에게 위해를 끼칠 것이라고는 꿈에도 생각지 못했었다. 어찌 되었든 다 같은 화산의 식구들이니 말이다.

삼 년… 아마도 그쯤이었을 것이다. 화설군은 조량금의 마음을 그때서야 알 수 있었다. 그를 찾아온 손님 때문에 말이다.

"검은… 죽립에… 검은 무복을 입은 사람이었습니다. 대관절 얼마나 강한지 알 수는 없었지만 무공이 추측조차 되지 않는 사람이었습니다."

"……."

설군우는 달려가는 속도를 조금 늦추었다. 그러자 옆에 나란히 달리던 광검이 그를 젖히고 앞쪽으로 빠르게 달려가고 있었다.

화설군의 음성이 어느새 평상을 되찾았다. 하나 그것이 곧 죽음에 이르는 화광반조임을 설군우는 잘 알고 있었다. 기어이 화설군은 뭔가를 알려주려 하는 것이다.

"그는 화산에 오르자마자 혼자 연공하고 있던 내게 와서 조량금의 거처를 물어보았습니다. 그리고 웬만하면 길 안내까지 부탁한다고 했지요. 그래서 전 그를 데려다주었습니다. 누구냐고 물어볼 수도 없었지요. 그 정도의 무공이면 제가 덤벼보았자 죽음뿐이었습니다. 그 무언의 압력에 그저 굴복한 거지요."

등 뒤에서 들려오는 담담한 목소리에 설군우는 애가 타기 시작했다. 다시 속력을 배가시키고 싶었지만 더 빨리 달리면 이젠 화설군이 못 버틸 것만 같았다.

아무 생각 없이 화설군은 그를 데려다주었고 죽립인은 그저 고개를 끄덕이며 감사를 표하더니 움직였다. 그러다 문득 신형을 멈추더니 화설군을 향해 입을 열었다.

"재미있는 구경이 있는데 잠시 이곳에서 보지 않겠나? 물론 몸을 숨겨야 한다네. 꽤 거리가 있다손 치더라도 자네 정도 내력이면 충분히 볼 수 있을 것 같은데?"

"……"

화설군은 긴장된 눈빛을 감추지 않았다. 상대가 이렇게 나오는 것이 호의인지 적의인지 도무지 알 수가 없었다.

"허허허. 그런 눈으로 보지 말게나. 자네를 죽이려 했다면 이미 자넨 죽었네. 힘없는 사람처럼 보여도 내 나름대로 무공은 좀 자부하는 편이네."

죽립인은 화설군을 향해 다시 이야기하고는 신형을 돌렸다. 그리고는 근 오 장여를 움직여 조량금의 방문 앞에 섰고 화설군은 반사적으로 신형을 움직였다. 바로 옆에 있는 작은 바위 뒤로 숨긴 것이다.

곧 조량금이 나왔고, 두 사람은 서로 반갑게 인사를 했다. 그러고 보면 적의는 없는 것 같았다.

한데 조량금이 들어가자는 몸 동작을 하는데 죽립인은 고개를 저었다. 그리고는 자신의 품속에서 두루마리 하나를 꺼내어 조량금에게 건넸고, 그때 조량금의 눈빛은 탐욕으로 꿈틀거리고 있었다.

이윽고 조량금도 품속에서 두 권의 서책을 꺼내 죽립인에게 건네었고, 죽립인은 슬쩍 그 내용을 살펴보는 것 같았다. 그리고는 들고 있던 두 개의 책 중 낡은 것을 다시 조량금에게 넘겨주었다.

"⋯⋯!"

지켜보던 화설군의 눈이 커졌다. 비록 멀리 떨어져 있지만 저 책이 뭔지는 너무나 잘 알고 있었다. 항상 자신이 막힐 때마다 조심스럽게 읽던 책이니 모를 리가 없었다. 바로 자하신공의 진본인 것이다.

"틀림없는 필사본이었습니다. 죽립인이 원본과 조금 비교를 하는 것 같았지요. 그날 이후로 전 조량금을 더욱 눈여겨보기 시작했습니다."

귓가에 이는 바람 소리에 묻혀 화설군의 목소리가 작게 들렸지만 설군우는 온 신경을 기울여 그의 목소리를 들으려 하였다.

자하신공의 유출⋯⋯. 만일 그것이 사실이라면 그 사실 하나만으로도 대장로의 신분을 지닌 조량금을 화산의 이름으로 처단할 수 있었다. 하다못해 별것 아닌 하급 무공도 유출하면 죽음에 이를 수 있는데, 그것이 화산의 비급 중의 비급인 자하신공이라면 두말할 것도 없었다.

"결국 저는 스스로 그에게 다가가는 방법을 생각했습니다. 미련하기 그지 없는 방법이지만 별수가 없었습니다. 제가 알아본 바로는 이미 상당한 사람들이 비밀리에 그의 편을 들고 있었습니다. 아버님께 알려봤자 별수가 없었습니다."

"……."

설군우는 어금니를 질끈 깨물었다. 그럼 자신이 화산에 있었음에도 일이 진행되었다는 말인데, 그간 무공에만 신경 쓴 것이 화근 같았다. 화설군이 알 수 있을 정도로 움직임이 상당했다면 자신이 조금만 신경 쓰면 알 수 있는 일이었을 것이다.

"그리고… 누님이 왔습니다. 그때 전… 정말……."

설군우의 등이 축축해지기 시작했다. 화설군의 눈물이 그의 등에 점점이 떨어지고 있었다.

화설군은 당황했다. 만일 여기서 누이에게 조금이라도 유한 모습을 보인다면 저 조량금을 위시한 사람들이 가만있지 않을 것이 뻔했다. 이것이 빌미가 되어 그의 아버지는 언제 어떻게 되어버릴지 알 수가 없었다.

물론 수많은 갈등을 했다. 꼭 이렇게까지 해야 하나 하는 생각까지 들었지만 결국 그는 그렇게 할 수밖에 없었다. 아버지와 누이 중 그는 아버지를 선택한 것이다.

그래서 자신이 나서서 더욱 모질게 몰아붙였다. 옆에 대사형을 위시한 조량금을 편드는 사람들의 눈치를 보면서 자신이 더욱 몰아붙였었다. 솔직히 그때 무정이 나타나고 일이 마무리 지어질 때 가장 기쁜 사람은 바로 화설군 자신이었다.

이로써 화수련과 아버지 화문성은 잠시 한숨 돌릴 수 있게 된 것이라 생각했지만 그것은 섣부른 판단이었다. 이후 설군우가 화산을 떠나자마자 조량금은 그 마각을 드러낸 것이다.

그간 화문성이 확실하게 추진하지 못했던 일, 거기다 일단락 지어졌다고 생각한 비연의 일까지 모두 드러내더니 기어코 화문성의 장문 지위를 박탈했다. 솔직히 그 상황에서 화문성의 목숨이 온전히 붙어 있었다는 것만도 다행이었다.

화설군은 아버지를 살리기 위해 또다시 나섰다. 스스로 강하게 항의하는 부친의 혈도를 점하고 그의 손으로 뇌옥에 감금시켰다. 그가 먼저 손을 쓰지 않으면 안 될 상황이었던 것이다.

"아버님은 아직 뇌옥에 살아… 계십… 니… 다. 설… 숙부… 부디… 부디……."

"정신 차리거라! 쓸데없는 소리 말고 지금 한 이야기는 네가 직접 장문인께 전하거라! 어서 정신 차리지 못하겠느냐!"

설군우의 입에서 커다란 고함이 흘러나왔다. 등 뒤에 업은 화설군의 음성은 너무나도 가냘프게 들려오고 있었고, 그의 기운 역시 점점 사그라지고 있었다.

"누님… 께… 죄… 송… 주, 죽립이… 인… 장… 규… 여……."

"……."

설군우의 신형이 멈추었다. 기어이 화설군이 가지고 있던 생명의 불꽃은 그렇게 사그라졌고, 설군우의 등에서 차갑게 식어가기 시작했다.

"조… 량… 금……."

작은 눈물을 흘리며 악다문 입술 사이로 흘러나오는 설군우의 살기 띤 목소리만이 살포시 울려 퍼질 뿐이었다.

"자, 어서요! 조심하면서 빨리 가세요."

"그래, 알았다."

난영화의 채근에 비연은 걸음을 좀 더 빨리 옮기기 시작했다. 그녀는 지금 다른 일행과 함께 가는 중이었다. 패도를 업은 광검과 화설군을 업은 설군우만이 먼저 갔던 것이다.

비록 몸은 천근만근 무거웠지만 그녀의 마음만은 한없이 가벼웠다. 모든 일이 생각지도 않게 잘 풀렸다 생각하고 있었는데, 특히나 그 생각 중에서는 동생 화설군에 대한 것이 제일 즐거운 생각이었다.

자신을 미워하고 있던 것이 아니었다. 무슨 일인지 모르지만 그는 일부러 자신을 차갑게 대했던 것이었고, 그 진심을 몸으로 보여주었다. 그 점이 못내 가슴 떨리는 감격으로 그녀에게 다가왔던 것이다.

하마터면 비극적인 현실이 될 수도 있었다. 어쩌면 동료의 손에 화설군이 죽을지도 모를 상황이었는데, 이젠 그런 일은 일어나지 않을 것 같아 여간 기쁜 것이 아니었다. 그때였다.

"응? 쓰벌, 저거 설군우 아니어?"

"글게요. 설 대협 맞는 것 같은데요? 근데 왜 안 가지?"

문득 들려온 상귀와 하귀의 목소리에 비연은 고개를 들었다. 그리고는 그 자리에 우뚝 섰다.

설군우는 움직이지 않고 있었다. 그저 등에 화설군을 업은 채 그대로 석상처럼 서 있었는데, 왠지 느낌이 좋지 않았다.

"……."

비연은 눈을 좁혔다. 움직임이 있기는 있는 것 같았는데 왠지 상당히 어색한 움직임이었다. 마치 설군우가 화설군을 살짝살짝 흔드는 것 같았다.

"아! 안 돼!"

비연의 입에서 고함 소리가 터져 나왔다. 우뚝 선 설군우의 신형… 그는 지금 어깨를 들먹거리며 울고 있는 것이다. 그리고 그런 상황이라면 등 뒤에 업혀진 화설군의 상태는…… 이미 죽은 것이란 뜻이었다.

□제85장□
꺾여진 꿈

꺾여진 꿈 1

'이 내가… 지금 저자를 두려워하는 건가?'

다기라나한은 스스로도 이해 못할 현상에 당황하고 있었다. 무정과 근 삼 장이나 떨어져 있는데도 온몸에서 작은 떨림이 일어나고 있었다. 무 정이 일으킨 엄청난 내력에 다기라나한의 내력이 반응하여 일어난 현상 인 것이다.

그만큼 무정이 끌어올린 내력은 상상을 초월하고 있었다. 그가 신처럼 생각하는 대장로나 이 정도가 될까? 이 나이가 될 때까지 강호를 돌아다 닌 그로서도 이런 내력은 본 적이 없었다.

"당신들에게는 무공이 낮은 사람들은 살 가치조차 없는 사람들인가? 그래서 그렇게 웃음 지은 건가? 그 살육의 현장에서?"

무정은 나직하게 입술을 열며 다기라나한에게 다가오고 있었다. 그가 점점 가까이 다가올수록 다기라나한을 비롯한 구대장로에게 가중되는 압력은 점점 커져만 갔다.

"하룻강아지가 범 무서운 줄 모른다더니 네놈이 그짝이구나! 내력만 크면 다 이길 줄 알았더냐!"

파아앗······.

갑자기 다기라나한의 옆에 서 있던 과사옥이 더 이상 참기 힘들었는지 고함을 지르며 앞으로 나왔다. 이미 검날에는 강한 기운이 맺혀 있는 상태였다.

얼마나 빠른 출수를 했는지 고수들이 꽤나 모여 있는 이 자리에서도 대부분 그의 움직임을 보지 못하는 듯했다. 그야말로 필생의 힘을 단 한 수에 낸 것이었다.

시시시싯······.

아주 작은 소리가 허공에 울려 퍼지면서 과사옥의 밀검이 다시금 무정에게 발출되었다. 밀검의 원래 속도에 과사옥이 달려오면서 쳐낸 위력에 밀검의 속도는 상상을 초월하고 있었다. 과사옥은 입가에 득의의 미소를 떠올렸다.

발을 구르는 순간도 좋았고, 발출하는 순간도 적절했다. 그야말로 최고의 출수, 이 정도면 솔직히 대장로와도 할 만하다고 생각하는 그였기에 곧 보여질 결과에만 집중하고 있었다. 그 순간이었다.

"······!"

과사옥의 입가에 미소가 사라지면서 눈이 확 떠졌다. 도저히 믿을 수 없는 일이 벌어지고 있었다.

백회혈이 완전히 열린 것은 아니었다. 그저 구여 신니가 심어놓은 내력의 동전이 반으로 갈라져 버린 것뿐이었다. 하나 그 정도의 틈으로도 내력은 엄청난 크기로 증폭되고 있었다.

아직 제어하지 못할 정도는 아니지만 두려울 정도이긴 했다. 하나 무정에게 더 이상의 선택권은 없었다. 더 이상 주위 사람들을 잃고 싶지 않았던 것이다. 만일 그런 일이 또다시 생긴다면… 이젠 그 자신이 먼저 죽을 것을 결심한 것이다.

그런 그의 눈에 과사옥이 날린 밀검들이 보였다. 다른 사람들에게는 엄청나게 빠른 속도로 보일지 몰라도 지금 무정에게는 보통의 속도로밖에 보이지 않았다. 그만큼 내력이 더 올랐던 것이다.

무정은 오른손을 치켜 올렸다. 그리고는 발출한 묵기를 빠르게 움직이기 시작했다.

고오오오오…….

마치 초우의 한 치 앞에서 누군가 묵기를 돌리는 듯 묵기가 뭉치더니 칼끝을 중심으로 빙글빙글 돌기 시작했다. 이어 그곳으로 과사옥의 밀검이 들이닥치자 무정은 몸에서 또 한 번의 내력을 발출했다.

빠각. 빠가가가각…….

듣기만 해도 소름 끼치는 소리가 들려오면서 과사옥의 밀검이 묵기와 뒤엉키기 시작했다. 밀검은 날아오는 속도가 현저히 줄어들더니 무정이 들고 있는 초우까지도 오지 못하고 있었다.

문득 무정은 초우를 들어 올렸다. 그리고는 팔목을 틀어 아래에서부터 위로 힘차게 휘둘렀다.

쩌어어어엉…….

묵기의 구름이 갈라지면서 과사옥의 밀검과 함께 허공으로 치솟고 있었다. 묵기를 고체처럼 정형화하여 밀검을 막아내고 다시 이를 쳐낸 것인데, 올라간 묵기는 밀검과 함께 그 힘을 다하고 서서히 사라지고 있었다.

무정은 눈을 내렸다. 그리고는 살기를 쳐 올리며 다시 입을 열었다.

"마지막으로 기회를 주지. 덤비려면 지금 한꺼번에 덤벼라."

"시건방진 놈!"

도승경이 이를 갈면서 앞으로 뛰어나왔고, 그 뒤를 이어 위천 우염도 달려오고 있었다. 다기라나한은 좌측으로 돌고 있었고, 과사옥은 좌측으로 이동하고 있었다. 순식간에 무정을 둘러쌀 심산인 듯했다.

"후우우……."

파아앗.

살짝 한숨을 내쉬며 기식을 조절하던 무정의 신형이 사라졌다. 그리고는 모두 놀라며 눈을 두리번거리고 있는 것을 비웃기라도 하듯 달려오던 도승경의 머리 위로 나타났다.

"이런!"

도승경은 대경하면서 채찍을 위로 쳐들었다. 순식간에 그의 채찍은 허공에 마치 긴 검처럼 빳빳하게 섰는데, 어이없게도 무정의 가슴이 그 채찍에 뚫려 버렸다.

"……."

도승경은 잠시 멍하다가 퍼뜩 정신을 차렸다. 찔렸다면 뭔가 감각이 있어야 하는데 그렇지가 않았다. 이건 환영인 것이다.

피이이잉…….

도승경의 승편이 다시 뱀처럼 구부러지면서 자신의 몸을 휘감기 시작했다. 일 척여의 공간을 남긴 채 마치 명절 날 사당패들이 사모를 돌리듯 그도 휘돌리고 있는 것이다. 그때였다.

피이이잉…….

"억!"

팔이 끊어질 것 같은 고통을 느끼며 도승경은 눈을 돌렸다. 누군가 그의 채찍을 밟고 있었다. 그 힘이 어찌나 대단한지 하마터면 승편을 놓칠 뻔할 정도였다.

이 분명하니 그 정도는 각오를 해야 했다. 이윽고 그의 입이 열렸다.

"물론 그런 생각은 무리겠지. 내 목이 필요하다면 그렇게 하게나. 비록 내가 움직인 모든 이유가 본교를 위한 것이기는 하나 이렇듯 장로들이 죽음에 이르는 것은 아니었네. 결국 내가 실수한 것일세."

나직하게 들리는 지천희의 목소리에 무정은 눈에 힘을 주었다. 뭐가 의도이고 뭐가 결과가 아니라는 것인가? 그야말로 그건 마교의 입장에서 본 것일 뿐이었다.

무정의 입장에서 본다면 많은 것을 잃었다. 그의 목숨을 살려주었던 구여 신니가 몸담았던 문파가 풍비박산났고, 그가 마음을 두던 여인은 잔인하게 죽었다. 한꺼번에 너무 많은 것을 잃어버린 것이다.

만일 이들이 나섰다면 이런 일은 없었을 것이다. 저 간교한 지천희가 약속을 지켰더라면 이런 일은 없었을 것이다. 결과를 바꿀 수 있는 힘을 가지고 있었음에도 알량한 계책 때문에 무정에게 최악의 결과를 가져오게 한 것이다.

그 점이 무정은 화가 나 미칠 지경이었다. 무정은 말없이 초우를 치켜들었다. 그리고는 묵기를 피워 올리며 그대로 내려치려던 순간,

"……비켜라, 관산주. 그렇지 않으면 너까지 베겠다."

무정의 입에서 살기 어린 목소리가 다시 흘러나오기 시작했다. 세류마살 관산주가 무정과 지천희 사이에 몸을 내밀어 막은 것이다.

관산주는 죽간을 꽉 움켜쥐고 있었지만, 그도 지천희처럼 싸울 생각은 없는 듯했다. 올렸던 내력을 모두 흩어버리고 있었던 것이다.

"비킬 수 없네……. 이분은 나에게 있어 주공이시네. 어찌 나보다 먼저 가시게 만들 수 있는가? 게다가……."

"……."

담담한 그의 목소리에 무정은 이를 악물었다. 관산주는 뭔가 또 할 말

이 있는 듯 입을 우물거리고 있었다. 잠시 그렇게 우물거리던 관산주는 무정을 향해 다시 입을 열기 시작했다.

"이 모든 것의 원인이 마치 교주님의 잘못인 것처럼 되어버렸는데, 실상 그것이 아닐세. 모든 것을 획책한 사람은 따로 있네. 그는 우리 대……."

"그만두게 관산주! 무슨 말이 그리 많은가!"

뒤에서 조금 노한 지천회의 목소리가 들려오자 관산주는 신형을 돌렸다. 그리고는 그를 향해 다시 소리쳤다.

"교주님! 그것이 진실이지 않습니까! 이것이 교주님의 생각입니까? 모두가 대장로님의 생각 아닙니까!"

"…뭐라!"

관산주의 말에 뒤쪽에 있던 이장로 곡우진이 목소리를 내었다. 대장로의 뜻이라니 이게 무슨 말인지 알 수가 없었다. 그렇다면 대장로가 자신들을 죽이려고 했다는 뜻이 아니겠는가?

"그 무슨 소리인가 관산주! 어찌 대장로가 우리를 죽이려 한다는 말이냐! 당장 모든 것을 털어놓지 못할까!"

소살검 마소진이 기어이 얼굴에서 미소를 지우며 소리쳤다. 그만큼 충격적인 말인 것이다. 하늘처럼 생각해 왔던 대장로가 자신들을 죽이려 한다는 것을 도무지 믿을 수가 없었던 것이다.

"……믿기지 않겠지만 모든 것은 사실이외다. 이 모든 상황은 이미 대장로가 예측한 상황이오. 나는 그 당시 교주님의 옆에 있었기 때문에 알고 있을 뿐이외다."

"다, 닥쳐라! 어찌 대장로가… 우릴 죽이려 한단… 말이냐!"

무정이 쳐 올린 묵기에 온몸을 떨면서도 다기라나한은 소리쳤다. 그만이 아니라 구대장로 모두 믿을 수 없다는 표정이 역력했다. 동기가 없는 것이다.

"어찌? 어찌라……. 이렇게 말하면 대답이 될지 모르겠소. 대장로의 신분은 마교의 장로라는 것 하나뿐만이 아니오. 암중에 중원을 암약하는 호위가의 신분이기도 하오이다. 또한 과거 중원에 나왔을 때, 그는 지금의 모습이 아닌 다른 모습으로 남아 있었소이다."

"…호, 호위가?"

생소한 단어에 천축에 적을 두었던 다기라나한은 의아한 표정을 지었지만 나머지 장로들의 얼굴은 삽시간에 변했다. 그렇다면 이해가 될 듯도 했다.

호위가는 그야말로 황제를 위한 중원의 가문, 어떤 의도인지 모르지만 판단이 선다면 아군에서 적으로 돌변하는 것이 가능했다. 그들에게 영원한 친구는 없다고 보는 것이 옳았다.

호위가가 중원에서 할 일이 과연 뭐가 있을 것인가? 황제가 중원에 바라는 것이 있다면 단 하나, 그저 왕권에 위협이 되는 세력들을 견제하는 것 하나뿐이었다. 무림의 거대 세력들은 솔직히 관에서 치기가 쉽지 않았기 때문이다.

특히 마교라 하면 그 힘을 추측하기조차 힘들었다. 그런 관점에서 본다면 구대장로 모두를 죽이면 목적을 달성했다고 볼 수 있었다. 마교의 힘이 상당히 약화될 것은 분명하니 말이다.

"우리가 제거 대상이 되었다는 것인가? 이제껏 자신의 말에 복종해 온 우리를 헌신짝 버리듯이 내쳐 버린단 말인가!"

곡우연의 입에서 고함이 터져 나왔다. 배신감에 치를 떨고 있는 것이다. 그때였다. 여태껏 묵묵히 입을 다물고 있던 지천희가 입을 열었다.

"그것이 아니오이다. 대장로가 생각한 것은 당신들의 죽음이 아니라 마교의 중원 진출이었소. 그래서 내가 승낙한 것이오."

"……."

들려오는 그의 목소리에 사람들은 다시 의아한 표정을 지었다. 지천희는 잠시 눈을 감고 뭔가 생각하는 듯하더니 이윽고 다시 입을 열기 시작했다.

솔직히 이건 대장로의 생각이라고 하기도 좀 뭣한 점이 있었다. 대장로는 지천희에게 어떻게 하자고 이야기한 적이 없었다. 그저 움직이는 모양새와 남의 눈에 보이도록 어딘가에 신경 쓰는 모습을 보고 지천희가 생각해 낸 것일 뿐이었다.

어느 날 대장로가 지천희를 찾아왔다. 그간 얼굴을 본 적이 거의 없을 만큼 이례적인 일이었다. 그는 지천희에게 그저 중원에 나간다고 이야기했을 뿐이었다.

물론 지천희는 교주의 신분으로 목적을 물었다. 다른 일도 아니고 마교를 대표하는 사람들이 중원으로 나간다는 것이니 그 목적을 물어보는 것은 너무나 당연한 일이었다. 그리고 대장로는 아주 간결하게 이야기했다.

"이제 우리 마교도 중원에 나가도 되나, 한번 보려고 그러네."

"……."

뜬금없는 소리에 지천희는 이게 무슨 소리인지 파악이 되질 않았다. 마교가 중원에 나가는데 무슨 눈치를 본다는 말인가?

"홋. 그런 이상한 표정 짓지 말게나. 중원에 아주 특별한 사람이 나타났다고 해서 장로들을 이끌고 모두 가보려 한다네. 뭐, 간단한 비무 정도라고나 할까? 그리 알아두게……."

그게 대장로와 지천희가 이야기한 전부였다. 지천희는 당장에 옆에 있던 관산주를 통해 대관절 무슨 연유로 중원에 나가는지 은밀히 알아보도록 했는데, 그 대답은 너무나 쉽게 나왔다. 알아보고 뭐고 할 것도 없었다.

다른 장로들의 입에서 중원의 무정을 보러 간다고 이야기가 새어 나왔던 것이다. 그때 지천희는 왠지 함정이 아닌가 하는 생각이 들었고, 그 모든 상황을 면밀히 검토하기 시작했다. 그리고는 그만의 계책을 다시 생각했던 것이다.

"그래서 나는 자네에게 조건을 내건 것이네. 자네와 여기 장로들이 반드시 충돌하도록 말이야. 낯 뜨거운 계책이기는 하나 교를 생각해 그럴 수밖에 없었네. 한데 상황이 이렇게 일그러져 버린 것일세."

지천희는 고개를 약간 숙이며 입을 닫았다. 그 말을 들어보자면 확실히 그 대장로가 의도적으로 정보를 흘린 것이 분명했다. 마교의 중원 진출이 대장로의 생각인 것은 확실해 보였다.

한데 뭔가 말이 되질 않았다. 모든 것이 다 그의 의도대로 되어가는데, 왜 지금 방해를 하는 것인가? 의도대로라면 무정이 여기 모든 사람들을 다 죽여야 성공하는데 말이다.

"그럼 지금 이렇게 내 앞을 막을 이유가 없을 텐데? 뭔가 다른 생각이 또 있나?"

여전히 진득한 살기가 묻어 나오는 무정의 목소리에 지천희는 다시 고개를 들었다. 그리고는 고개를 흔들며 목소리를 내었다.

"물론 그렇다네. 하나 여기 있는 사람들이 질 줄은 정말 생각도 못했다네. 돌이켜 생각해 보면 나도, 대장로도 실수한 것이 바로 그것일세. 설마 자네의 무공이 이리도 대단할 줄 몰랐던 것이지."

"……"

"아마도 대장로의 생각은 이러했을 것이야. 둘 다 동수를 이루어 끝나게 되고 설사 여기 장로들이 이기더라도, 그들이 중원에 검을 들이미는 짓은 하지 않을 것이라 추측했을 것이네. 그 누구보다도 무공에 강한 자부심을 가진 사람들이니 바로 돌아가 또다시 몇 년이고 몇십 년이고 무공에 정진하겠지. 그렇지 않소이까?'

고개를 돌려 구대장로를 바라보며 이야기하는 지천희를 보며 사람들은 긍정의 눈빛을 보내었다. 그들 역시 지천희의 말처럼 바로 돌아가 무공 연마에 몰두할 생각이었다.

"그 이후에 나는 마교의 힘을 중원에 펼칠 생각이었소이다. 이들 중 단 한 명만이라도 부상 혹은 그 이상을 당한다면 그것이 바로 명분이 될 것이고, 중원에 마교의 힘을 떨치는 계기가 될 것이라 생각했었소이다. 한데 그것이 아니었소."

지천희는 다시 눈을 감았다. 일은 완전히 어긋나 버렸다. 솔직히 여기 구대장로가 죽는다면 마교의 힘은 근 사 할이 주저앉아 버린 것이라 해도 과언이 아니었다.

그렇게 된다면 중원에 나가도 돌아오는 것은 뼈아픈 패배일 뿐이었다. 믿고 의지할 최고의 고수들이 모두 숨어버리는데 어찌 승리를 바랄 것인가? 애당초 처음부터 잘못된 것이나 마찬가지였다.

그 실수를 책임지고 지금 이 자리에 나와 있는 것이다. 모든 문제를 제시한 자신이 풀려 하는 것이다. 그때였다. 무정의 묵직한 소리가 다시 들려왔다.

"그래서……."

"……."

"그래서 지금 죽여달라는 것이냐?"

"……."

점점 짙어지는 살기를 피워 올리는 무정의 목소리가 지천희의 귓가에 들려왔다. 지천희는 그 목소리의 여운을 곱씹으며 조용히 입을 열었다.

"모든 것은 나의 죽음으로 끝내주기를 바라네. 더 이상 마교가 중원에 나오는 일은 없을 것일세. 기회를 제공한 것은 대장로이나 그 기회를 노리고 모든 것을 획책한 것은 나의 책임. 이대로 모든 일을 덮어주기를 바라네."

담담하게 들려오는 지천희의 목소리에 무정은 초우를 내렸다. 그리고는 치밀어 오르는 노화를 꾹 눌러 참으며 서서히 앞으로 나서기 시작했다.

"참 편한 계산법이군. 그러면 모든 것이 해결되나? 지금 내 가슴에 치올라오는 이 분노가 가라앉을 것이라 생각하나?"

고오오오오……

삽시간에 무정의 주위에서 엄청난 묵기가 피어오르기 시작했다. 바야흐로 그도 제어하지 못할 강한 묵기가 차가운 겨울 공기 속에 퍼지기 시작한 것이다.

"하나만 묻자. 그럼 미려군은? 그녀의 죽음은 어떻게 해명할 테냐? 당신이 기르는 개들이 제 역할을 못해서 그렇다고 할 셈이냐? 이제 와서 그 개들의 주인이 당신이니 용서하라고?"

"무정! 그 무슨 말인가! 어찌 그런… 교, 교주님!"

들려오는 무정의 말에 앞으로 나가 막으려던 관산주의 신형이 굳어졌다. 뒤쪽에서 지천희가 혈도를 짚어버린 것이다.

콰악!

딱딱하게 얼어붙은 대지 위에 무정의 초우가 깊숙이 박혔다. 무정은 오른손에 묵기를 가득 담은 채 어느덧 지천희의 반 장 앞으로 다가와 있었다.

이윽고 그의 손이 들렸다. 그러자 휘돌아 치는 묵기의 힘에 앞에 서 있는 관산주의 신형이 부들부들 떨리기 시작했다.

"무정! 이러면 안 되네! 이러면 진짜 본교와 중원의 전쟁이 시작될 것이네!"

관산주는 소리쳤지만 무정은 멈추지 않았다. 그는 치켜 올린 주먹을 앞으로 섬전같이 뻗으며 소리쳤다.

"소원이라면 원없이 죽여주마!"

파아아앙!

"큭!"

관산주의 입에서 비명이 흘러나왔다. 무정의 주먹은 그의 왼 어깨 바로 위로 스쳐 지나가고 있었다. 뒤쪽에 있는 지천희에게 말이다.

얼마나 강한 위력이 담겨 있는지 은연중에 내력을 올렸음에도 불구하고 관산주의 입에서 작은 핏줄기가 흐를 정도였다. 이 정도의 내력을 정통으로 맞는다면 지천희가 내력을 끌어올렸다 해도 버틸 수가 없었다. 이미 지천희는 죽은 것이나 마찬가지였다.

꽈아아앙!

그 생각을 뒷받침이라도 하듯 뒤편에서 엄청난 울림이 터져 나왔다. 관산주는 눈을 질끈 감았다. 이젠 정말 중원과 마교의 격돌은 정해진 수순이었다. 그때였다.

"…이건 무슨 뜻인가?"

"고, 교주님!"

뒤에서 들려오는 목소리에 관산주는 놀라 눈을 떴다. 그리고는 힘겹게 목을 돌렸다. 혈도 때문에 뻣뻣해진 몸을 간신히 흔들어 돌릴 수 있었다.

"……!"

살아 있었다. 무정의 손은 쫙 펴 있었고, 교주의 뒤편으로 엄청난 폭발 흔적이 보였다. 무정은 그를 죽이지 않은 것이다.

언젠가 소림의 명원에게 했듯이 묵기를 흘려내 뒤편으로 날린 것이다. 문득 무정의 손이 거두어졌다. 그리고는 빙글 신형을 돌려 땅바닥에 박힌 초우를 뽑아 들더니 관도를 걸어가기 시작했다.

"내가 널 살려준 이유가 중원과 마교의 싸움 때문이라고는 생각하지 마라. 둘이 싸우든 말든 내가 상관할 바가 아니야."

"……."

낮게 들려오는 무정의 목소리에 지천희의 눈썹이 꿈틀거렸다. 도저히 무정의 의도를 알 수가 없었다.

"나는 전장에서 컸다. 내가 알던 사람들의 죽음을 수없이 보고 또 봤다. 너를 죽여도 려군은 돌아오지 않는다는 것을 잘 알기에 살려준 것이다."

"무… 무정……."

관산주는 중얼거리며 무정의 뒷모습을 바라보고 있었다. 왠지 그의 뒷모습에서 알 수 없는 묘한 감정이 느껴지고 있었다. 회한, 후회 같은 감정이 느껴지는 것이다.

"려군이라면… 자신 때문에 내가 혈귀로 변하는 것을 원치 않았을 것 같기 때문이다. 그뿐이다."

"……."

낮게 들려오는 무정의 목소리에 지천희는 고개를 숙였다. 완전히 이성을 잃은 줄 알았는데 그게 아니었다. 그 순간에서도 차가운 이성을 깨운 것이다. 과연 그 정신력은 놀랄 정도였다.

자신이라면 앞뒤 분간없이 바로 다 척살했을 것이 뻔했다. 그게 강호인이고, 그렇지 않으면 죽는 것은 자신이라 생각하고 살아왔으니 말이다.

"……!"

문득 그의 고개가 다시 들렸다. 그의 눈앞에 누군가 보이기 시작했다. 백염주선 홍관주였다. 멀리서 지켜보다 일단락된 듯하자 이곳으로 온 것인데, 평소의 그답지 않게 얼굴이 굳어 있었다.

"해보고 싶다면 얼마든지 해도 좋네. 중원에 마교의 깃발을 꽂아놓고 싶다면 언제든 그렇게 하게. 나를 포함해 여기 있는 사람들은 그런 것을 두려워하지 않아."

홍관주는 굳은 얼굴을 풀지 않으며 지천희를 향해 입을 열었고, 그 모습에 지천희도 굳은 표정으로 서 있었다.

"하나 더 이상 정아와 그 동료들은 건드리지 말게! 분명히 말하지만 다시 한 번 이런 일이 생긴다면 마교의 중원 진출이 아니라 중원의 마교 공격이 시작될 것일세! 알겠는가!"

"……."

벽력같은 홍관주의 목소리에 지천희의 눈이 살짝 커졌다. 의외였다. 설마 홍관주가 무정을 이토록 생각하고 있을 줄은 몰랐다.

"무인이라면, 힘을 과시하고 싶다면 그렇게 하게! 그 누가 그걸 말리나! 그러나 이렇듯 남을 이용해 힘을 얻는다면 그건 마교의 정신에도 어긋난다고 생각하지 않나? 힘을 추구하는 것이 반드시 다른 힘을 지닌 세력이 사라져야 한다는 것은 아니지 않는가!"

"……."

홍관주의 말에 지천희는 천천히 눈을 감았다. 그의 말이 옳았다. 그저 힘을 원하는 것일 뿐 다른 힘을 가진 사람을 없애면서까지 정상에 서는 것은 마교의 뜻이 아니었다. 그건 저기 산채의 산적들에게나 통용되는 말인 것이다.

이윽고 할 말을 다 했는지 홍관주의 신형이 돌려졌다. 저기 마차를 향해 다가가는 무정을 뒤쫓아 걸음을 재촉하고 있었다. 그런 그의 귓가에 지천희의 목소리가 다시 들려왔다.

"장규연⋯⋯."

갑자기 들려온 그의 목소리에 홍관주의 신형이 멈추었다. 그러자 지천희의 목소리가 다시 들려왔다.

"대장로는 호위가이기도 하지만 다른 이름이 하나 더 있소. 어떤 게 진짜인지 모르지만 장규연이라 불리기도 하오이다. 당신들도 익히 아는 이검필승인 장규연⋯ 그가 바로 대장로이외다."

"⋯⋯!"

놀란 홍관주의 신형이 곧추섰다. 설마 그가 대장로였다니⋯ 게다가 호위가의 역할까지 함께할 줄은 정말 생각지 못한 일이었다. 갑자기 홍관주의 신형이 움찔거렸다.

더 묻기 위해 신형을 돌리려 하다 멈춘 것인데, 아마도 그것이 지천희가 아는 전부였을 거란 생각이 들었기 때문이다.

이윽고 홍관주의 신형이 다시 움직이기 시작했다. 지금 그의 머리 속에서는 지천희의 말이 그다지 중요하게 생각되지 않았다. 오로지 저 앞에 마차를 향해 가는 무정의 안위가 우선인 것이다.

"크크⋯ 역시 넌 미친놈이야. 눈앞에 화풀이 상대를 두고도 그냥 와? 아니야, 네놈은 아니야!"

다래가는 무정의 앞에서 미친 듯이 지껄였다. 대관절 뭐가 아니라는 것인지 모르지만 무정의 얼굴은 분노로 일그러지기 시작했다.

"네놈은 전단격류가 아니야! 전단격류라면 지금 저놈들은 다 죽었어야 돼! 핏빛 하늘을 만드는 그 위대한 힘이 전단격류이지! 그저 어디서 껄껄한 무공 하나 얻은 것뿐이야! 암, 그렇고말고!"

눈동자에서 광망을 쏟아낸 채 다래가는 미친 듯이 말을 쏟았고, 무정은 그런 다래가를 향해 입을 열었다.

"내 무공이 전단격류라고 누가 말하던가? 내가 그랬나?"

"……."

다래가의 입이 한순간에 다물렸다. 무정의 손이 허공으로 치솟고 있었다. 칠 척 길이의 초우를 꽉 붙잡고 있었다. 그것도 도파의 제일 끝 철추 부분을 잡은 채 몸과 나란히 지면에서 수직으로 치켜 올리고 있었다.

"네놈이 이야기하고 네놈이 난리쳤지, 언제 내가 내 입으로 말한 적이 있냔 말이다! 그따위 무공이 뭐가 중요하기에 사람의 목숨을 죽이면서까지 얻으려 하나!"

콰아아아아아……

엄청난 묵기가 초우를 휘감기 시작했다. 지금껏 올린 것 중에 가장 크게 올라온 것인데, 치달아오르는 분노에 제어하는 것도 잊고 모조리 치켜 올려 버린 것이다.

"그렇게 전단격류가 소원이라면 그렇게 해주마! 그래, 이게 전단격류다! 다른 사람에게는 몰라도 네놈에게는 내 무공이 전단격류의 무공이다. 이제 속이 시원하나!"

까우우우우웅.

"자, 잠깐!"

꽈아아아앙……

눈에 띄게 얼굴을 떨면서 다래가는 뭔가 말하려 했지만 그건 가능하지 않았다. 무정의 초우가 뒤쪽으로 휘돌더니 대지를 할퀴며 앞쪽으로 쳐올려진 것이다.

엄청난 소리와 함께 무정의 묵기가 허공 가득 피어오르기 시작했다. 뒤따라오던 홍관주와 일행이 흠칫하며 멈출 정도로 강한 일격이었다.

우우우우웅.

묵기가 대지로 흩어져 간다. 그 여운을 중인들의 귓가에 남기며 서서
히 걷혀져 갔고, 이윽고 전방의 모습이 홍관주의 눈에 들어왔다.

"……!"

홍관주는 눈을 크게 떴다. 관도의 한쪽이 완전히 파여 나간 상태였고,
마차는 어디 있는지 형체도 알 수가 없었다. 당연히 다래가의 신형도 마
치 공중으로 분해된 듯 흔적을 찾을 수가 없었다.

모든 것을 비틀어 버리는 무정의 묵기가 만든 현상이었다. 그야말로
공중에서 부수고 비틀어 아무런 흔적도 없게 되어버린 것이다.

후두두두둑…….

이윽고 내리는 눈에 뭔가 섞여 내리기 시작했다. 마차의 잔해가 이제
야 내려오고 있었는데, 그 속에는 진한 피 냄새가 섞여 있었다. 다래가는
이미 살아 있다고 생각하기 힘들었다. 그때였다.

"컥."

"저, 정아야!"

무정의 입에서 흐른 목소리에 홍관주는 놀라 앞으로 뛰어나갔다. 무정
이 비틀거리며 초우를 땅에 박았다. 그 힘으로 무정은 간신히 서 있었다.

"정아야! 무슨 일……!"

홍관주는 입을 다물었다. 무정의 입에서는 상당한 피가 흐르고 있었
고, 눈에서는 혈루가 떨어져 내리고 있었다. 그뿐이면 홍관주가 놀랄 정
도는 아니었다.

무정의 온몸에 핏줄들이 불거지고 있었다. 심지어 얼굴에까지 모두 돋
아 올라 소름 끼치는 모습으로 변해 버린 것이다. 홍관주는 무정의 얼굴
을 양손으로 감싸쥐며 입을 열었다.

"정아! 어서 기운을 내려라! 더 이상 내력을 운용하면 네가 죽는다! 어
서!"

다급해진 홍관주는 내력을 실어 소리쳤고, 그 말에 무정은 눈을 돌려 홍관주를 바라보며 작게 고개를 끄덕였다. 그리고는 서서히 내력을 내리기 시작했다.

"……."

홍관주는 두근거리는 가슴을 진정시키며 무정의 상태를 살피고 있었다. 이윽고 천천히 무정의 내력이 거두어지는 것이 느껴지자 겨우 안도의 한숨을 쉬었다. 어느새 무정의 내력은 거의 사라져 가고 있었다.

"홍… 노야…… 화… 화산으로……."

"정아! 정신 차려라! 정신 차리란 말이다! 명경, 당현, 어서 이쪽으로!"

다급한 목소리를 내며 홍관주는 쓰러지는 무정의 몸을 지탱하고 있었고, 뒤쪽에서 일행이 다급하게 달려오고 있었다.

"이, 이럴 수가! 이럴 수가!"

홍관주는 탄식을 내뱉으며 무정의 신형을 땅에 누이기 시작했다. 무정의 눈에서 흐르는 혈루만큼이나 홍관주의 눈에서도 눈물이 샘솟듯이 흘러나오고 있었다.

□ 제86장 □
재회

재회 1

"광검 성님, 괜찮겠소? 노인네, 뭐 좀 말 좀 해봐요!"

"이눔아, 조용히 좀 해! 나라고 당장 무슨 방법이 있겠냐! 가뜩이나 속이 타 들어가는구만 너까지 왜 이래!"

결국 고죽노인은 하귀를 향해 벌컥 화를 냈다. 그도 속이 답답하기는 마찬가지였는데, 옆에서 자꾸 보채니 속이 확 끓어오른 것이다.

만일 고죽노인이 정식 의술을 알고 있다면 이렇게 답답하지는 않았을 것이다. 하나 그가 아는 것은 그저 응급조치 수준이니 어떻게 할 도리가 없던 것이다. 패도는 근 일주일째 이렇게 의식이 없었다.

"쓰벌! 둘 다 조용히 좀 해봐! 그래도 패도라구! 이 정도는 곧 털고 일어날 거라고!"

결국 상귀의 입에서 고함이 터져 나왔고, 그제야 모두 입을 꾹 다물었다.

작은 방 안은 그야말로 초상 분위기였다. 한쪽 침상에 누워 있는 패도를 보며 다들 걱정스런 눈빛을 보내고 있었다. 의술에 대해 아는 것이 없으니 어떻게 해볼 도리가 없었던 것이다.

고죽노인과 설군우가 설원에서 응급치료는 했으나 그게 전부였다. 둘 다 의술에 대해서는 그리 아는 것이 없어 그냥저냥 있는 것인데, 그나마 다행인 것은 의원에게 보일 수 있었다는 점이다.

보초들의 연락을 받았는지 마 대인이 군의(軍醫)를 보내왔던 것이다. 그가 필요한 조치를 취했지만 솔직히 군의를 경험해 본 적이 있는 일행은 그리 미덥지가 않았다.

군의의 실력은 둘째치고 그들의 손이 그다지 정교한 편이 아니었다. 만일 그들이 그리도 실력이 대단한 사람들이었다면 무정의 전신에 나 있는 상처는 현저히 줄었을 테니 말이다. 그들은 그저 조치만 취하고 나머지는 모두 환자 자신의 힘에 맡겨 버리는 식이었다.

특히 그런 점은 완전히 짓뭉개진 패도의 왼팔을 자를 때 모두 느낀 것인데, 그저 뚝 잘라놓고 서둘러 응급조치하는 것이 전부였다. 오죽했으면 화산의 난영화가 군의에게 화를 냈었겠는가?

난영화는 지금 패도의 곁에서 묵묵히 있었는데, 그녀의 눈은 패도의 잘려진 왼팔에 고정되어 있었다. 솔직히 누가 뭘 어떻게 하든지 이미 돌이킬 수 없는 상황이기는 하지만 순간적으로 마음속에 들어온 사람의 팔이 이렇게 되어버리니 가슴 한쪽이 타 들어가는 듯한 느낌이었다.

"의식이 돌아오는 것이… 너무 느린 것은 아닌가요?"

문득 난영화의 조심스러운 목소리가 중인들의 귀에 들려오자 모두 미간을 좁혔다. 다들 그리 생각하고 있지만 재수없을 것 같아 아무런 말도 하지 않고 있었던 것이다.

"그 군의를 다시 부르러 사람을 보냈으니 조금 기다려 보자. 강건한 사람이니 믿어보자꾸나."

분위기를 쇄신하려는 듯 설군우가 입을 열자 그제야 사람들의 미간이 조금 펴졌다. 확실히 패도는 그 누구보다도 강한 사람임을 다들 잘 알고 있었다. 그때 광검의 목소리가 사람들의 귓가에 울려 퍼졌다.

"몸은 그럴지 몰라도 마음은 여린 놈입니다. 전 그게 더 걸립니다."

담담한 광검의 목소리에 같이 있던 남궁희가 눈을 동그랗게 떴다.

"오라버니, 그게 무슨 말이지요? 마음이 여리다니요?"

그녀의 목소리에 광검은 잠시 허공을 향해 시선을 주었다. 그리고는 조용히 입을 열기 시작했다.

　그는 참 체구가 컸다. 지금도 상당히 큰 편이지만 어릴 때도 작은 편이 아니었다. 언제나 나이보다 머리 하나씩은 더 컸던 그였다.

그래서 놀림도 많이 받았지만 어른들에게 기대 역시 상당히 받았었다. 천부적으로 타고난 신력 역시 그런 기대를 가지게 하는데 일조했음은 당연한 일이다.

그러나 철이 들면서부터, 세상을 알게 되면서부터 주위의 시선이 달라진 것을 아이는 느낄 수 있었다. 남들의 기대에 한껏 부흥하려 최선을 다하면 할수록 어디선가 느껴지는 차가운 시선이 점점 짙어졌던 것이다.

하북 구가의 장남 구서력, 그것이 패도가 가진 명에였다. 일찌감치 거도를 사용해 시전하는 패도를 추구해 왔던 가문, 그 가문의 숙원을 짊어진 것이 바로 패도 구서력이었던 것이다.

하나 하북에는 거대한 산이 하나 있었다. 강호 오대세가의 하나로 일컫는 팽가가 바로 그것이었다. 일명 팽가도법이라 불리는 연자도법으로 도문의 이름을 얻은 곳이 있던 것이다.

구가는 그들에 의해 철저히 눌렸다. 이미 그들이 도법으로 강호에 먼저 알려진 것도 있었지만, 팽가는 다른 도문이 성장하는 것을 가만히 지켜보고 있지 않았다. 구가에 대한 압력, 특히 그중에서도 다음 대를 이어 갈 사람인 구서력에 대한 견제는 알게 모르게 이미 시작되었다. 특히나 팽가가 구가에 대한 압력을 행사하는 것 중 가장 힘든 것은 완전한 하대였다.

같은 도를 잡는다는 이유로 구가는 언제 어디서든 팽가를 만나면 눌리게 되었다. 심지어 어린 제자들까지도 구서력의 부친에게 함부로 대하기 일쑤였고, 그런 팽가의 대접에 구서력은 결국 폭발했었다.

"패도의 아버님이 구가에 당했지. 객잔에서 우연히 시비가 붙었던 것인데, 사실 우연이 아니라고 패도는 생각했었어. 내가 상황을 들어봐도 그 말이 맞아. 이제 갓 입문한 팽가의 어린 놈이 구가니 뭐니 하는 것은 누가 봐도 시비가 분명했지."

광검은 잠시 입을 다물고는 누워 있는 패도에게 시선을 던졌다. 혹시나 말하는 도중에 번쩍하고 눈을 떴을까 하는 마음에 돌아본 것이나 패도는 여전히 침상에 누운 채 미동도 없었다. 답답한 심정에 그는 타는 가슴을 진정시키면서도 다시 입을 열었다.

"물론 패도의 아버님은 그 어린 놈에게 따끔한 교훈을 주었지. 그렇다고 뭐 어디 한 군데 부러지거나 피가 튀기는 그런 교훈은 아니었다고 해. 그저 가슴에 장을 적중시키고는 물러서게 만든 것이 전부였다고 해. 한데……."

"한데 뭐요, 성님?"

하귀가 궁금증이 이는지 나직하게 입을 열었고, 사람들도 광검의 이야기에 귀를 기울이기 시작했다. 솔직히 패도의 이야기는 아무도 아는 사람이 없었던 것이다.

"그놈이 어떻게 수작을 부렸는지 몰라도 다음날 패도의 가문에 사람들이 들이닥쳤다고 하더군. 가슴에 자상을 입고 목면을 두르고 와서는 이 사태에 대해 어떻게 할 것이냐고 으름장을 놓았다고 하더라."

"에? 장력으로 쳤다면서요?"

하귀가 언뜻 이해가 안 가는 듯 입을 열자 이번엔 다른 쪽에서 말소리가 들려왔다. 비연과 아이를 보듬고 있는 반뇌의 입에서 들린 목소리였다.

"함정이었군요."

그의 말에 광검은 묵묵히 고개를 끄덕였다. 반뇌의 짐작처럼 패도의 구가는 팽가의 함정에 빠진 것이다.

팽가는 패도의 아버지를 겨냥한 것이 아니었다. 바로 그의 자식 구서력을 겨냥한 것이었다. 자신들의 제자를 상하게 했으니 이번엔 구서력을 가만두지 않겠다는 것이다.

패도의 거도십삼세가 자꾸 세인들의 입에 오르내리자 이를 견제하려는 팽가의 속셈이었고, 그 암계에 구가는 덜컥 걸려든 꼴이었다. 패도의 아버지는 당연히 어이없어하면서 강하게 반발했다.

하나 그 반발이 바로 결정적인 열쇠였다. 그들은 자연스럽게 난전을 꾸미는 듯하더니 구가에 상당한 무력을 행사하기 시작했다. 그리고 그 와중에 패도의 목숨은 한순간에 위험했다.

한데 그 순간 패도의 앞에서 모든 공격을 등으로 대신 받은 사람이 있었으니 바로 패도의 아버지였다. 그는 그렇게 공격을 받고 신형을 휘청이면서도 패도의 신형을 꽉 부여잡았다. 절대로 여기서 더 공격하지 말라는 뜻인데, 의도는 확실했다. 그 누구보다도 구가의 힘을 보여줄 재량인 패도를 보호하려는 것이었다.

그의 상세는 중했다. 허리 부근은 근골이 끊어질 정도의 타격을 입어

일견하기에도 앞으로 정상적인 삶을 살아가기 힘들 것으로 보이자 팽가
도 물러설 수밖에 없었다. 더 이상 저들을 핍박하다가는 군소 문파의 연
합이 생길지도 모르는 일이었던 것이다.

"쓰벌, 이 미련한 광검! 그 말을 왜 이제 해! 이 쏩새야!"

상귀의 고함 소리가 터져 나왔고, 하귀도 덩달아 씩씩대고 있었다. 사
정이 이렇다면 저번에 팽가를 완전히 쓸어버려도 시원찮은 일이었다. 진
작 알지 못한 것이 한스럽게 생각되었던 것이다.

"우리가 날뛰어봤자 패도의 마음은 풀리지 않아. 때가 되면 패도가 직
접 나설 것으로 생각했었다. 그때 다시 도와주는 게 낫다고 생각했었
다."

광검의 목소리는 담담했고, 그 이치도 타당했다. 당사자가 나서지 않
는데 주위에서 치고 나갈 수는 없는 노릇이었다. 그러나 마냥 그렇게 조
용히 입 다물고 있을 수만도 없었다.

"그래도 그냥 그렇게 오는 것이 아니었는데… 제길!"

하귀가 격한 소리를 내며 이를 부득부득 갈았고, 상귀는 묵묵히 고개
를 끄덕였다. 그들은 못내 화를 삭이지 못하고 있는 듯했다.

"어쨌든 그래서 패도는 전장까지 오게 되었다고 했다. 더 이상 그가
남아 있다면 가문이 어떻게 될지 몰랐기 때문인데, 그 후 우리를 만난 거
야……."

문득 사람들의 귓가에 다시 광검의 목소리가 들렸고, 또다시 그의 목
소리에 사람들은 조용히 침묵하며 귀를 기울이기 시작했다.

패도는 강해지고 싶었다. 가슴속에 한을 묻어둔 채 전장에 와 그곳에
모인 사람들을 하나하나 보기 시작했다. 가장 실전적인 도법, 하북팽가

의 연자도법에 버금가는 도법을 만들기 위해 노력을 기울였던 것이다.

그런 그의 눈에 띈 것이 바로 무정이었다. 자신과 비슷한 거도를 들고 세상을 향해 포효하는 모습에서 바로 그의 미래를 본 것이다. 그리고는 최대한 그를 닮으려 노력했었다.

그러나 힘든 나날의 연속일 뿐이었다. 결국 무정은 무정이었고, 자신은 패도였다. 두 사람의 도가 같을 수는 없었던 것이다.

그러나 패도는 실망하지 않았다. 오히려 더욱더 고련을 했고, 그 고련의 결실이 이제야 서서히 나타나려 하고 있었다.

"그런데 팔이 이렇게 되었으니……."

광검은 이를 악물었다. 외팔이 도객, 노력하면 된다는 것은 말이 좋아 그렇지 불가능이나 마찬가지였다. 특히 패도처럼 힘으로 연격을 쳐내는 경향을 지닌 사람에게는 말이다.

"……."

답답한 마음에 모두 조용히 입을 다물고 패도의 얼굴만 살펴보고 있었다. 속에서는 울화통이 터지고 있건만 뭐라 할 말이 없었던 것이다.

"쓰벌! 근데 뭐 이리 시끄러워! 밖에 뭔 일 난 거야!"

상귀의 입에서 신경질적인 소리가 흘러나왔다. 아닌 게 아니라 바깥이 상당히 소란스러웠다. 지금 화산의 초입으로 강호의 무사들이 모여들고 있었기 때문이다.

일주일 사이에 이곳에 대한 소문이 파다하게 났는지 곳곳에서 무사란 사람들은 모두 모여들기 시작한 것이다. 대관절 무슨 소문이 났는지 잘은 알 수 없지만 가까운 시일 내에 강호의 최고 실력자가 가려진다는 소문이 난 듯했다. 그래서 이리도 사람들이 북적대고 있는 것이었다.

"사람들이라는 것이 다 그렇지. 불 구경과 싸움 구경은 가지 말라고 해도 기어이 가는 것이 사람들 아니냐. 게다가 무림인들이니 오죽할까."

조금은 자조적인 목소리로 고죽노인이 중얼거렸다. 왠지 그 말에 사람들의 가슴속이 무거워졌다.

지금 밖에 있는 저들은 화산의 아픔을 알까? 아니, 여기 있는 패도가 누구며 그의 팔이 왜 잘렸는지 알려 할지 그것조차 의문이었다. 그저 단순히 누가 최강이며 누가 쓰러지는지 그게 궁금할 따름이었다.

마치 유랑패의 원숭이가 되어버린 느낌에 사람들은 씁쓸해했다. 어쩔 수 없다는 것을 잘 알면서도 왠지 속이 답답해진 것이다.

"아, 오셨습니까! 어서 이쪽으로……."

문가에 비연과 아이를 안고 있던 반뇌가 반색을 하며 문을 열자 패도를 보고 갔던 의원이 안으로 들어서려 하고 있었다. 사람들은 군의를 보고 좁은 방 안에서 그가 지나갈 자리를 만들어주었다.

군의는 굳은 안색으로 패도의 앞에 앉았다. 솔직히 그는 군의 중에서도 상당히 뛰어난 편이기는 하나 그것은 그저 일반인의 상처에 한할 뿐이었다. 이런 내상과 외상을 겸한 상처는 좀체 본 기억이 없었던 것이다.

그는 패도의 오른손을 잡고 다시금 진맥을 한 후 굳은 얼굴을 더욱더 굳혔다. 아무래도 그도 별수없는 듯했다.

"어떻습니까? 벌써 일주일째인데 의식이 돌아오지 않고 있습니다. 혹 이유라도 아십니까?"

다급한 마음에 광검은 입을 열었지만 군의는 고개를 저을 뿐이었다.

"쓰벌! 지금 무슨 말을 하려는 거야! 패도가 죽는다는 거야, 뭐야! 이 씁새야!"

우물거리는 군의의 행동에 상귀의 입에서 고함이 터져 나왔다. 그만이 아니라 모두 눈빛이 좀 흉흉한 것이 감정이 상당히 격해 있는 듯했다.

군의는 그런 분위기를 의식했는지 잠시 손으로 이마에 배어 나오는 땀을 훔쳤다. 그리고는 어렵게 입을 열었다.

"솔직히… 외상이야 어떻게든 치유되겠지만, 내상이 어떤지는 나도 모르오이다. 전장에서 무림인들의 내상을 본 적도 거의 없고, 그나마 본 것도 내가 치유한 적이 없소이다. 다만……."

"……."

자신없는 목소리로 중얼거리던 군의는 갑자기 눈을 빛내었다. 아무래도 모종의 결심을 한 듯했는데, 그 말에 모두의 눈도 빛나기 시작했다.

"침술로 어느 정도 기력을 틔울 수는 있을 것 같소이다. 해서 지금 한 번 해보려고 하오. 그러니 모두 잠시 조용히 있어주시겠소?"

비장감마저 서려 있는 목소리를 내던 군의는 품속에서 침통을 꺼내고는 장침(長鍼) 하나를 뽑아 들었다. 그리고는 그의 얼굴로 손을 움직였다.

왼손으로 패도의 미간을 꼭 누르며 머리 위 백회혈 쪽에 침을 놓으려는 것 같았다. 잘못하면 사혈이기는 하나 그로서는 선택의 여지가 없었다. 솔직히 지금까지 깨어나지 못했다는 것 자체가 그에게는 역부족이란 말이나 마찬가지였다.

그러나 이대로 그냥 있을 수는 없었다. 군의에게도 자존심은 있었고, 의관으로서의 책임도 있었다. 나 몰라라 할 수는 없는 것이다.

"후읍… 후우우우우우……."

긴 숨을 내뱉으며 군의는 침착하려 애쓰기 시작했다. 그리고는 작게 떨리는 장침을 막 패도의 백회에 박으려 할 때였다.

"나라면 그러지 않겠네. 먼저 양 어깨의 견정혈부터 다스려야 할 것이네. 그렇지 않으면 기운이 역류할 수 있어."

창노한 음성이 사람들의 귓가에 들려왔고, 군의는 흠칫하며 손을 위로 쳐들었다. 문득 반가움이 역력한 하귀의 목소리가 모두의 귓가에 들려왔다.

"무유자 어른!"

빙그레 웃으며 사람들의 품에 안겨 들어오는 사람은 무유자였다. 전진파의 칠성도제 무유자가 화산에 도착한 것이다.

＊　　　＊　　　＊

"괜찮으냐?"

"……."

홍관주의 목소리에 무정은 묵묵히 고개를 끄덕였다. 달리는 마차 안에서 그는 홍관주를 향해 다시 작게 미소 지어주었다.

하나 그 미소는 보는 사람에 따라 상당히 흉측하게 보일 수 있었다. 왼뺨에 생긴 검상에 모세혈관이 모두 불거진 그의 얼굴은 도저히 정상적인 사람이라고는 생각할 수 없었다.

그러나 홍관주는 전혀 그 모습이 흉측하게 보이지 않았다. 그저 살아주었다는 생각에 마냥 고마워하고 있었던 것이다.

무정은 의식을 잃다 깨다 반복하더니 일주일째인 오늘에야 겨우 정신을 차렸다. 그간 홍관주와 다른 사람들이 모두 마음 졸인 것을 생각하면 정말 아찔한 순간이었다.

무정은 마치 주화입마와도 같은 증상이었다. 전신의 기운이 모두 제멋대로 휘돌아 어떻게 할 도리가 없었으나 무정이 의식을 잃고 내력이 풀어지자 그제야 좀 진정되었다. 그게 일주일이나 걸렸던 것이다.

"아미타불… 부처님의 홍복입니다. 아미타불……."

명각의 말에 명경은 묵묵히 고개를 끄덕였다. 그야말로 부처님의 뜻, 당현조차 손쓸 도리가 없었다. 무정은 스스로 살아난 것이다.

"솔직히 나도 웬만한 의원보다 낫다고 스스로 자부하건만 자네의 몸은 도저히 모르겠네. 대체 어떻게 된 일인지 이야기 좀 해줄 수 있겠나?"

옆에서 들려오는 당현의 목소리에 무정은 고개를 돌렸다. 당현은 무정을 바라보며 이야기하고 있었다. 그 눈은 학자의 호기심이 아니었다. 어떻게든 그 해결 방안을 찾고자 하는 인간적인 의지가 담긴 눈빛이었다.

"……."

고마운 사람들이었다. 자신을 걱정해 주는 사람들을 보며 무정은 강호에서도 얻은 것이 있다고 생각했다. 진정 그동안 느껴오던 강호는 그야말로 전장보다도 더 치사하고 무서운 곳이었다.

적 아니면 아군의 뚜렷한 경계가 지어지는 군이 아니었다. 회색이 난무하는 강호 속에서 무정은 아직도 혼란스러워하고 있었다. 솔직히 함부로 무공을 펼치기도 쉽지 않았다.

동료를 위하는 일이 아니면 아예 도를 뽑지 않은 것은 무정의 마음속에 있는 그런 혼란 때문이었다. 자신의 행동이 낳은 결과로 인해 다가오는 불행들을 그는 참을 수 없었다.

세상 사람들이 다 홍관주 같다면 무정이 다른 생각을 할 이유가 없었다. 만일 그 같다면 무정이 도를 들고 다닐 이유도 없겠지만, 솔직히 홍관주 같은 사람을 보는 것은 손으로 꼽을 정도였다. 모두 적으로 간주해도 좋을 만큼 세상은 너무나 복잡했다.

그러나 그 세상 속에서 무정은 지금 이 마차에 있는 이들만큼 좋은 사람들을 만났다. 명각과 명경, 홍관주, 당현 그리고 유정봉과 주교. 이들에게 비밀 따위는 있을 수 없었다.

"별것 아니오. 그저 불완전한 무공의 당연한 결과라고나 할까?"

"불완전한 무공?"

당현은 미간을 찌푸리며 다시 물어왔고, 무정은 묵묵히 고개를 끄덕였다. 그리고는 저 언가의 언경주가 한 이야기를 사람들에게 말하기 시작했다.

"그럴 수가!"

당현은 망연자실한 표정을 지었다. 사정이 이렇다면 방법은 없었다. 내력을 모두 뽑아내 버려 버리든지, 아니면 다시는 쓰지 않는 방법 외에는 없었다.

언경주가 말했던 불완전한 무공이란 사공과 그 일맥을 같이 하는 것으로 봐도 무관했다. 다만 처음부터 그 부작용이 나타나는 사공과는 달리 무정의 무공은 그렇게 심하지는 않은 것처럼 보였다.

한데 지금 일어나는 현상은 바로 사공과도 같았다. 너무나 큰 내력에 자신의 몸이 부서져 나가는 것이다.

"분명히 방법이 있을 것입니다. 당현 어르신, 지금 절망하기에는 좀 이른 것 같습니다. 생각하시는 바가 어떤 것인지 저도 잘 알지만 무 시주는 지금껏 자신의 난관을 효과적으로 헤쳐 오지 않았습니까? 분명 방법이 있을 것입니다."

명경은 집념 어린 목소리를 낸 후 입을 굳게 다물었다. 그는 방법이 있다고 믿었다.

솔직히 무정이 가진 무공의 부작용이야 그를 만날 때부터 알고 있는 일이었고, 그 모든 과정을 헤쳐 나가는 무정을 보며 명경은 그가 전단격류가 확실하다고 생각하고 있었다. 절대 사공이 아니었다.

더구나 무정은 스스로의 내력으로 움직이는 것이 아니라 세상의 힘을 내력의 모양으로 바꾸어 움직이는 것뿐이었다. 지금 너무 큰 힘을 빌리는 바람에 이렇게 변하였지만 헤쳐 나올 방법이 있다고 믿었다.

"……"

다른 사람들은 모두 침묵으로 일관하고 있었다. 무공에 관한 지식도 일천하지만 대관절 무정에게 무슨 이야기를 해야 위로가 될지 알 수가 없었다. 당해 보지 않은 일을 어찌 알겠는가?

하나 다른 사람들의 얼굴과는 대조적으로 무정은 묵묵히 작은 미소를 짓고 있었다. 그는 이젠 자신의 목숨 따위는 생각하고 있지 않았다.

언젠가 이렇게 될 날이 오게 될 것이라 생각하고 있었다. 용천혈이 열리고 세상의 기운을 받아들이기 시작하면서 백회혈이 열렸을 때를 생각했다. 생각보다 좀 빨리 오기는 했지만 그것이 문제가 되지는 않았다.

홍관주를 지켰고, 사람들의 목숨을 지켰다. 그리고 이젠 자신의 동료들을 위해 화산으로 달려가고 있었다. 그것이면 족했다. 오히려 그의 마음속에는 혹 죽음에 이를 수도 있는 자신의 문제보다 화산에 가 있는 일행의 소식이 더 마음에 걸렸던 것이다.

"그건 그렇고. 홍 노야, 화산의 소식을 들은 것이 있소?"

"……"

화제를 돌리듯 자연스럽게 물어오는 무정을 보는 홍관주의 얼굴이 일순 어두워졌다. 물어올 줄 알고 미리 대답을 생각해 두기는 했으나 솔직히 말하는 것이 마음에 내키지 않았다.

"실은… 화산에 변고가 생겼다고 한다. 제자들이 간간이 전해오는 소식을 들으니 그 조량금이 미쳤는지 장문인을 내쫓고 그 자리를 꿰어 찼다고 하더라."

"…조량금?"

무정은 조용히 반문했다. 화산에서 봤던 그 강한 사람, 아마도 그를 이야기하는 것 같았다. 홍관주의 이야기는 계속되었다.

"솔직히 그게 맞는지는 확언할 수 없지만 화산에 변고가 생긴 것만은 맞는 것 같다. 더 알아보고 싶어도 섬서도휘지사사 마영성 대인이 이끄는 관군들이 화산을 완전히 둘러싸고 있어 알 수가 없다더구나."

"마 대인? 마 대인께서 그곳에 계시단 말이오?"

무정은 점점 더 모를 소리에 미간을 찌푸렸다. 그는 함부로 병권을 움직일 사람이 아니었다. 아무리 그간 알고 있던 무정의 동료들이 화산에서 위험하다고 한들 그는 움직일 사람이 아니었다. 적어도 황제의 명령이 있기 전까지는 말이다.

"귀형, 아무래도 자금성에도 뭔가 문제가 생긴 것 같소. 그 호금명도 자금성에서 사라지고 근자에 화산에서 모습을 보였다 하더이다. 아무래도 그 일 때문에 관군이 출동한 것 같아. 게다가 황궁 제일고수 용신검 유경도 그곳에 있다고 하던데?"

"……."

무정은 묵묵히 고개를 끄덕였다. 그 말이 제일 이치에 타당한 듯했다. 섬서성은 마 대인의 관할이니 당연히 그가 움직여야 할 것이고, 호금종의 종적과 연관해 생각해 본다면 호금종이 화산에 있을 확률이 높았다.

유경이 움직였다고 생각하면 이해가 갔다. 드디어 황제가 움직여 유경도 움직인 것이다.

"그렇다면 호금종과 조량금이 한통속이란 뜻이군."

작게 중얼거리며 무정은 미간을 좁혔다. 그렇다면 일행의 앞날이 더더욱 순탄할 리 없었다.

아마도 반뇌는 이 같은 상황을 모두 생각해 본 것 같았다. 미려군 때문에 자신은 저쪽 아미로 보내고 나머지 사람들을 모아 그쪽으로 간 것은 이 같은 상황 때문인 것 같았다.

그나마 마음 한구석이 좀 괜찮은 것은 거기에 유경과 설군우가 같이 있다는 점이었다. 그리고 마 대인도 있고…….

"패도… 혹 패도의 소식은 들은 것이 없소?"

갑자기 화산에 남아 있던 패도에게로 생각이 미치자 무정은 홍관주에게 물었다. 홍관주는 눈을 질끈 감았다. 혹시 그냥 넘어가나 했는데 역시 물어왔다.

왠지 대답을 꺼리는 홍관주를 보며 무정은 불길한 생각이 들었다. 아니나 다를까, 옆에 있던 유정봉의 입이 열렸다.

"무형, 절대 화내지 말고 내 말, 그저 듣기만 해…… 실은 그 친구 다쳤대. 아직까지 사경을 헤맨다고 하던데……"

"……!"

무정의 눈썹이 꿈틀거리며 묵기가 서서히 몸에서 비쳐 나오기 시작했다. 또다시 살기 어린 눈빛이 흘러나오기 시작한 것이다.

"저, 정아, 진정해라. 아직 완전한 소식들이 아니다. 헛소문일지도 모르고 말이야."

"그래, 진정하게나. 여기서 잘못되면 자네는 동료를 만나도 소용이 없네. 진짜 그걸 바라나?"

홍관주와 당현의 말에 무정은 눈을 내리깔았다. 그리고는 필사적으로 쳐 올라오는 분노를 간신히 삭이기 시작했다.

"후우우우……."

긴 한숨이 흘러나오며 무정의 몸에서 묵기가 서서히 사라져 갔고, 이윽고 기운이 사라지자 홍관주를 비롯한 사람들은 그제야 안도의 한숨을 쉬었다.

"얼마나? 얼마나 다쳤다고 하더냐?"

무정은 유정봉을 향해 물었고, 유정봉은 잠시 고개를 숙이며 생각을 정리하는 듯하다가 이윽고 입을 열었다.

"왼팔이… 잘렸대. 한데 외상은 그것 외에는 없고, 나머지는 내상이 문제라고 하데. 그것 때문에 아직 깨어나지 못하고 있다고 하더군."

"······."

무정은 묵묵히 고개를 끄덕이고는 눈을 감았다. 유정봉은 그 모습을 지켜보다 가슴을 쓸어 내렸다. 화를 내는 일은 없었다.

그때였다. 문득 무정이 손을 뒤춤으로 가져가더니 꽝꽝 얼은 육포 한 조각을 집어 들었다. 사람들은 왜인가 싶어 무정의 행동을 물끄러미 바라보았다.

무정은 그대로 입에 넣더니 침으로 녹이기 시작했다. 그리고는 양손을 허벅지 사이에 넣고 몸을 동그랗게 만들었다.

"······!"

홍관주는 눈을 크게 떴다. 힘을 되찾으려 하고 있었다. 저 모습은 흡사 군에서나 봄직한 모습이었다. 몸을 따뜻하게 만들면서 기력을 회복하려 하는 모습이었다.

무정은 이런 사람이었다. 일이 이렇게 되었다면 무정이 나서지 않을 턱이 없었다. 홍관주는 그런 무정의 모습에 뭔가 따뜻한 음식이라도 권하려 했다.

"······!"

갑자기 홍관주는 오른손을 꽉 쥐며 움직임을 멈추었다. 뭔가 가슴속에서 꿈틀대는 기운에 입을 열지 못한 것이다. 다행히 다들 무정을 보고 있었기에 그는 들키지 않을 수 있었다.

밀검… 홍관주가 맞은 밀검은 아직도 그의 가슴속에 남아 있었다. 어쩌면 더 위험한 것은 무정이 아니라 홍관주 자신일지도 모를 일이었다.

*   *   *

"음······."

작은 신음 소리를 흘리며 칠성도제 무유자는 드디어 손을 거두었다. 그는 송골송골 맺힌 땀을 손으로 훔쳐 내며 입을 열었다.

"참 대단한 친구로군. 벌써 죽었어도 한참 전에 죽었어야 정상인데, 기력이 대단해."

빙글 웃으며 이야기하는 무유자의 모습에 사람들은 그제야 한시름 놨다는 표정을 지었다. 그의 의술은 익히 아는 바이니 저런 얼굴을 하는 것 자체가 괜찮다는 표현으로 생각되었던 것이다.

"일단 이 친구 몸에서 휘도는 내력들은 더 이상 없네. 그간 스스로 몰아내려 많이 노력했구만. 큰 맥을 통하게 조치를 취했으니 곧 깨어날 것일세. 진통 효과도 같이 있도록 했으니 당분간 문제는 없을 것일세."

"감사합니다, 무유자 어른!"

광검은 함박웃음을 지으며 무유자에게 연신 고마워했고 무유자는 빙긋이 웃었다. 그리고는 다시 전진칠자의 호위를 받으며 뒤쪽으로 움직였다. 그때였다.

"으으음……."

"패도! 패도!"

패도의 입에서 작은 신음성이 흘러나오자 광검은 그의 침상에 바싹 다가가 입을 열었다. 지켜보는 사람들 모두 관심 어린 눈으로 광검의 등 뒤에서 패도를 바라보기 시작했다.

"…광 …검이냐? 큭!"

"움직이지 마! 미련한 놈! 네놈이 뭐가 그리 대단하다고 혼자서 뻗대고 있었어! 도망이라도 치지!"

광검은 갑자기 패도를 향해 고함을 버럭 질렀고, 패도는 그 말에 쓴웃음을 지었다. 그리고는 다시 입을 열었다.

"비연은? 명아는? 난영화 소저 모두 다 무사한가?"

"예. 모두 괜찮습니다. 패도 형님 덕분입니다."

대답은 뒤쪽에 있던 반뇌의 입에서 흘러나왔고, 패도는 고개를 돌려 그를 바라보았다. 반뇌와 비연이 나란히 있었고, 반뇌는 명아를 조심스럽게 안으며 웃고 있었다.

"저도… 괜찮아… 요."

조금 목이 메는지 훌쩍거리며 난영화도 입을 열었고, 패도는 그녀를 보고는 살짝 웃었다. 그의 생각대로 모든 것이 다 된 것 같았다. 그때였다.

"미안하다, 패도."

"응?"

갑자기 들려오는 광검의 사과에 패도는 눈을 동그랗게 떴다. 미안할 일 따위는 없는 것으로 기억하고 있었던 것이다.

"네 왼팔은… 어떻게 할 수가 없었다. 그래서……."

광검은 말을 잇지 못하고 입을 꽉 다물었다. 패도의 왼 어깨 아래 약 네 치 부근이 완전히 잘린 것을 말하기가 정말 힘들었던 것이다.

"……."

패도는 왼팔 쪽으로 고개를 돌리고는 그제야 광검이 하려던 말이 무엇인지 깨달을 수 있었다. 갑자기 패도가 작은 웃음을 흘렸다.

"훗. 광검, 이래 봬도 나 아프다."

"……."

"아픈 사람 웃기지 마라. 상처 덧난다."

"……."

뜻 모를 패도의 말에 광검을 비롯한 사람들 모두 의아한 표정을 지었다. 대관절 패도가 무슨 말을 하려는지 짐작이 되질 않았다.

"팔 하나 없는 게 뭐 그리 대수냐? 난 살아 있다. 그럼 된 거지……."

"······."

광검은 패도의 말에 작은 미소를 지었다. 패도의 말처럼 그들은 얼마 전까지만 해도 삶과 죽음, 그 경계에 서 있던 사람들이었다.

감숙의 전장에서 조금 다치면 어떠랴? 그저 살아 있다는 것이 그들에게 있어 최고의 표창이었다. 재물 따위는 생각도 없었다.

비록 한 팔이 잘렸어도 패도는 살아 있었다. 그 전장보다 더 지독한 곳에서 의연하게 살아온 것이다. 그러니 패도의 입장에서는 성공했다 볼 수 있었다.

"너답지 않다, 광검. 죽음이 그리워 검을 든 네놈이 팔 하나 가지고 심각한 얼굴 하지 마라. 진짜 웃음 나오려 그런다."

"···젠장! 알겠다, 이 자식아."

광검은 하얀 이를 내밀며 다시 입을 열었다. 그리고는 눈가에 맺힌 눈물 한 방울을 행여나 누가 볼세라 빠르게 훔쳤다.

2

"내가 자네를 잘못 본 건가?"

"굳이 말하자면 그렇다고 볼 수도 있네. 아니, 스스로 실수한 것이라 봐도 무방하겠지. 사람이란 것이 다 그런 것 아닌가?"

작은 모옥 안에서 두 사람이 나직한 목소리로 대화를 나누고 있었다. 두 사람은 마치 오래된 친구인 듯 정감 어린 목소리로 상대를 향해 이야기하고 있었지만, 그리 화기애애한 분위기가 아니었다.

그들의 대화 내용을 잘 들어보면 죽립을 쓴 흑의인은 추궁하는 듯한 모습이었고, 앞에 앉아 있는 노인은 능글맞게 회피하고 있는 듯한 모습이었던 것이다.

"자네, 정말 무서운 사람이로군. 설마 자네가 이런 일까지 일으킬 줄은 난 생각도 못했었네. 그저 지난 세월의 보상을 무공으로 받으려던 것이 아니었나?"

죽립인은 노인을 향해 다시 입을 열었다. 잘 들어보면 아주 작은 살기마저 느껴졌으나 노인은 그에 아랑곳없이 입을 열었다.

"정말 궁금하군. 이 조량금이 자네에게 어떻게 보였는지 말이야. 자네가 보기에는 내가 노망난 뒷방 늙은이로 보이던가?"

노인은 조량금이었다. 그는 지금 자신의 처소에서 죽립인을 만나고 있었던 것이다.

"설마 하니 자네가 나 모르게 서서히 강호에 힘을 기울이고 있다고는 생각도 못했었네. 허어… 그것도 관부와 함께 어울려서 말이야."

죽립인은 고개를 좌우로 저으며 나직한 목소리로 입을 열었다. 아무래도 조량금과 호금종의 연합을 예측하지 못한 것 같았는데, 그런 그의 귓가로 조량금의 목소리가 들려왔다.

"헛헛헛. 이보게, 장규연. 자네가 소개해 준 사람이 아닌가? 아니지, 이젠 뭐라고 불러야 되나? 장규연이라 불러야 하나? 아니면 당금 호위책자(護衛責者)? 그것도 아니면 마교의 구대장로 중 가장 강하고 신비로운 대장로라고 불러야 하나?"

"……."

장규연이라 불린 죽립인은 갑자기 말문을 닫았다. 조금 놀란 듯했으나 조량금은 그런 장규연을 보면서 다시 입을 열었다.

"자네 정말 웃기는 친구로군. 스스로 나에게 무공과 정보력까지 가져다준 사람이 설마 내가 그 정도도 못 알아낼 줄 알았나? 이보게, 호금종이 누군가? 그는 현 황실의 실세였어. 그가 움직여도 못 알아내는 정보가 세상에 있을 것으로 생각되었나? 자네, 정말 순진하구만. 헛허허허허."

낭랑한 웃음을 지으며 조량금은 장규연을 비웃었고, 장규연은 그런 조량금의 태도에 어깨를 약간 떨었다. 그리고는 손을 올려 죽립을 벗었다.

청수한 장년인의 모습이 보였다. 여태껏 조량금과 동년배처럼 말을 주고 받았다는 사실이 믿겨지지 않을 만큼 젊게 보이는 모습이었다.

"그렇군, 내가 실수한 것이구만. 호랑이에게 날개를 달아주었어."

조금은 씁쓸한 표정을 지으며 장규연은 지붕을 바라보기 시작했다. 보일 리가 없을 텐데 그 지붕을 뚫고 하늘을 바라보기라도 하는 듯했다. 그 눈 속에서 보이는 감정은… 후회였다.

그는 조량금을 이용할 수 있을 것 같았다. 강호에 보이는 힘의 균형, 그 균형을 맞추기 위해 조량금이 필요했다.

사실 마교의 힘은 강대했다. 지금까지 장규연은 그 마교의 편에 서서 중원을 견제해 온 것인데 이젠 거꾸로 마교를 견제할 필요가 있었다. 그래서 생각한 것이 조량금이었다.

구대문파의 고수가 필요했다. 현 마교의 힘으로 중원에 나온다면 고수들이 떨어져 나가는 것은 시간문제였다. 어느 누구의 힘으로 강호가 일통된다면 당금 호위책자인 그가 나서서 막아야 했다.

호위가… 그 중심에 있는 호위책자였던 그는 그래서 사람을 찾았고, 찾아낸 것이 화산의 조량금이었다. 무공도 사물이나 정세를 읽는 눈도 있었고, 판단력까지 있었다. 다만 한 가지 걱정되는 것은 그의 커다란 야심이었다.

더욱이 왠지 모르게 그는 비틀려 있었다. 하나 그 야심을 장규연은 누를 자신이 있었다. 적어도 나중에 우환이 되면 제거할 수 있다 생각했던 것이다.

그래서 호금종을 연결해 주었다. 스스로 그 연결 고리가 되어 두 사람을 하나로 묶었고, 황실에 야심이 있는 호금종은 그 미끼를 받아들였다. 그리고 지금까지 오게 된 것이다.

"그렇게 이상한 눈으로 쳐다보지 말게나. 호금종과 내가 손을 잡았던 것이 뭐가 그리 이상한가? 자네는 무림공적으로 불리는 다래가까지 도와주었지 않았나?"

"…홋. 자넨 참 많은 것을 알고 있구만 그래."

장규연은 더 이상 놀랄 것도 없었다. 자신의 정체를 알 정도라면 이미 알아볼 대로 알아봤다는 뜻이었으니 모를 턱이 없었던 것이다.

"기왕 이렇게 된 것 하나 물어도 되겠나?"

왠지 여유로운 표정을 지으며 장규연이 물어오자 조량금은 턱을 들어 올리며 관심을 보였다. 흡사 승자의 여유처럼 보였다.

"왜 호금종이 죽는 것을 보고만 있었나? 이젠 그가 필요하지 않은 것인가?"

"허허. 그거 말인가?"

조량금은 싱긋 웃으며 잠시 말끝을 흐렸다. 그리고는 서서히 내력을 끌어올리기 시작했다. 장규연이 이곳에 온 의도는 너무나 뻔했다.

아마 자신을 제거하기 위해 온 것일 터였다. 그의 의중에서 벗어난 행동을 하는 자신을 말이다.

"이 세상 사람들 누구나 그만의 약점 같은 것이 하나씩 있다고 생각하네. 비록 말은 없어도 나나 자네 역시 그런 약점을 가지고 있지."

"……."

"한데 그 친구는 그 반뇌란 친구에게 너무 집착하더군. 그걸 보고 더 이상 그와 같이 있어서는 안 된다고 생각했네. 그 때문에 판단력이 흐려지는 것을 더 이상 볼 수 없었어."

단호한 목소리로 이야기하는 조량금을 보며 장규연은 고개를 끄떡였다. 그리고는 서서히 자리에서 일어나며 말했다.

"약점이라… 확실히 그런 것이 있지. 그리고 호금종은 자네 말처럼 근자에 판단력이 많이 흐려졌었지. 하나 아직 죽어서는 안 되었어."

은은한 기세를 올리며 그는 방문을 향해 걸었고, 그러다 문득 다시 입을 열었다.

"내 약점은 바로 자네인 것 같네. 이젠 그 약점을 없애고 싶군. 마침 눈도 내리고 하니 잠시 밖으로 나오겠나?"

은은한 살기를 흘리며 장규연이 나가자 조량금은 피식 웃었다. 그리고는 서서히 신형을 일으키며 옆에 놓인 장검을 집어 들었다.

"헛헛헛. 약점치고는 좀 부담스럽다고 생각하지 않나?"

그는 여유로운 웃음을 지으며 밖으로 나섰다.

＊　　　　＊　　　　＊

하귀는 간만에 함박웃음을 짓고 있었다. 그간 보지 못했던 사람들이 어느새 모여들고 있는 것이 참 반가웠던 것이다.

전진의 칠성도제 무유자를 비롯한 그의 제자들에, 얼마 전에 만났던 세심의 언경주에, 낯익은 개방의 사람들까지… 어디서 소식을 들었는지 모두 모이고 있었다.

더욱이 왠지 모르지만 유경이 어디선가 희명 공주까지 데려와 지금 이층의 객방에 묵고 있었다.

심지어 해남도에 있던 검해 만시명도 형식적이긴 하나 사람들을 보내 고죽노인을 당황케 했다. 소문이 빠르긴 빨랐던 모양이다.

"쯧. 임마, 뭐 그리 좋은 일이라고 헤벌쭉이냐? 사람 많아 죽것구만."

보다못한 광검이 뚱한 목소리로 이야기를 하는데도 하귀는 표정을 지우지 않았다. 그저 입을 귀에 걸 뿐이었다.

"그나저나 참 이상하군. 아니, 어떻게 검해 어르신이 이 소식을 들었지? 듣는다 해도 근 한 달 이상 걸릴 것이 분명한데 우리가 이곳에 있을 줄 미리 알았다는 건가?"

문득 들려오는 고죽노인의 목소리에 사람들은 고개를 갸웃거렸다. 그 말대로 좀 이상하기는 했다.

해남에서 여기까지 온다면 미리 준비를 좀 해야 하는데, 그렇다면 준비할 시간을 제하고 그전에 편지를 받았다고 볼 수 있었다. 그렇게 따진다면 아직 일행이 반뇌를 만나기도 전에 소문이 났다는 뜻이었다.

소문의 내용도 좀 이상한 것이 이른바 '건곤일척의 승부'라는 말로 요약될 수 있을 정도로 허무맹랑했다. 화산에서 천하의 주인이 결정된다는 말이 그 요지였다.

"누군가 일부러 낸 것이 분명합니다. 이유는 모르겠지만 천하의 무림인들을 이곳으로 불러 모아 뭔가를 획책하려 하고 있겠지요."

"…혹 조량금이 그런 것이 아닌가?"

조용히 있던 설군우가 입을 열자 반뇌는 잠시 생각에 잠겼다. 설군우의 말처럼 조량금이 그렇게 할 수도 있었다.

그러나 그는 다른 사람에게 좀 더 비중을 두고 있었다. 일단 조량금이 그렇게 하려면 상당한 조직이 필요했다. 하나 그에게 그런 조직은 있을 것 같지 않았다.

물론 이미 죽은 호금종이 이를 획책했다면 충분히 가능한 일이었다. 하나 설사 그렇다 해도 조량금이 이를 시켰다고 보기는 힘들었다. 그는 일단 화산부터 지우려 하니 스스로 방해되도록 일을 벌일 이유가 없는 것이다.

그렇다면 남은 것은 하나, 이검필승인 장규연이었다. 그라면 이 세상 어디든 접촉이 가능했다. 조직이 있는지 없는지 모르지만 호위가의 위치를 가지고 있는 것을 감안한다면 비밀리에 관부의 도움을 얻을 수도 있는 것이었다.

"아마도 아닐 것입니다. 저는 그가 아니라 이검필승인 장규연을 생각하고 있습니다. 그라면 충분히 그럴 수 있다는 생각이 드는군요."

"장규연? 그 호위가인가 하는 사람 말이냐?"

이제 침상에서 일어나 똑바로 앉아 있는 패도가 묵직한 목소리를 내자 반뇌는 조용히 고개를 끄덕였다. 그러자 한쪽 구석에 있던 상귀의 거친 목소리가 들려왔다.

"쓰벌! 그 쏩새가 왜 그딴 짓을 했데? 뭐, 지한테 이익이라도 있나?"

상귀의 목소리에 반뇌는 이번엔 아무런 말 없이 고개를 좌우로 저었다. 참으로 생각하기 난해했다. 대관절 그가 얻을 이익이 무엇인지 알 수가 없었던 것이다.

잠시 그렇게 쥐 죽은 듯한 고요함이 방 안을 휘돌고 있었다. 어쨌거나 앞으로 어떻게 될 것인지 그걸 이야기하고자 모인 것인데, 정작 그 이야기는 안 하고 다른 이야기만 한 셈이었다.

"그건 그렇고, 언제쯤 화산에 올라갈지 그것부터 결정하는 게 좋을 것 같아. 더 이상 화산을 이대로 놔둘 수는 없잖아?"

"쓰벌, 당연하지. 지금이라도 당장 오르자고. 어쨌든 여기까지 와서 우리 일 끝났다고 나 몰라라 할 순 없잖아."

"성님도 참, 그걸 말이라고 하쇼! 당장 올라가 그 호금종과 손 잡은 조랑금을 때려잡아야지요. 암요!"

광검의 이야기가 끝나자마자 상귀와 하귀는 쌍심지를 켜며 당장 올라

갈 태세였고, 고죽노인은 아무 말 없이 묵묵히 고개를 끄덕이며 동의를
표시하고 있었다. 늦출 이유가 없는 것이다.

"개방제자들의 말이 하루 정도면 대장이 도착한다고 하니 오면 바로
떠나는 것이 좋을 것 같습니다. 누가 뭐라 해도 조량금은 고수입니다. 여
기 설 대협이 있기는 하지만 만일에 사태를 대비함이 좋겠지요. 게다가
주위에 소림과 무당, 그리고 당문의 암격제와 홍 노야께서도 같이 오신
다니 필승을 위해 경거망동은 자제하는 것이 좋을 듯합니다."

반뇌의 말에 사람들은 고개를 끄떡여 동의를 표했다. 상대의 힘이 어
느 정도인지 알 수 없으니 최대한의 힘을 모으는 것이 중요했다. 어쨌든
단판 승부가 될 것이니 뒷일을 생각할 이유가 없는 것이다.

"그나저나 저 무림인들은 다 어쩌죠? 딱 보니 바로 산으로 올라갈 기
세들인데, 저들을 다 끌고 가야 되는 겁니까?"

갑자기 하귀가 난감한 표정을 지으며 말하자 광검은 미간에 주름을 확
잡았다. 그 말대로 저 구경꾼들이 제일 문제였다.

많아도 너무 많았다. 난데없이 몰려든 무림인들에 근처의 주점들은 모
두 희희낙락한 표정이었지만 자신들에게는 도움이 되지 않았다. 뭐 하나
하려고 해도 눈을 의식하게 되고 여차할 경우 도주하기도 힘들게 되는
것이다.

그렇다고 저들 중 몇 명만 추려서 간다면 그것도 이상한 노릇이었다.
결과적으로 보이지 않는 족쇄가 채워진 것이나 마찬가지였다.

한데 그런 난감한 과제가 별것 아니라는 듯 반뇌는 빙긋이 웃고 있었
다. 그는 광검을 향해 입을 열었다.

"신경 쓰지 않으셔도 됩니다. 잊으셨습니까? 지금 화산의 주위에는 마
대인의 병사들이 지키고 있습니다. 누군가 화산에서 내려오는 것도 힘들
지만 이를 뚫고 올라가는 것도 거의 불가능합니다. 이미 제가 연통을 넣

어놓았지요."

"헐, 그런 수가 있었구만. 그렇지, 감히 관부를 상대로 검을 휘두를 무림인이 있겠는가? 그것도 마 대인이 키운 강병에 말이야."

고죽노인은 만족스럽다는 미소를 지으며 입을 열었다. 아무리 간덩이가 부은 무림인이라도 함부로 관병을 죽일 수는 없었다. 그야말로 전국에 수배령이 내려질 텐데 어찌 그럴 수 있겠는가?

게다가 대부분은 어중이떠중이 무림인이 많으니 힘으로 포위망을 뚫을 수도 없을 것이었다. 그들의 힘을 직접 봤으니 안심해도 좋았다.

뭐, 저들 고수들이야, 그들도 모르게 올라올 터이니 그것까지 막을 수는 없지만 그들은 그들 나름대로 제 몸 하나 간수할 수 있을 터이니 별 신경 쓰지 않아도 될 것이었다. 아주 쉽게 일 하나가 풀려 버린 것이다.

"흠. 그럼 이제 대장만 오면 되는 것인가?"

광검이 고개를 끄떡이며 입을 열 때였다. 문득 바깥에서 낭랑한 목소리가 사람들의 귓가에 울려 퍼졌다.

"홋홋홋… 이 녀석들은 다 어디로 갔나? 설마 벌써 화산으로 오른 것은 아니겠지?"

"홍 노야!"

들려오는 목소리에 상귀와 하귀가 반색을 하며 방문을 부술 듯이 차면서 나갔다. 그리고 다른 일행도 환한 웃음을 지으며 하나 둘 움직였다. 다리가 성하지 않은 반뇌는 고죽노인이 부축하고, 팔이 성하지 않은 패도는 광검이 부축한 채 방을 나섰고, 설군우는 그런 그들을 보면서 제일 후위에서 나서고 있었다.

"아미타불. 정말 오랜만입니다. 일견하기에도 두 분 시주의 무공이 대단하다는 것을 느낄 수가 있군요! 허허허."

"정말 사형의 말이 옳습니다. 저는 지금 놀라서 말이 안 나올 지경입니다."

"오우~ 그동안 놀고 있지는 않았나 보네?"

이어 들어오는 명경과 명각, 그리고 유정봉이 입을 열자 상귀와 하귀는 입을 좌우로 길게 찢으며 만족스런 표정을 지었다.

어느새 여기저기서 사람들이 나오고 있었다. 강호에 그 이름이 혁혁한 홍관주와 소림의 명경과 명각, 그리고 암영을 대동한 당현과 무당의 양의천검을 위시한 사람들이 모두 있으니 호기심이 없을 리가 없었다. 삽시간에 그들은 온 사람들의 호기심 어린 눈빛을 받는 신세가 되었다.

"쯧, 내가 뭐 유랑패의 원숭이인가? 아, 얼굴 따가워라."

주교가 짐짓 얼굴을 가리며 너스레를 떨자 주위에서 자연스럽게 웃음이 피어올랐다. 하나 그 웃음은 곧 자취를 감추게 되었다.

지금 문에서 들어오는 사람, 긴 흑발을 치렁치렁 날리며 들어오는 사람 때문이었다. 그의 용모는 그런 반응을 보이게 하기에 충분했다. 얼굴 한쪽의 검상에다 핏줄들이 모두 불거져 있는 흉한 얼굴… 무정이 들어선 것이다.

"대… 대장!"

상귀의 입에서 놀란 목소리가 나왔다. 다른 사람들은 그저 아무 말도 못하고 있었다. 무정은 마치 그런 반응에 신경도 쓰지 않는다는 듯 아무렇지도 않게 천천히 앞으로 나서고 있었다.

슥.

상귀와 하귀의 머리를 손으로 살짝 스치며 지나가더니 그대로 앞으로 나가고 있었다. 한 팔을 잃고 광검에게 의지하고 있는 패도를 향하고 있었다.

"누구냐?"

"……."

뜬금없이 물어오는 무정의 목소리에 옆의 광검은 피식 웃음을 지었다. 얼굴이 조금 변하기는 했어도 분명 대장이었다. 패도를 보자마자 바로 상태를 묻는 그의 모습은 영락없는 대장의 모습이었다.

"이미 죽었소, 대장. 여기 이놈이 해치웠지."

옆의 광검을 턱짓으로 가리키며 패도는 쓴웃음을 지었다. 그러자 뭘 쳐다 보냐는 듯 광검도 뚱한 표정으로 패도를 쳐다보았다.

문득 패도는 대장의 시선이 자신의 왼팔에 고정되는 것이 느껴졌다. 아무래도 팔이 잘린 것에 대해 뭔가 생각하는 듯했다. 패도는 천천히 입을 열었다.

"대장, 나 살아 있소."

"……."

"그러면 된 것 아니오?"

"……."

패도의 목소리에 무정은 아무런 말도 없었다. 무정은 그저 묵묵히 그를 바라보지감 할 뿐이었다.

문득 무정의 눈이 옆에 있는 반뇌 쪽으로 향했다. 어느새 다가왔는지 비연과 그의 딸 명아가 있는 것이 보였다. 둘 다 별일없어 보였다. 그제 야 무정은 고개를 끄떡였다.

무정은 패도에게 저 두 사람의 보호를 주문했고, 패도는 이를 위해 목숨을 걸었다. 동료를 지키기 위해 목숨이라도 내놓을 마음인데 이깟 팔하나 정도가 무슨 대수냐는 패도의 속뜻이었다.

"패도… 수고했다."

"……."

무정의 묵직한 목소리에 패도는 살짝 웃으며 고개를 끄떡였다. 이것이었다. 그가 대장에게 원한 대답은 입에 발려진 분노의 어구도 아니었고, 따뜻한 위로의 말 한마디도 아니었다.

패도는 마음 한구석에 뭉클한 감정이 솟아오르는 것을 느꼈다. 역시 대장은… 얼굴만 조금 변했을 뿐 변한 것이 없었다.

철그럭.

무정의 다리에 찬 철각반이 작은 소리를 내며 움직였다. 이층으로 오르려 하고 있었다. 아무래도 다른 사람들의 눈이 신경 쓰여 그런 것 같았다. 그를 따라 일행과 사람들도 이층으로 신형을 옮기기 시작했다.

"살아 있어줘서… 고맙다……."

"……."

착각이었을까? 패도의 귓가에 무정의 목소리가 작게 들린 것 같았다. 흡사 환청처럼 말이다.

화산으로 1

차차창!

금속의 부딪침으로 생긴 긴 비명 소리가 고요한 사위로 흩어져 가는 가운데 두 사람은 석상처럼 서 있었다. 서로의 눈을 보면서 다음 공격을 계획하는 듯했다.

장규연과 조량금, 둘은 백중세였다. 서로 조금씩 부상을 입기는 했지만 치명적인 것은 하나도 없었다. 워낙이 조심스럽게 접근하다 보니 그런 결과가 나왔던 것이다.

"허어. 과연 이검필승인이란 소리가 당연한 것이구나. 자네 정말 대단하이. 아직까지 그 검 하나로 나를 상대하고 있다니 놀랍구려."

"자네야말로 무서운 사람이네. 도대체 화산의 무공을 얼마나 비틀어 놓은 것인가? 도저히 자네 검은 화산의 검이라 볼 수 없네."

장규연은 놀라고 있었다. 조량금의 검은 화산의 검이라 부르기엔 너무나 살기가 짙고 초식이 괴이했다.

내력을 동반한 빠른 움직임이라는 것에 있어서는 화산의 검과 다를 바가 없었지만 문제는 그 초식이었다. 인간의 움직임이 저렇듯 기괴하게 움직일 수 있는지 그는 오늘 처음 알았다.

검을 뻗어 아래로 치고 오다가도 손목을 꺾어 위로 쳐들었다. 그것만이면 별문제가 없으련만 거기서 몸을 뒤집어 양 발로 허공을 휘저으며 공격해 오는 식이었다. 한마디로 미친 듯한 공격 일변도의 검세였다.

문제는 그 검세가 너무나 빠르다는 것이었다. 순간 순간 비는 곳을 향해 그는 검을 찔러 넣어 몇 번 우세를 점하기는 했지만 대부분 조량금의 우세였다. 이대로 가다가는 그 결과는 너무 뻔했던 것이다.

"아무래도 이만 마무리를 지어야 될 것 같네. 이래 봬도 할 일이 좀 많다네."

"허허허. 당대의 호위책자이시니 당연한 일이겠지. 오시게나. 드디어 그 보이지 않는 이검을 견식할 기회가 오는구만."

조량금은 여유있는 목소리로 입을 열며 양팔을 주욱 벌렸다. 언제든 와도 좋다는 듯한 표시였다.

"훗. 자신감이 지나치면 그것이 바로 패배라네. 하압!"

팟……

쌓인 눈을 하늘로 쳐 올리며 장규연은 조량금에게 폭사했고, 조량금은 장규연을 부릅뜬 눈으로 바라보며 주의를 기울였다.

뭔가 달랐다. 이전의 공격에 비해 그 기세나 속도 모두 달랐다. 특히 그의 주변에 이는 기의 흐름은 거의 칼날과도 같았다. 수많은 칼날들이 휘돌며 장규연을 감싼 채 달려오는 형국이었다.

"차아앗!"

좌아아아아.

조량금은 오른손의 검으로 바닥을 훑어 장규연처럼 눈송이를 하늘로 날렸다. 그리고는 검날을 세워 올려 가슴을 방어하면서 상황을 주시하기 시작했다. 그때였다.

좌자자작!

"……!"

조량금의 눈이 살짝 커졌다. 갑자기 검날이 나타나더니 그의 눈앞에 거대하게 치솟은 눈의 장벽을 갈라놓고 있었다. 물경 세 개 이상의 검세가 한꺼번에 그에게 들이닥치고 있었다. 허수나 눈속임이 아닌 진짜 세 개의 검세가 말이다.

"어림없다!"

조량금은 일갈과 함께 척추를 중심으로 신형을 팽이처럼 돌리기 시작했다. 그리고는 검세를 아래위로 훑어내자 세 개의 검세는 조량금의 검세와 그대로 충돌했다.

쩌저정!

지축을 뒤흔드는 진동과 공기를 찢어발기는 소리가 들리면서 두 사람은 뒤쪽으로 튕겨 나갔다. 하나 장규연의 공세는 거기서 끝이 아니었다.

탓… 파아아앙!

뒤로 물러날 듯하더니 오히려 전방으로 빠르게 튕겨지면서 예의 검세를 쏟아내고 있었다.

"음……."

조량금은 작은 신음성을 흘렸다. 너무나 막무가내였다. 분명 막힐 것이 뻔한데도 똑같은 공격을 해온다는 것은 둘 중 하나였다. 자살 행위 아니면 함정이었다.

설마 장규연 같은 고수가 자살 행위를 할 리는 없으니 분명 함정이었다. 그리고 그 의도는 바로 나타났다.

싯—

아주 작은 소리가 들리더니 장규연의 왼손이 움직였다 그리고는 허리춤에 꽂혀 있던 또 하나의 검이 그 모습을 보였다. 보이지 않는 검을 보면 죽는다는 그의 두 번째 검이 드디어 조량금의 눈앞에 나타난 것이다.

"……!"

잔뜩 긴장한 조량금의 입술이 살짝 벌어졌다. 검날이… 보이지 않았다. 손잡이는 분명히 보이는데, 그 검날이 보이지 않다니 이해할 수가 없었다.

하나 그렇다고 해서 장규연의 검날이 보이지 않을 정도로 빠르게 움직이는 것은 아니었다. 분명 그의 손에 쥐어진 검동의 모습은 똑똑히 모습을 드러내고 있었다. 그렇다면 뭔가 있는 것이다.

안력을 힘껏 집중한 조량금의 눈에 드디어 뭔가 들어오기 시작했다. 나타난 검날은 일반적인 두터운 검날이 아니었다. 바로 협봉검이었다.

마치 회초리처럼 휘도는 검날이 허공에서 빠르게 움직이고 있었다. 조량금은 피식 웃음이 나왔다. 기껏 긴장하게 만든 것이 저따위 협봉검 때문이었다니…….

모르면 모를까, 이미 정체를 알고 있는데 조량금이 당할 이유가 없었다. 협봉검의 제일 장점은 바로 찌르기. 워낙 좁은 검이다 보니 잘 보이지는 않으면서 빠르게 움직이는 것이 장점이었다.

그러나 자신에게 있어 저따위 검날은 무용지물이었다. 이른바 그의 호신강기조차 뚫지 못할 것이 분명했으니 긴장할 이유 따위는 없었다. 결국 강호의 소문은 그저 소문일 뿐인 것이었다.

그러나 그렇게 여유작작하던 조량금의 신형이 굳어졌다. 장규연이 든 협봉검의 움직임이 좀 이상하다 싶더니 전혀 엉뚱한 결과가 나오고 있었다.

콰자자자작!

조량금에게 날아가던 검세들이 모두 조각조각 끊어지기 시작했다. 마치 수많은 단도들이 그에게로 다가오는 듯했다. 조량금은 아연할 수밖에 없었다.

장규연의 협봉검은 일반적인 용도로 사용되는 것이 아니었다. 검세를 가르고, 그 검세를 조종하기 위해 필요한 것이었다. 마치 도산검림 속으로 들어온 듯한 착각을 일으키며 조량금은 입술을 꽉 깨물기 시작했다.

*   *   *

"그렇군요. 이제야 뭔가 좀 알 것 같습니다. 이리도 복잡하게 얽혀 있었다니……."

반뇌는 고개를 절레절레 흔들며 입을 열었다. 설마 설마 했는데 생각했던 모든 것이 다 하나로 묶이고 있었다. 한마디로 뭘 단정 지어 생각하는 것 자체가 무리였던 것이다.

강호의 세력들을 견제하기 위해 장규연이 생각한 것은 바로 이의제의였다. 서로에게 동등한 세력을 붙여놓음으로써 자연스럽게 견제하게 만든 것이다.

그 일환으로 다래가의 재등장이 탄생한 것이다. 홍관주가 장규연에게 당한 것을 생각한다면 다래가와 장규연의 관계는 미루어 짐작할 수 있었다. 게다가 지금 화산의 조량금과 저 호금종의 연계 역시 장규연의 짓인 것이 분명했다.

그것도 놀라운데, 마교의 대장로 신분까지 가지고 있다니 더 이상 놀랄 여력도 없었다. 그렇다면 애초의 짐작대로 사람들에게 입소문을 내게 만든 것은 역시 장규연이 틀림없었다.

아마도 이 자리에 원래는 마교의 사람들이 나타났어야 정상일 것이다.

그들이 나타나 강호의 세력에 경각심을 주고, 마교는 마교대로 아직 나서기 힘들다는 판단을 가지도록 하기 위해 장규연이 꾸민 것일 확률이 너무나 높았다.

그러나 지금 그 계획은 이미 틀어진 상태였다. 분명 마교는 나타나지 않을 것이다. 무정에게 그렇게 호되게 당했으니 절치부심(切齒腐心)하는 심정으로 다시 십만대산에 돌아가 한동안 무공을 연마할 것이 분명했다. 일단 마교는 장규연의 의도대로 된 것이라 볼 수 있었다.

그럼 이제 강호의 무림인들에게 어떻게 할지 그것이 못내 궁금해지기 시작했다. 생각대로라면 마교가 그 역할을 해주어야 할 것인데, 무정으로 인해 틀어졌으니 뭔가 다른 대책이 나와야 할 것이다. 그런데 아직까지 아무런 징후가 없었다.

하다못해 헛소문조차 들리지를 않으니 답답할 노릇이었다. 하나 지금은 이렇게 기다리는 것이 최선임을 이 자리에 모인 사람들 모두 너무나 잘 알고 있었다.

지금 이곳에는 강호의 힘있는 사람들이라면 거의 모두 참석한 상태였다. 소림, 무당, 개방과 당문, 거기에 무정 일행까지 합치니 세상을 쪼갤 만한 기세가 있는 사람들이 모두 모여 있었다. 다들 향후의 일을 논의하기 위해 모인 것이었다.

"흐음… 어쨌든 모든 것은 일단 장규연을 만나봐야 할 것 같군요. 그의 의도가 어찌 되었든 강호의 분란을 조성한 것은 사실이니 그 책임은 물어야 할 것입니다. 아미타불."

"명각 스님의 말씀이 옳소이다. 이 구윤도 마찬가지 생각이외다. 아무리 건국 초 황실의 안위를 위해 만들어진 사람이라고는 하나 강호에 해악을 끼친 것은 부인할 수 없는 사실이외다. 아마 본 파의 장문인 역시 본인과 같은 생각이실 것이오."

양검자 구윤이 심각한 얼굴을 하며 말을 받았고, 사람들도 모두 동의하는 듯 고개를 끄떡였다.

다른 것은 다 그렇다 치고 특히 다래가를 살려놓고 도와준 일은 절대 용서받을 수 없는 짓이었다. 지금 그 때문에 강호의 피해가 대체 얼마인지 파악조차 되지 않았다.

해남도의 사람들을 자신의 꼭두각시로 만들어 사용한 것은 둘째 문제이고, 당문에도 그 패악을 끼쳤으며, 특히 아미는 말로 표현 못할 만큼 큰 타격을 받았다. 아직 말이 나온 것은 아니지만 이미 누구나 인정하는 봉문 상태나 다름없지 않은가?

그 모든 것을 획책한 사람이 바로 장규연이라면 그냥 있을 수는 없는 일이었다. 반드시 처벌이 필요한 것이다.

"훗훗. 지금 중요한 것은 솔직히 그게 아니지. 저 화산에 올라 조량금을 상대하는 게 더 중요한 것이 아닌가? 장규연이 한 짓이야 괘씸하기는 하다만 지금 어떻게 할 수 있는 일이 아니지 않는가?"

"저도 홍 노야의 말씀에 힘을 싣겠습니다. 어차피 여기까지 와서 그냥 놔둘 수는 없는 노릇이지요."

홍관주의 말에 광검이 말하자 반뇌를 비롯한 무정의 동료 모두 고개를 크게 끄떡였다. 그들이 여기서 모든 것을 그만두어도 아무도 뭐라 할 사람은 없었다.

직접적으로 조량금에게 당할 뻔한 사람이 있는 것도 아니었고, 화산에 와 자신들이 해야 할 일들은 지금 해결한 상태였다. 그만 돌아간다면 그뿐이었다.

그러나 일행 중 아무도 그런 이야기를 꺼내지 않았다. 이곳은 비연의 사문이니 얽힌다면 얽히는 곳이었다. 그런 관계로 모두 전의를 불태우고 있는 것이다.

"대장의 결정이 제일 중요하겠지만 난 대장이 올라갈 것이라 봐. 사문의 문제로 비연이 근심하고 있는 것을 두고 볼 대장이 아니지."

패도의 말에 모두 고개를 크게 끄떡였다. 바로 대장의 그런 성격을 알기 때문에 지금 힘을 보태겠다고 하고 있는 것이다. 고죽노인의 사문도 그렇게 구해주지 않았는가?

"홋홋. 이미 게으른 놈에게 올라가 보라고 연통을 넣었으니 위에 무슨 일이 있다면 바로 연락이 올 것이야. 그러니 다들 조급해하지 말아라."

"게으른 놈? 아, 혹 타구제세 유복진 대협을 말씀하시는 겁니까?"

홍관주의 말에 명경이 말하자 홍관주는 짐짓 한쪽 눈썹을 치켜 올리며 익살스러운 표정을 지었다.

"대협은 무슨 얼어죽을…… 이쪽으로 온다고 연통이 왔기에 차라리 저 위에서 기다리라고 했지. 지금 상황에서는 그게 더 도움이 될 터이니……"

홍관주는 조금 뚱한 얼굴로 이야기했지만 사람들은 반가운 모습이 역력했다. 타구제세 유복진이라면 충분히 믿을 만했다. 그 성품과 무공 모두 다 말이다.

"개방의 방주님께서 움직이셨다면 그야말로 다행이군요. 이 무석도 적잖이 마음이 놓입니다."

음검자 무석이 이야기를 하자 사람들 모두 고개를 끄떡였다. 노련한 강호의 사람이 위를 봐준다는데 좋지 않을 사람이 있겠는가? 모두 일단 한시름 놨다는 표정이 역력했다. 한데 그때였다.

"그건 그렇고, 말이 나와서 하는 건데 진짜 대장 괜찮은 겁니까? 다들 진맥은 해보셨잖소?"

하귀가 걱정스런 목소리로 입을 열자 모두 어두운 얼굴이 되었다. 좀 전까지만 해도 지금 와 있는 세심의와 당현, 그리고 무유자가 모여 무정의 상세에 대해 논의했던 것이다.

"솔직히 말하자면 우리는 아직 방법이 없네. 하나 단 한 가지 알 수 있는 것이 있다면 웬만하면 내력을 일으키는 것은 자제해야 한다는 것이라네. 마치 물을 빨아올리는 종이라고나 할까?"

"예? 그게 뭔 소리입니까? 좀 쉽게 설명할 수 없나요?"

하귀는 당현의 말에 고개를 갸웃거렸고, 다른 사람들도 비슷한 반응이었다. 그러자 당현은 잠시 생각하는 듯하더니 이윽고 입을 열었다.

"무정의 무공이 역천의 무공이라는 것은 다들 알고 있을 것이네. 다만 그 부작용이 그동안 거의 나타나지 않아 나는 솔직히 역천의 무공이라 생각지 않고 있었네만, 요즘 무정을 보면 세심의의 견해가 맞는 것 같으이."

담담한 목소리로 당현이 말문을 열자 모두 귀를 기울이기 시작했다. 당현은 자신의 생각을 조리있게 설명하기 시작했다.

물이 담겨져 있는 종지에 종이의 한 끄트머리를 담그면 힘차게 빨아올려지는 것을 볼 수 있다. 무정의 무공은 바로 그와 같은 원리였다. 세상의 기운을 자신의 몸속으로 끌어들이고 이를 증폭해 내는 원리와 같이 움직였던 것이다.

한데 그 종지의 크기가 점점 불어나 이젠 거의 개울물에 담그는 것과 마찬가지였다. 종이의 크기가 아무리 커지더라도 흐르는 개울물을 이길 수는 없는 것이다. 물을 먹을 대로 먹은 종이는 그저 쉽게 풀어져 절단될 것이 분명했다.

"인간의 몸은 분명히 그 한계가 있네. 무정은 그 한계를 지금껏 계속 돌파해 왔지만 이젠 한계에 부딪친 것이 분명해. 게다가 그간 제 역할을 해주던 구여 신니의 내력도 사라진 지금, 내력을 일으켰다가는 본인도 모르는 사이에 죽음을 맞게 될 확률이 높아."

"......."

당현의 설명에 모두 입을 꽉 다물고 침울한 낯빛을 하고 있었다. 사정이 이렇다면 무정은 거의 도움이 될 수 없었다.

아니, 솔직히 그가 뒤에 있다는 것만 해도 충분히 도움이 되었다. 하나 문제는 그가 화산에 올랐을 때 그냥 있을 확률이 거의 없다는 데 있었다.

무정은 자신의 목숨을 돌보는 사람이 아니었다. 동료를 위해서라면 언제든 목숨을 호주머니의 동전처럼 버릴 수 있는 사람이 바로 무정이었다. 그런 그가 화산으로 올라갔을 때 홍관주나 명각, 명경 혹은 일행이 곤경에 빠진다면 목숨 따윈 돌보지 않고 또다시 검을 들 것은 너무나 확실한 일이었다.

바로 그 점 때문에 모두 침울한 안색을 하고 있는 것인데, 그때였다. 밖에서 누군가의 음성이 들려왔다.

"저, 태상방주님 좀 나와 보셔야겠습니다. 누군가 무정 대협을 찾아왔습니다."

"음? 정아를 찾는다고? 그게 누구냐?"

홍관주는 의아한 목소리로 입을 열었다. 아마도 개방의 제자들 중 누군가의 목소리 같은데 좀 난감한 듯한 목소리였다.

"그게 조그만 아이인데 다짜고짜 무 대협을 뵙겠다고 일층 주루에서 무릎을 꿇고 기다리고 있습니다. 다그치고 달래봐도 입을 굳게 다물고 있습니다. 그렇다고 내쫓을 수도 없어서……."

"아이?"

홍관주는 고개를 갸웃거렸다. 누군가 찾아와도 아이가 찾을 줄은 생각도 못했다. 그는 이내 몸을 일으켰다. 일단 그가 만나보기라도 해야 될 것 같았다.

"자세한 이야기는 이따 정아가 나온 다음에 이야기하도록 하고, 일단 그 아이를 좀 만나봐야 할 것 같소이다. 왠지 느낌이 좀 이상하구만."

"홍 노야, 같이 가요. 우리도 궁금한 건 마찬가지죠 뭐."

하귀가 자리를 털고 일어나자 모두 궁금한 듯 몸을 일으켰다. 이윽고 하나하나 방문을 나서기 시작했다.

"이 내가 두렵지 않소? 이따위로 변해 버린 나를 보고도 그런 말을 하는 거요?"

"애당초 제 마음에 있던 사람은… 그 얼굴에 반한 것이 아니었습니다. 그 마음에 반한 것이었지요."

무심한 무정의 목소리에 희명은 조용히 입을 열었다. 무정은 고개를 흔들며 다시 입을 열었다.

"희명, 왜 하필 나요? 이 강호의 무부를 일국의 황녀가 마음에 들어한다는 것이 말이 된다고 생각하시오?"

"사람이 사람을 좋아하는데 신분이 무슨 필요가 있겠습니까? 그리고 희명이라니요. 가려라 부르라고 황제께서 말씀하지 않으셨나요?"

가려의 목소리에 무정은 흠칫했다. 그리고는 그제야 상황을 좀 알 것 같았다. 역시 황제가 그를 찾아온 것은 그저 유경이 말해서 이루어진 것이 아니었다.

"그 마차에 있었구려. 그럼 모든 것을 모의한 것이 바로 당신이었군."

"모의란 말은 좀 그렇군요. 전 나름대로 용기를 낸 것입니다. 부황께 모든 것을 내걸고 무 대협을 만나보라 한 것입니다. 그뿐이지요."

가려의 목소리에 무정은 묵묵히 고개를 떨구었다. 왜 모르겠는가? 지금 이 자리에서 이렇듯 당당하게 말하는 것 자체가 희명에게는 가슴 떨리도록 부끄럽고 민망할 일일 것이 분명했다.

언제나 차분하고 조용하던 희명이 지금 무정에게 마음을 털어놓고 있었다. 자신을 마음에 두고 있다는 것은 무정도 알고 있었으나 이토록 적극적이진 않았다.

그런 그녀가 지금 무정에게 맘을 털어놓고 있으니 보통 결심으로 한 일이 아닐 것이다. 하나 무정은 가려의 마음을 받아들일 수가 없었다.

미려군에 대한 생각도 그렇지만 무엇보다도 자신에게 내일이란 없었다. 솔직히 무정의 몸은 바로 그 자신이 제일 잘 알고 있었다.

지금 간신히 버티는 것도 머리의 백회혈이 완전히 열린 것이 아니기에 가능했다. 만일 남아 있던 백회혈도 열린다면 그땐 죽음 외에는 다른 결과가 없다는 것을 너무도 잘 알고 있었다.

그렇다고 무공을 쓰지 않을 수도 없었다. 곧 저 화산으로 올라야 하는데 그저 뒷짐 지고 그냥 있을 자신이 아니니 어쩌면 지금 죽으러 가는 길이나 마찬가지였다.

"가려… 난……."

무정은 입을 열려다가 닫았다. 그녀의 눈망울을 보며 이야기하려니 참 힘들었다.

곧 죽을 것이란 이야기는 절대 할 수 없었다. 그저 려군에 대한 생각으로 더 이상 그대가 들어올 곳이 없다고, 이미 내 마음은 죽어버렸다는 상투적인 말이라도 해야만 했다. 한데 그것이 잘 되지를 않았다.

입이 떨어지지를 않았다. 독하게 마음먹고 입에서 내뱉어야 하는데, 그게 마음대로 되지 않고 있는 것이다.

곧 눈물이라도 떨어질 듯이 가려의 눈망울은 떨리고 있었다. 이런 그녀에게 어찌 이야기할 수 있을 것인가? 그때였다.

"공주님, 잠시 이야기를 멈춰서도 될는지요?"

밖에서 유경의 목소리가 들려오자 가려는 고개를 들었다. 유경의 목소리가 계속 들려오고 있었다.

"무 대협에게 누군가 찾아왔다고 합니다. 개방의 홍 노야가 지금 만나고 있는데, 아무래도 무 대협이 직접 나와야 할 것 같습니다."

"……."

유경의 목소리에 무정은 조용히 신형을 일으켰다. 그리고는 등을 돌려 방문을 향해 걸어나갔다.

"가려… 난… 나중에 다시 이야기합시다."

결국 무정은 아무런 말도 하지 못했다. 그저 문을 열고는 황급히 신형을 빼내고 있었다.

"역시 당신은 모진 사람이 아니군요."

무정이 떠나자 혼자 남은 가려는 나직이 입을 떼었다. 그녀는 작게 미소 지으며 혼잣말을 하였다.

"난 그런 당신이 좋답니다. 혈귀라 불릴 정도로 자신에게는 냉혹하지만 자신의 사람에게는 한없이 자상한……. 그래서 당신이 좋습니다."

가려의 두 눈에서 소리없는 눈물이 방울져 떨어지기 시작했다. 그녀는 그렇게 텅 빈 방 안에서 우두커니 혼자 있었다.

"넌……."

"교라고 합니다. 기억하시겠습니까, 무 대협?"

객잔의 입구 바로 앞에서 무릎을 꿇고 있는 아이를 보면서 무정은 조금 놀란 얼굴을 하고 있었다. 언젠가 산해관을 통과하기 전에 들렀던 마을, 그 마을의 객잔에서 만난 아이였다.

그 객잔에서 장규연을 만났으니 장규연과 모종의 관계가 있을 것이 분명한 아이였다. 무정은 묵묵히 고개를 끄덕이며 입을 열었다.

"장규연과 같이 있던 아이… 맞더냐?"

"뭣! 장규연?"

사람들이 술렁이기 시작했다. 모두 호기심 어린 눈으로 아이를 바라보고 있었는데, 아이는 그런 상황에 전혀 동요하지 않은 채 또랑한 눈을 굴리며 무정에게 이야기하기 시작했다.

"제가 무슨 잘못이 있어 이렇게 무릎을 꿇고 있는 것이 아닙니다. 귀무혈도 무정 대협에게 청이 있어 이렇듯 앞에 선 것입니다."

"……."

"부탁드립니다. 제발… 저희 대인을… 살려주십시오!"

"……!"

무정의 눈이 조금 커졌다. 대관절 이 교라는 아이가 무슨 이야기를 하는지 알 수가 없었던 것이다.

앞뒤 다 생략하고 결론만 이야기하는데 알아듣는다면 그게 더 신기한 일이었다. 무정은 굳은 얼굴로 다시 입을 열었다.

"무슨 말인지 간략하게 설명해라. 결과는 그 이후에 대답하지."

칼로 잘라내듯 말하는 무정의 목소리에 교는 신형을 잠시 떨었다. 분명 그 목소리에는 차가운 살기가 묻어 나오고 있었다. 하긴 그 때문에 무정이 마음에 두고 있던 여인이 죽었으니 당연한 일이기는 했다.

그러나 교는 곧 마음을 굳게 먹고 다시 입을 열기 시작했다. 아이의 낭랑한 목소리가 다시 들려왔다.

"저희 대인이 중원에 나온 호위가의 호위책자라는 사실은 모두 아실 겁니다. 지금까지 대인께서 한 일은 모두 이 책무에서 비롯된 것일 뿐, 자신의 영달을 위해 한 일이 아닙니다."

"뭐가 어쩌고 어째 이 쑴새가 그냥……."

"아, 큰형님 일단 진정해 봐! 말이나 들어보자구."

상귀가 단박에 인상을 찌푸리자 옆에 있던 유정봉이 뜯어말렸다. 상귀는 콧김을 내뿜고 있었다. 말을 안 해서 그렇지 모두 비슷한 생각이었다.

만일 이 자리에 아미의 사람이 단 한 사람이라도 있었다면 난리가 났을 것이다. 그들이 없기에 다행이었다.

　　"모든 것을 다 인정합니다. 다래가를 도운 것도, 마교의 사람들을 중원에 내놓은 것도, 여기 화산의 조량금에게 호금종을 소개한 것도 모두 대인이 한 일입니다. 하나 그 결과는 모두 대인의 뜻이 아닙니다."

　　"…무슨 뜻이냐?"

　　무정은 미간을 좁히며 물었다. 원인이 다 그에게 있음에도 불구하고 결과는 그의 뜻이 아니란 것이 못 미더웠던 것이다. 교의 목소리가 다시 들려왔다.

　　"대인께서는 힘만 서로 견제하면 그뿐이었습니다. 한데 교만한 자들이 모두 자기 목소리를 낸 것이지요. 다래가는 대인의 무공을 탐내 아미파를 쳤고, 조량금은 호금종과 야합하여 그 이빨을 드러냈습니다. 원래는 그들과 마교의 사람들이 서로 부딪치게 해야 하는 것이 옳았습니다."

　　"……"

　　"어찌 되었든 대인의 몸은 하나입니다. 이 모든 것을 다 해결하기 위해 백방으로 뛰어본들 이미 늦은 후였습니다. 모든 결과가 다 대인의 뜻이 아니란 말씀입니다."

　　"아미타불……. 소협, 자네의 말은 괴변일 뿐이네. 그런 사람들에게 힘을 실어주고도 그 결과를 몰랐다는 것은 너무도 무책임한 말이네. 자네의 말을 모두 믿는다 해도 장규연이 책임을 져야 할 부분은 결코 적지 않으이."

　　교의 말에 명경이 나지막이 입을 열었고, 사람들은 대부분 고개를 끄떡였다. 어쨌든 일의 직접적인 원인은 바로 그이지 않은가?

　　"이제 와서 대인에게 책임을 묻지 말아달라는 말이 아닙니다. 책임을 물으신다면 대인은 얼마든지 받아들일 분이십니다. 하나 저 위에서 허망

한 죽음을 당하신다면 그 기회마저도 없게 된다는 생각에 이렇듯 부탁드리게 된 것입니다."

"꼬마야, 그게 무슨 말이냐. 저 위에서 죽게 된다니?"

홍관주가 고개를 갸웃거리면서 입을 열자 교는 손을 들어 눈가를 훔치며 무정을 똑바로 쳐다보기 시작했다. 그리고는 떨리는 목소리로 입을 열었다.

"대인께서는… 지금 화산에서 조량금을 홀로 상대하고 있을 것입니다. 자신이 벌여놓은 일 중 이제 수습할 수 있는 것은 그것뿐이라 하시면서 저를 자유의 몸으로 놓아주시고는 올라가셨습니다. 이놈, 힘이 있으면 올라가 어떻게든 해보겠지만 그럴 수가 없어 이렇듯 부탁드립니다."

쿵.

아이의 이마가 차디찬 바닥에 소리를 내며 부딪쳤고, 그 모습에 모두 흠칫했다. 옅게 이마의 주위로 피가 배어나는 것을 봐서 이마가 깨질 정도로 힘차게 박은 것이다.

"……."

잠시 적막이 흐르고 있었다. 무정은 그 적막 속에서 생각하기 시작했다.

이 아이가 걱정하는 것이 무엇인지 무정은 잘 알고 있었다. 얼마 전에 본 조량금의 무위는 절대로 장규연의 아래가 아니었다. 게다가 조량금은 이미 장규연을 상대할 비책을 세워놓은 것이 분명했다.

그렇지 않고서는 이렇듯 장규연의 생각에서 벗어나는 행동을 할 이유가 없었다. 물론 다래가처럼 복수에 눈이 멀고 권력에 사로잡혀 일을 저질렀을 수도 있지만, 그가 본 조량금은 심계가 깊은 사람처럼 보였다. 당연히 대책을 세워놓고 일을 벌였을 것이 뻔했다.

게다가 장규연도 이를 알고 아이를 놔주고 갔다면 상황은 뻔했다. 최소한 동귀어진으로 일을 해결하려 하는 것이다.

"대협, 부탁드립니다! 누가 뭐래도 제게는 단 한 분뿐인 은인이십니다. 제발……."

무정의 침묵을 부정의 의미로 알았는지 아이는 눈물을 흘리며 무정을 바라보았고, 무정은 그런 피범벅이 된 아이의 이마를 물끄러미 바라보다 시선을 돌렸다. 그리고는 묵직한 목소리로 입을 열었다.

"너 때문이 아니다. 난 직접 듣고 싶다. 왜 그가 이렇게 해야만 했는지……."

"……."

뜬금없이 들려오는 무정의 말에 교는 눈을 동그랗게 떴다. 피가 들어가 따가운 눈을 비비면서도 아이는 무정의 얼굴을 보려 애썼다.

"좌측에 상귀, 우측에 하귀, 고죽노인과 광검은 그 뒤에 선다. 패도와 비연, 반뇌는 제일 후방에서 따른다. 지금… 화산으로 오른다."

크릭.

묵직한 음성과 함께 무정의 철각반이 움직이며 문을 향해 나아가기 시작했다. 그러자 무정 일행은 퍼뜩 정신을 차리며 무정이 말한 바를 이해하고 바로 움직이기 시작했다.

올라가는 것이다. 무정은 더 이상 볼 것도 없다는 듯이 앞으로 가고 있었다. 일말의 망설임조차도 없었다.

"쓰벌! 그럼 그렇지 왜 안 가나 했어."

"작은 성님! 우리 일행 좀 잘 부탁하요!"

상귀와 하귀가 입을 열면서 쪼르르 무정을 뒤따라갔고 그 뒤를 광검과 고죽노인이 따랐다. 그리고는 움직임이 불편한 반뇌를 패도가 훌쩍 업더니 비연과 함께 움직이기 시작했다.

"훗훗훗. 그놈 성격하고는……. 자, 이렇게 된 이상 우리도 가봐야 하겠지? 아이야, 교라고 했느냐? 너도 따라오너라."

홍관주는 교를 부축해 그 손을 잡고는 문가를 나서기 시작했다. 그를 선두로 무림인들 모두가 하나하나 빠져나가기 시작했고, 바야흐로 화산을 향한 일 보가 지금 시작되고 있었다.

2

"뭐라 할 말이 없군. 이게 자네가 그동안 노리고 있던 것이었나?"

"천하의 이검필승인 장규연에게 등을 돌리려 하는데 이 정도 대비도 생각하지 않았다면 거짓말이지. 어떤가?"

장규연과 조량금은 이 장여를 떨어진 채 서로 뼈있는 말들을 주고받고 있었다. 어투는 온유하나 그들의 눈만큼은 새파란 살기로 빛나고 있었다.

"감상을 묻는다면 정말 대단하다고 이야기해 주겠네. 난 이미 자네에게 졌네."

담담한 표정으로 입을 여는 장규연을 보면서 조량금은 의혹의 눈초리를 보내기 시작했다. 왠지 너무 쉽게 수긍하고 있었다.

대관절 얼마나 싸웠는지 알 수가 없었다. 결론은 조량금도 장규연도 서로 이렇다 할 타격을 주지 못하고 있었는데, 그것이 바로 조량금이 노리던 것이었다.

이미 장규연은 거대한 타격을 입었다. 조량금이 내력을 쳐 올리는 순간부터 보이지 않는 공격은 시작된 것이고, 장규연은 스스로 내력으로서 이에 대항하려 했던 것이다.

서로 간의 접전은 일순 장규연이 공격 일변도로 진행된 것 같았으나 실상은 달랐다. 장규연은 이를 뼈저리게 깨닫고 있는 것이다.

"자네 입에서 그런 소리가 나오다니 이것 참, 보람이 있구만. 헛고생한 것 같지 않으니 그나마 위안이 되네."

살짝 이죽거리며 조량금은 다시 장규연을 도발하려 했지만, 장규연은 이미 손을 섞을 마음이 없어 보였다. 양쪽 손에 든 검을 서서히 내리고 있었던 것이다.

"진심으로 하는 말이니 그리 고깝게 들을 필요는 없네. 승부는 이미 났어. 난 자네에게 졌네. 그러니 자네는 자네하고 싶은 대로 하게나."

"……."

한술 더 떠 양손에 쥔 검들을 검집으로 집어넣기까지 하자 조량금은 그제야 긴장을 풀기 시작했다. 장규연 같은 자가 틈을 노려 암습 같은 것을 할 것으로는 생각되지 않았다.

누가 뭐래도 강호에서 전설로 불려온 인물이 바로 장규연이었다. 그가 가진 위치만 해도, 다른 건 다 그렇다 치고 마교의 대장로라는 것 하나만 봐도 그럴 수는 없었다. 실제로 장규연은 이젠 내력까지 되돌리고 있었다.

"이젠 어떻게 할 건가? 나까지 이겼으니 일 대 일로는 자네를 상대할 사람은 강호에 없다 해도 과언이 아니겠지. 바로 중원으로 나갈 것인가?"

"그것도 좋겠지만 생각이 있다네. 일단 이 지긋지긋한 화산부터 정리를 해야지. 그간 여기서 허송세월한 것을 생각한다면 당장이라도 시체의 산을 만들어놓고 싶은 심정이니까."

광기 어린 눈동자를 번들거리는 조량금의 모습에 장규연은 잠시 울컥한 마음이 치달아올랐으나 이내 마음을 진정시키기 시작했다. 더 이상 어떻게 해볼 도리가 없는 것이 사실이니 말이다.

초식의 영활함이나 민첩함이야 자신이 한 수 위였다. 그러나 문제는 내력, 그 내력에서 자신이 진 것이다.

그가 익힌 무공은 잡다하지만 정말 승부수로 띄우는 무공은 단 하나였다. 이활술(二活術)이라는 무공으로 뭐 대단한 내력이 있는 것도 아니고, 오로지 삼초식으로 이루어진 무공이었는데 지금 조량금에게 이초식까지 모두 날린 상태였다.

만일 마지막 초식까지 모두 날린다면 어쩌면 이 조량금을 꺾을 수 있을지도 몰랐다. 하나 그렇게 되면 자신 또한 어쩔 수 없는 지경에 이를 것이 자명했다. 한마디로 양패구상이 되기 십상이었던 것이다.

그래서는 안 되었다. 아직 그는 할 일이 남아 있었다. 모든 것이 어그러졌으니 이 화산에 대한 문제만이라도 그가 해결해야 했지만, 아직 해야 할 일이 하나 남아 있기에 그럴 수는 없었다.

"이 자리에서 확실하게 이야기해 주겠네. 자네 마음대로 하게나. 난 이만 떠날 것이네. 훗. 이젠 어느 조용한 산골에 처박혀 살아가는 것이 좋을 것 같구만."

"……진심인지 아닌지 모르지만 자네가 숨어 산다고 한다면 찾을 사람은 아무도 없겠지. 알겠네. 부디 몸 건강하게 잘살게나. 멀리 나가지 않겠네."

마치 친한 사람들끼리 마지막 인사를 하듯 두 사람은 입을 연 후 바로 등을 돌렸다. 장규연은 산 밑 쪽을 향했고, 조량금은 자신의 모옥으로 향했다.

"장규연… 네놈이 과연 믿는 구석이 있기는 있었군."

모옥 안으로 들어서며 혼잣말을 중얼거리는 조량금의 목소리는 가늘게 떨리고 있었다. 그는 방에 들어와 방문을 닫으며 서서히 끌어올렸던 내력을 풀어내었다.

"큭!"

피피핏…….

몸 여기저기에서 붉은 핏줄기가 흐르기 시작했다. 직접 장규연의 무기에 상해를 입은 것은 아니지만, 그 엄청난 검격에 허공을 격하고 당한 것이었다.

비록 치명상은 아니지만 이 정도만 해도 상당히 당한 것이나 마찬가지였다. 이렇게 다쳐 본 적이 언제인지조차 생각나지 않으니 말이다.

그는 말없이 조용히 한쪽 구석으로 가기 시작했다. 그리고는 시체처럼 혈도를 찍힌 채 아무 말 없이 누워 있는 매선자 오미의 이마에 손을 얹었다.

"이 사형이 좀 힘들구나……. 잠시 힘 좀 빌려주렴? 한데 이번에는 좀 많이 필요할 것 같구나."

"……."

오미의 눈이 절망으로 물들기 시작했다. 곧이어 흐르는 물처럼 그녀의 내력이 빠져나가기 시작하면서 그에 비례하여 그녀의 생기도 서서히 빠져나가고 있었다.

"쿨럭! 컥."

장규연은 잔기침을 하더니 결국 핏덩이를 토해내었다. 산문을 벗어나면서 그는 신형을 비칠거리기 시작했다.

정말 대단한 내력이었다. 수많은 공격을 내력의 힘으로 모두 물리쳐내다니, 과연 조량금은 한 수가 있었다.

그 한 수는 알면서도 당할 수밖에 없었다. 이타득사력을 배운 것이 설마 그런 류의 무공을 익히기 위함일 줄이야…….

그는 힘겹게 한 걸음 한 걸음 내딛기 시작했다. 움직이는 그의 눈은 집념으로 불타오르고 있었다.

*   *   *

"괜찮은 거냐?"

"심려하실 것 없습니다, 대인. 별일 아닙니다."

걱정스런 눈빛으로 자신을 바라보는 마 대인을 향해 무정은 굳건한 어투로 건재함을 과시했지만 마 대인의 눈빛은 그대로였다.

무정의 모습은 지금 누가 봐도 그 상태를 알 수 있었다. 저 얼굴이 정상이라면 세상에 정상인 사람은 아무도 없을 것이다. 병사들마저 무정을 보면 기겁하면서 길을 열 정도이니 말이다.

객잔을 떠나온 무정과 일행은 바로 산 위로 오르기 시작했다. 그리고는 얼마 안 가 마 대인이 묵고 있는 곳에 도착할 수 있었다. 아직 그 포위망은 풀리지 않았던 것이다.

솔직히 이젠 마 대인의 역할은 끝이 났다. 더 이상 이렇게 있을 이유가 없지만 이렇게 무정을 만나니 더 떠나기 힘들었다. 조금이라도 더 도움이 되고 싶었던 것이다.

"위는 아주 조용하구나. 얼마 전 낭인대 대원들이 움직인 것을 제외하고는 어떠한 움직임도 보고된 것이 없다. 흡사 아무도 없는 듯하구나."

"……."

무정은 묵묵히 고개를 끄덕였다. 확실히 이상한 점이기는 했다. 뭔가 생각한 것이 있다면 이젠 행동으로 보일 때가 되었다고 생각했었다. 아니, 오히려 늦은 감이 있었다. 자신이라면 뭔가 해도 바로 했을 터였다. 시간을 끌고 이곳의 소식이 세상에 알려질수록 자신의 입지가 좁아지는 것이 당연하니 말이다.

어쨌든 조량금은 지금 사문에 썻을 수 없는 죄악을 지은 것임에 분명했다. 만일 입장을 바꾸어 무정이 조량금이었다면 화산의 편제를 바꾸는 등 다른 여파가 미치기 전에 수습하려 했을 터였다.

그런데 그런 기미가 아무것도 보이지 않는다라…… 뭔가 다른 생각이 있는 것 같았다.

"쓰벌! 그럼 그 쓸새, 혹시 도망친 것 아냐? 일 벌려놓고선 수습이 안 돼 우왕좌왕 하다가?"

"글게요. 해놓고 보니까 덜컥 겁부터 난 꼴인갑소?"

상귀와 하귀가 나름대로 심각한 얼굴로 결론을 도출하자 고죽노인은 여지없이 인상을 구겼고, 광검은 아예 들은 척도 안 하고 있었다. 아마도 그것이 정신 건강에 이롭다는 것을 몸으로 체득한 듯했다.

"설마 그럴 리가 있겠습니까? 그 정도의 인물이 뭔가 일으켰다면 나름대로 승산이 있다고 생각했겠지요. 아마도 뭔가 획책하고 있는 것이 분명한 듯합니다."

"홋홋. 그래, 내가 생각하기에도 그렇다. 필시 무슨 꿍꿍이가 있을 것이야. 얼굴 좀 펴거라. 그렇다고 해서 돌아갈 우리가 아닌 것을 잘 알고 있지 않느냐?"

반뇌의 말에 홍관주는 동의를 표시했고, 이어 옆의 설군우를 향해 나직하게 입을 열었다. 설군우는 예하 문도를 모두 이끌고 지금 무정 일행과 보폭을 나란히 하고 있었다.

어디까지나 화산의 문제, 될 수 있으면 그는 화산의 힘으로 이를 풀려 하는 생각을 가지고 있었다. 하나 그게 그리 쉬운 일이 아니라는 것은 잘 알고 있었다.

문제는 조량금이 아닌 그를 추종하는 세력들. 그들이 지금 다 적으로 돌변한 지금에 서로가 피를 볼 수밖에 없는 상황이 되어버렸다. 그렇다면 기왕 피를 볼 바에야 자신들 화산의 사람들이 앞서서 시작해야만 했다.

아무리 일이 크다고 해도 결국 화산의 일, 최후에 눈물짓고 슬퍼하는 것은 바로 자신들이었다. 그 누구도 그 아픔과 슬픔을 대신해 줄 수는 없는 것이다.

바로 그 점이 설군우가 착잡하게 여기고 있는 것이었다. 남은 사람들이라고 해봐야 싸울 수 있는 사람들은 고작 십여 명, 나머지는 무공이 일천한 이대제자들뿐이었다.

"그렇습니다, 설 대협. 반드시 저희가 올라가서 한 힘이 되어드릴 테니 너무 염려하지 마십시오. 감히 화산의 아픔을 나눈다는 말은 하기 힘드나 최소한 당신들의 행보에 조금이나마 도움이 되려 합니다. 그만 심려를 거두시지요. 아미타불……."

"고맙소이다, 명경 스님."

명경의 낭랑한 말에 설군우는 그제야 고개를 끄덕였다. 그때였다. 무정의 굵직한 목소리가 중인들의 귀에 들려왔다.

"올라오라… 이건가?"

"……."

그 목소리에 사람들은 서서히 고개를 끄떡이기 시작했다. 아무래도 무정이 판단한 것이 옳은 것 같았다.

솔직히 그들은 올라오면서 상당히 긴장하고 있었다. 작은 오솔길을 오르는 이 화산행에서 혹여 매복이라도 있으면 그것은 패배로 이어질 확률이 높았다. 제아무리 강한 전력이라도 선공, 특히 지형의 이점을 가진 공격은 피하기가 쉽지 않았다.

비록 마 대인의 수하들이 지키고 있다고는 하나 만일 무정이라면 어떻게든 조용히 저지선을 뚫고 들어와 아래쪽에서 매복했을 터였다. 안전지대라 생각하며 긴장을 풀고 있을 때 공격하는 것이 더 효과적이라는 것을 잘 알고 있었기 때문이다.

하나 지금 그런 기미 자체가 보이지 않았다. 이는 격전장을 이곳이 아닌 저 화산의 정상에서 하겠다는 무언의 외침이나 마찬가지였다.

"대인, 그만 오르려 합니다."

"…몸조심하거라. 그리고……."

떠나려는 무정을 마 대인이 갑작스럽게 붙잡았다. 그리고는 뭔가 이야기하려다 곧 고개를 좌우로 흔들었다.

"아니다. 밤이 길면 꿈이 긴 법, 어서 떠나거라. 난 이곳에 있겠다."

"알겠습니다, 대인……. 그럼……."

무정은 허리를 깊숙이 숙인 후 최대한 공손한 몸 동작으로 신형을 움직이기 시작했고, 그 모습에 저 주교나 유정봉은 눈을 동그랗게 떴다. 미리 말을 듣기는 했지만 정말 무정이 저렇듯 공손한 모습은 상상외였다.

하긴 그들이 무정과 마 대인의 관계를 알 리가 없었다. 상귀와 하귀는 그런 그들의 마음을 눈치 챘는지 입을 열면서 잡아끌었다.

"쓰벌! 정봉, 너 그러다 가자미눈 되겠다. 어여 가자."

"그래요, 주형도 어서 오쇼! 얼렁 가야죠."

그들은 두 사람의 팔을 잡아끌었고, 이어 다른 사람들도 움직이기 시작했다. 삽시간에 팔과 다리를 다친 패도와 광검을 제외하고 모두가 다진을 떠나고 있었다.

"잠시 기다리게, 반뇌."

"……."

갑자기 들려온 마 대인의 목소리에 반뇌와 패도는 신형을 멈추었다. 옆에 같이 있던 비연과 난영화는 무슨 일인가 싶어 눈을 돌렸다.

"받게나."

"…대인, 이것은……."

마 대인이 내민 것은 하나의 화살이었다. 효시와 화시를 겸한 모양으로 생겼는데, 주로 위급을 알릴 때 쓰는 화살이었다.

"관이… 무림의 일에 관여하지 않는 것이 원칙이라는 것은 나도 잘 알고 있네. 하나 난 이대로 정아를 사지로 보내고는 마음이 편치를 않아."

"……."

"저 녀석에게 주어봤자 절대로 쏘아 올릴 놈이 아니네. 그래서 자네에게 주는 것이네. 상황이 여의치 않고 무슨 일이 생길 듯하면 바로 쏘아 올리게. 최대한 가까이 집결했다가 치고 올라갈 것일세! 부디 명심하게나."

"…알겠습니다, 대인."

반뇌는 패도의 등에 업힌 채 최대한 예를 올리고는 화살을 부여잡았다. 마 대인의 마음이 그 화살에 전해지고 있었다.

마 대인에게 있어 무정의 존재… 아들과도 같은 존재였다. 그런 사람이 지금 몸도 좋지 않은데 다시 싸움터로 나간다고 하니 마 대인의 입장에서는 당연한 일이었다.

물론 이 화살을 쓸 일은 거의 없을 듯하지만, 그래도 마음 한구석이 든든해지는 것은 확실했다. 마 대인의 관군이 뒤에서 버티는 것만큼 믿음직스러운 것이 세상에 어디 있겠는가?

"……."

멀어져 가는 반뇌의 뒷모습을 보며 마 대인은 입을 꽉 다물었다. 생각 같아서는 이 포위망을 점점 좁혀 올라가면서 정상으로 올라가고 싶은 마음이 굴뚝같았다.

하나 그럴 수 없음은 그도 잘 알고 있었다. 솔직히 아직도 이곳에 있는 것 자체가 징곗감이었다. 그러나 그럼에도 불구하고 마 대인은 떠날 생각이 없었다.

"부관, 지금 즉시 화산으로 통하는 모든 길을 막게나. 내려오는 것도 올라가는 것도 불허하네."

"옛, 대인. 엇, 공주 마마!"

부관은 명령을 전달하기 위해 신형을 돌리다 눈을 크게 떴다. 그곳에는 어느새 왔는지 유경과 희명 공주가 서 있었다.

"공주 마마를 뵙니다."

마 대인은 즉시 한쪽 무릎을 꿇으며 최대한 공경을 표시했고, 희명은 작은 웃음과 함께 손을 위로 들면서 입을 열었다.

"일어서십시오, 마 장군. 밖에서까지 예를 차릴 필요는 없습니다."

"예, 마마. 감사합니다."

마 대인은 몸을 일으켜 희명 공주를 바라보았다. 그녀는 여전히 웃으며 입을 열었다.

"제가 부탁 하나 드려도 되겠습니까?"

"물론입니다, 공주 마마. 어떠한 명령이라도 목숨을 걸고 행하겠나이다."

마 대인은 굳은 목소리를 내면서 검 손잡이를 움켜잡았다. 일국의 황녀가 하는 말인데 어찌 소홀히 하겠는가?

"저는 지금 저 위로 올라가 보려 합니다. 다른 사람들에게 호위를 부탁하고 싶지만 장군의 부대가 강병하다 하니 장군께 부탁드리고 싶군요. 절 호위해 저 위로 올라가 주시지 않으시렵니까?"

"여, 여부가 있겠습니까! 당장 준비하겠습니다."

마 대인은 힘찬 대답과 함께 신형을 돌렸다. 그리고는 부관을 향해 다시 입을 열었다.

"일반군은 이 자리에 두고 궁방군과 전위특군은 행군 준비를 한다. 목표는 화산의 정상! 한 치의 차질도 없도록 행하라!"

"예, 대인! 뭣들 하느냐! 당장 움직일 준비를 해라! 어서!"

부관의 목소리가 하늘에 쩌렁하게 울리자 여기저기서 부산한 움직임을 보이기 시작했다. 마 대인은 그런 그들을 보면서 눈에 옅은 습막을 만들고 있었다.

"감사하오이다… 공주 마마."

낮게 중얼거리는 목소리가 그의 입에서 흘러나왔다. 희명 공주는 지금 일부러 자신에게 호위를 부탁한 것이다.

솔직히 호위는 유경과 그의 부하들로만 해도 충분했다. 저 위에는 무정도 있으니 말이다. 하나 자신과 무정의 사이를 알고 있음에 그러한 조건을 붙인 것이었다.

우득.

마 대인의 오른 손아귀에 힘이 잔뜩 쥐어지기 시작했다. 이젠 그도 이 전장의 앞에 설 수 있는 자격을 얻게 된 것이다.

                    *   *   *

"……."

이상하리만치 조용한 정적이 대사청 안을 휘돌고 있었다. 넓은 화산의 대사청에는 지금 상당수의 사람들이 모여 있지만 저마다 입을 꽉 다문 채 아무런 말이 없었다.

"태상 장로님께서는 무슨 하교라도 있으십니까? 갑작스런 호출에 다들 놀란 상태입니다."

장문 직을 수행하고 있는 군매천 나여인이 입을 열자 사람들은 일제히 상석의 조량금에게 눈길을 주었다.

"하교라……. 그럴 리가 있겠소이까? 어찌 내 당신들에게 하교를 내릴 수가 있단 말이오? 이젠 화산을 떠날 사람이 말이오."

"…그게 무슨 말씀이오이까?"

나여인은 의아한 목소리로 그 말을 받았고, 이 자리에 있는 모든 사람들이 다 같은 궁금증을 갖고 있었다. 화산을 떠난다는 것이 대체 무슨 뜻으로 한 이야기인지 알 수가 없었다.

지금 현재 해야 할 일이 한두 가지가 아니었다. 곧 무림에 정식으로 나여인이 장문인이 되었음을 알려야 했고, 각자 적당한 일을 맡아 수행을 시작해야 했다. 한가하게 모일 시간이 없었던 것이다.

이미 반대파들은 거의 죽거나 화산에서 도망친 상태였다. 저 뇌옥에 화문성이 있기는 하나 이젠 이빨 빠진 호랑이나 마찬가지였다. 그러니 더 이상 걱정할 것은 없었다.

물론 화산 밖에 있는 향검 설군우가 걸리기는 했으나 조량금에 비한다면 그는 아직 어린아이 정도의 무공이라 생각하고 있었다. 조량금의 무공은 이미 입신의 경지에 다다랐다는 것이 여기 있는 사람들의 공통된 생각이었다.

그런 사람이 화산을 떠난다고 하니 아연한 것은 당연했다. 모두 그렇게 조금은 멍하게 있는 상태에서 조량금의 음성이 다시 들려왔다.

"난 이 화산 자체가 싫어. 빌어먹을 내 청춘이 고스란히 바쳐져 그나마 좀 생각을 해볼까 했더니 역시 엉망이야. 도저히 마음이 붙어 있지를 않아."

"태… 태상 장로님!"

나여인의 뾰족한 목소리가 들려왔다. 그가 떠나면 끝이었다. 그야말로 삼일천하로 끝나게 되는 것이다.

"쯧쯧… 자신의 일은 자신들이 해결해야지. 그래서 말인데 나도 내 일을 좀 해결하려 하네만, 자네들이 도와주어야겠네."

"태상 장로님, 그게 무슨 말씀이십니까? 도저히 알아듣지를 못하겠습니다."

당황한 얼굴로 공매표성 라잔무가 입을 열자 조량금은 입가에 조소를 띠었다. 그리고는 서서히 내력을 끌어올리기 시작했다.

"자네들 모두가 내 인질이 되어줘야 하겠네. 뭐, 잠시이긴 하나 해볼 것은 다 해봤으니 여한 따위는 없겠지?"

"지, 지금 우리를 버린다는 것입니까! 그럴 수는 없습니다. 전 당신을 위해 제 사부님도 배신했단 말입니다!"

이젠 완전히 차기 장문인으로 낙점된 정화검인 구한승이 부르짖었다. 하나 조량금은 그 조소 어린 눈빛을 여전히 지우지 않고 있었다.

"내가 너에게 배신하라고 했단 말이냐? 순전히 그건 네 생각이었다. 이제 와서 누구에게 책임을 지우려 하는 것이야!"

퍼어어엉!

"컥!"

구한승은 입에서 피화살을 뿜은 채 뒤로 튕겨 나갔다. 그러자 모두의 시선이 흉흉해지기 시작했다. 문득 나여인의 거친 목소리가 들려왔다.

"조 사형! 이게 무슨 짓이오이까! 지금 우리도 죽이려 하는 것이오!"

"죽여? 아니지, 죽이려면 이미 다 죽였지. 내 아까 이야기하지 않았나? 그저 내일을 좀 해결하려 하는 것뿐이야. 이 빌어먹을 화산을 내 손으로 매장시켜 버리는 일 말이지."

"미쳤군! 당신을 믿고 일을 벌인 내가 잘못이었다. 이렇게 된 이상 가만히 있지 않겠다! 아, 아니!"

공매표성 라잔무는 손에 매화표를 쥔 채 경악성을 내었다. 뭔가 이상했다. 내력이… 모이지 않았던 것이다.

"그렇게 이상한 표정을 지을 것 없다. 다른 사람도 다 마찬가지일 테니. 내가 여기 있는 한 너희 그 누구도 내력을 올릴 수 없다. 안 그런가?"

"……!"

사람들은 흠칫한 표정을 지으며 급히 내력을 운용했지만 오십여 명 전부가 내력을 운용할 수 없었다. 기가 막힐 노릇이었다.

"사형! 당신이 이런 거요! 우리에게 독까지 먹인 것이오!"

나여인은 이를 갈면서 흥분된 어조로 소리를 질렀고, 사람들은 독기어린 눈으로 조량금을 바라보았다. 하나 조량금은 그저 입만 벙긋거리며 웃고 있을 뿐이었다.

"그래서 네놈들은 쓸모가 없다는 것이다. 이건 무공이지 독이 아니다. 독과 무공도 구분하지 못하는 것들을 내 어디에 쓰겠나?"

"…무공? 설마!"

공매표성 라잔무는 흠칫했다. 그렇다면 단 한 가지 경우였다. 조량금이 그들에게 주었던 무공이 바로 그것이었다.

"헛헛헛. 그래도 네놈이 눈치 하난 쓸 만하구나. 그래, 그 무공이 이런 결과를 가져온 것이지. 하나 그 무공으로 사형제들을 이겼으니 공평한 것이 아니냐. 자, 그럼 힘 좀 써볼까?"

조량금은 천천히 일어서면서 앞으로 나왔고, 사람들은 주춤주춤 뒤로 물러서기 시작했다. 그러나 그들 중 누구도 조량금의 손길에서 벗어날 수는 없었다.

거의 보이지도 않는 신형의 움직임으로 조량금은 사람들의 혈도를 짚었다. 하나하나 짚어나가더니 결국 의사청에는 조량금을 빼고 서 있는 사람은 아무도 없었다.

"이것 참! 혼자 하니 참 귀찮은 일이 있기는 하구만. 뭐, 그래도 한풀이라 생각을 하면 그다지 나쁜 기분은 아니구만. 허허허허."

　넉넉한 웃음을 지으며 조량금은 다시 움직이기 시작했다. 양손에 한 사람씩 끼고서는 연무장으로 향하고 있었다.

제88장

이검필승인 장규연

이겁필승인 장규연 1

"그런데 이렇게 막무가내로 올라가도 되는 것인지 모르겠습니다."

빠른 걸음으로 올라가던 당현이 옆에 있던 홍관주를 향해 넌지시 입을 열었다. 다들 올라가기에 일단 같이 걸음을 했지만 계획 하나 없이 이렇게 올라가는 것은 좀 위험하지 않을까 하는 생각을 당현은 하고 있었다.

물론 여기 모인 이들이 다 같이 올라가니 솔직히 두려운 것은 없었지만, 그렇다고 이렇게 우후죽순처럼 모여 올라가는 것도 이상하기는 마찬가지였다.

"훗훗. 그거야 보이는 것은 그렇겠지. 하나 이미 게으른 내 제자 놈에게 일단 화산의 모습을 보고 있으라 했으니 무슨 일이 생기면 바로 연락이 올 거야."

"게으른 제자… 혹 타구제세 유복진 방주를 말씀하시는 겁니까?"

입가에 작은 미소를 지으며 당현은 되물었고, 홍관주는 묵묵히 고개를 끄덕였다. 당현은 그제야 얼굴색이 조금 밝아졌다.

유복진이 산 위에서 지켜보고 있다면 적이 안심이 되었다. 강호 경험이나 무공 정도를 봤을 때, 유복진 정도라면 충분히 믿을 수가 있었다. 무슨 일이 생기면 어떻게 하든 연락해 줄 것이니 말이다.

"그리고 그놈에게 화 장문의 위치를 찾아보라고 했네. 어쨌든 지금 상황에서는 화 장문이 있어야 마무리가 될 터이니…… 설군우가 아직 그가 살아 있다고 했으니 일단 그 소재를 찾는 것이 우선일 것이야."

"허어… 그럼 일단 조량금을 치는 것보다 저 화문성을 안전하게 데려오는 것이 더 급선무군요. 그렇다면……."

당현은 뭔가 더 입을 열어 말하려다가 꾹 닫았다. 문득 그의 눈에 저 앞에서 우뚝 서 있는 두 사람의 모습이 보였다. 일단 첨병의 역할을 수행하러 나갔던 상귀와 하귀였다.

두 사람은 장창을 치켜들고 있는 것이 완전히 전투 태세였다. 기묘한 긴장감이 감도는 가운데 사람들은 모두 긴장하기 시작했다. 모두 말은 하지 않아도 은연중에 기운을 끌어올리며 상귀와 하귀의 옆으로 다가가고 있었다.

"무슨 일이냐?"

한달음에 달려와 전방을 살피던 홍관주는 상귀를 향해 나직한 목소리를 내었다. 하나 상귀가 대답할 것도 없이 상황은 일목요연하게 파악되고 있었다.

저 앞에 누군가 바위에 기대어 서 있었다. 흑의를 입고 검은 죽립을 쓴 사람이었다. 홍관주는 그가 누군지 대번에 알아볼 수 있었다. 이검필 승인 장규연… 바로 그였던 것이다.

"대인!"

뒤쪽에서 여린 목소리가 들려오더니 한 아이가 뛰어나갔다. 장규연을 모시고 있다던 교라는 아이였다. 그는 한달음에 장규연에게 다가가 걱정스런 눈빛으로 바라보았다.

"쯧. 녀석 그만 네 갈 길을 가보라는데 왜 이곳으로 왔느냐? 더 이상 널 돌봐줄 수 없다는데도……."

"대인! 제가 어찌……."

교는 입을 열려다 울먹거렸다. 장규연의 음성이 조금씩 떨리고 있었다. 이미 위중한 부상을 입은 것이 틀림없었다.

스읏.

그는 손을 들어 자신의 죽립을 벗었다. 그러자 사십대 중년처럼 보이는 얼굴이 사람들의 눈에 들어왔다.

검은 죽립이나 의복과는 대조적으로 상당히 하얀 얼굴이었다. 그저 사람들의 입에 오르내리는 이야기로 미루어 보았을 때는 마치 삼두육비의 괴물처럼 생각되었으나 그 역시 다를 것이 없었다.

그는 눈을 들어 자신을 바라보는 사람들을 하나하나 바라보고 있었다. 그러다 어느 순간 시선이 고정되었다.

"……무정."

무정과 시선이 마주친 채 떨어지지 않았다. 그들은 그렇게 서로가 눈을 마주치며 노려보고만 있었다.

"방주님, 별일없는 것 같은데 우리 이제 내려가야 하는 것 아닙니까?"

"왜? 이렇게 있다 죽을까 봐 겁나냐?"

"나참, 그럴 리가 있습니까! 이래 봬도 개방의 적통을 이어받을 사람인데?"

"적통? 그게 무슨 말인지 알고나 지껄이는 거냐? 이놈아, 우리 개방이 무슨 황실이고 내가 황제냐?"

유복진은 어이가 없다는 듯이 바라보다 한소리 내뱉었다. 원중이라고 근래에 얻은 제자였는데, 상당히 똑똑한 듯해 적잖이 마음에 들던 참이었다.

한데 이 녀석이 한 가지 집요한 점이 있었는데, 바로 궁금한 것은 못 참는다는 것이었다. 쉽게 말해 오지랖이 넓은 것이 단점이었다.

하나 그 점은 방파의 특성상 장점으로 작용할 수도 있는 일이기에 그저 그렇거니 했었다. 한데 너무 집요했다.

아직 이런 일에 나서기에는 그 무공도 일천해 홍관주의 연락을 받고서는 고수들만 추려 나온 것인데, 이놈이 죽자 사자 따라붙어 결국 이곳으로 같이 오게 된 것이다. 그런데 문제는 이놈이 또 무정에게 지대한 관심이 있다는 것이다.

"그냥 기다리면 무 대협이 올라온다고 몇 번이나 말했냐! 입 닥치고 조용히 있지 못해!"

결국 유복진은 원중에게 눈을 부라리며 낮게 으르렁거렸고, 원중은 입술을 댓발이나 내밀며 가자미눈을 만들었다.

"이놈이 진짜 사부에게 그런 얼굴을……."

"방주님! 저쪽!"

문득 같이 감시하던 개방 제자 하나가 다급하게 이야기하자 유복진은 고개를 돌렸다. 그리고는 눈을 휘둥그렇게 떴다.

누군가 양 옆구리에 한 명씩 끼고 나오더니 이곳저곳으로 옮기고 있었다. 화산의 앞마당이라 할 수 있는 연무장으로 옮기고 있었는데, 하나하나 옮겨 세우면서 혈도를 짚고 있었다.

"얼래? 저자가 바로 그 조량금이란 자 아닙니까? 사부님이 말한 인상착의와 똑같은데요?"

"아닙니까가 아니라 바로 그놈이다. 대체 지금 무슨 짓을 하는 거지?"

유복진은 눈을 좁히며 그가 하는 짓을 알아보려 했지만 도저히 그가 무슨 짓을 하는지 알 수가 없었다. 그저 사람들을 데리고 나와 이곳저곳에 배치하고 있었다.

"사부님, 근데 왜 저자는 혼자서 저 난리지요? 다른 사람들 다 놔두고 말입니다."

문득 또 궁금해졌는지 원중이 입을 열었으나 유복진은 그저 고개만 좌우로 흔들었다. 그라고 알 리가 없었다.

그러다 문득 다른 곳에서는 움직이는 사람의 모습이 전혀 없다는 것을 깨닫고는 이번엔 눈을 돌려 주위를 돌아보기 시작했다. 그러자 몇몇 개방의 사람들은 유복진의 행동에서 뭔가를 깨달았는지 이곳저곳 둘러보기 시작했다.

"아무도 없습니다, 방주님. 아무래도 뭔가 이상한데요?"

"그래, 진짜 이상하구나. 마치 모두 사라진 듯한데……."

유복진은 미간에 주름을 잡고는 잠시 생각에 잠긴 듯했다. 그때였다. 문득 옆에서 들린 소리에 그는 인상을 확 구겼다.

"뭐가요?"

"……."

두 눈을 초롱하게 빛내면서 물어오는 원중을 보며 유복진은 잠시 할 말을 잃었다. 꽤 눈치가 빠른 놈인 줄 알았더니 이제 보니 아닌 것 같았다.

문득 그는 자신이 이 녀석을 거둔 것이 잘못이 아닌가 하는 생각이 들었다. 한데 문득 원중의 목소리가 다시 들렸다.

"아, 당연한 걸 가지고 왜들 그래요? 지금 뭔 일인지 모르지만 다 저 의사청에 모였잖아요? 그러니 다른 데는 아무도 없을 것이 뻔한데 뭐가 이상해요?"

"……."

따지고 보면 맞는 말이기는 했다. 하나 그 흔한 보초 하나 없이 모두 움직이는데 이상하지 않다면 그것 또한 의심스러운 일이었다. 유복진은 나직하게 입을 열었다.

"그럼 지금 보초 하나 세우지 않고 모두 불러들였단 말이냐? 너 같으면 그리하겠냔 말이다."

"하면 사부님은 지금 저게 함정이라 생각하는 겁니까? 사부님, 함정을 놓을 작정이었으면 우리가 이곳에 있지도 못할 겁니다. 저 같으면 이렇게 남들이 볼 걸 뻔히 아는데 쓸데없이 보초 따윈 세우지 않을 겁니다. 이미 대책이 서 있다면 말이죠."

"……."

생각보다 조리있게 말하는 원중을 보면서 유복진은 내심 놀라고 있었다. 판단이 좀 빠른 편인 줄 알고는 있었지만 이 정도까지인지는 생각지 못한 것이다. 원중은 지금 생각보다 냉정하게 판단을 하고 있었다. 강호 경험이 일천한 것을 생각해 볼 때 대견한 노릇이었다.

"그래? 그렇다면 우리가 해야 할 일은 대체 무엇이냐? 어디 네 고견을 들어보고 싶구나?"

짐짓 심각한 표정을 지으며 유복진이 원중에게 물어오자 원중은 뚱한 얼굴로 그를 쳐다보았다. 그리고는 생각할 것도 없다는 듯 바로 입을 열었다.

"고견은 무슨 고견입니까? 아, 당장에 태사부님께 내려가서 현 상황을 알리고… 악! 왜 때려욧!"

"쯧쯧. 내 그럴 줄 알았다. 그놈 잔머리 굴리는 것하고는……."

유복진은 눈을 가늘게 뜨며 원중의 머리통을 쥐어박고는 혀를 찼다. 역시 무정을 보고 싶어 이렇게 이야기하는 것이 분명했다. 유복진은 원중의 원망 어린 시선을 무시한 채 다시 입을 열었다.

"몇 명만 내려가고 나머지는 날 따라오도록. 이 기회에 화 장문의 위치를 확인해 봐야겠다."

유복진은 이어 엉덩이를 털고 일어섰다. 그리고는 아직도 꽁하니 바라보는 원중의 볼을 꼬집으며 말을 이었다.

"뭘 그리 멀뚱하니 보고 있냐? 당장 일어서지 못해!"

"아야야야. 아, 가요, 가! 이 볼이나 좀 놓고 이야기해요!"

원중은 눈물을 찔끔 흘리며 엉덩이를 털고 일어섰지만 유복진은 그 표정과 대조적으로 작은 미소를 짓기 시작했다. 향후 이 녀석이 책임질 개방의 미래를 생각하니 새삼 뿌듯해졌기 때문이다.

유복진이 움직이자 개방 사람들이 모두 움직이기 시작했다. 몇 명은 산 밑으로 방향을 잡았고 나머지는 모두 유복진을 따르고 있었는데, 그 수가 상당했다. 백여 명 이상의 사람들이 은밀하게 움직이고 있었다.

유복진은 이 일을 결코 작게 본 것이 아니었다. 과거 진성천교와의 일전에서 얻은 경험으로 인해 거의 정예로 구성해 데려온 듯 움직임이 표홀하기 그지없었다.

순식간에 화산의 이곳저곳에서 기웃거리던 사람들이 사라졌다. 모두 유복진의 뒤를 따라 화산의 전각들을 빙 돌아 움직이고 있었다.

"내게 할 말이 있는 건가?"

"…구태여 따지자면 그렇다고 할 수 있네. 아니, 그게 아니라면 이곳에 있지도 않았겠지."

빙긋이 웃으며 장규연은 무정을 향해 입을 열었고, 무정은 천천히 앞으로 나가기 시작했다. 두 사람의 신형이 근 일 장이 안 되는 거리로 좁혀졌을 때 무정의 발걸음이 멈추었다.

"아직까지 자네 무공의 해결 방안을 찾지 못한 모양이군. 꼴이 말이 아닐세."

"고작 그 이야기를 하려고 날 기다린 건가?"

무정의 건조한 목소리가 들려오자 장규연은 쓴웃음을 지었다. 목소리에 묻어나는 작은 살기를 느꼈기 때문이다.

"이거 무슨 내가 무림의 공적이라도 된 것인가? 왜 반응이 그렇게 나오는지 알 수가 없구만. 게다가 저렇게 잡아먹지 못해 안달난 눈빛들은 정말 부담스럽구만."

"그걸 지금 말이라고 하나? 지금 강호에서 벌어지는 모든 일의 배후에 있는 자로서 아무런 책임도 못 느낀다는 건가?"

무정의 반응은 여전히 냉랭했고, 장규연은 굳은 얼굴을 풀지 않고 있었다. 장규연은 잠시 무정과 사람들의 얼굴을 번갈아 보기 시작했다. 그리고는 다시 입을 열었다.

"크. 세월이 그렇게 흘렀는데도 여전히 보는 눈은 똑같다는 것인가? 정말 이해할 수가 없구나. 이해할 수가 없어."

장규연은 뜻 모를 이야기를 혼자 중얼거리더니 눈을 들어 한참이나 하늘을 보고 있었다. 그러더니 갑자기 무정을 향해 시선을 고정하며 입을 열었다.

"저 위로 올라가는 길이라면 돌아가라고 이야기하고 싶네. 자네는 상대가 안 될 것이네."

"…무슨 뜻이지?"

눈을 좁히며 무정은 나직한 음성을 내뱉었다. 듣기에 따라서 상당히 자존심 상할 수도 있었다.

"말 그대로 이대로 올라간다면 필패일세. 이미 조량금의 무공은 나를 능가했네. 비록 이 인원이 다 가 그를 죽일 수 있다 하더라도 상당한 피해를 입을 수밖에 없다는 것일세."

"……."

"자네라면 할 수 있는가? 누구를 앞에 내세워 먼저 죽일 것인지를 고를 수 있을 거냔 말이네."

"……."

장규연의 목소리에 무정은 침묵했다. 만일 진짜 그런 상황에 놓인다면 무정은 고를 수가 없었다. 아니, 그런 상황 자체를 만들지를 않을 것이 뻔했다.

그가 먼저 나설 것이다. 그래서 본인이 죽음에 이르게 되는 한이 있더라도 다른 사람을 앞에 세우지는 않을 것이 분명했다.

비록 말은 하지 않았어도 이 모든 사람들을 책임지는 사람은 바로 무정 본인이었다. 무정은 지금 있는 사람들, 그 누구도 앞에 내세울 생각이 없었다.

장규연이 올라가지 말라고 하는 것은 바로 그런 이유에서였다. 그리고 그런 생각을 확신이라도 하듯이 장규연의 음성은 다시 들려왔다.

"자네는 아마 스스로 먼저 나서겠지. 그럼 필패라네. 나는 그 점을 이야기하고 싶었던 것이야."

"날 죽이고 싶은 것 아니었나? 어울리지도 않는 친절은 그만두시지."

"…내가 자네의 죽음을 원한다고 생각하나?"

어처구니없다는 듯 장규연은 멍한 얼굴을 만들었다. 그는 왠지 무정의 얼굴을 착잡한 눈으로 보고 있었다.

"그럼 아니었나? 그렇다면 내 주위에서 벌어지는 일들은 어떻게 설명할 건가? 내가 자네에게 고마워할 것이라 생각했었나?"

"후우……."

장규연은 긴 한숨을 쉬었다. 그게 아니라고 이야기하고 싶지만 그렇게 되면 참 많은 것을 이야기해야만 했다.

이제 와서 그런 설명들이 무슨 소용이 있으랴. 그는 갑자기 서글퍼졌다. 죽음을 각오하고 조량금과 싸웠다. 물론 그것은 자신이 벌인 일을 마무리하려는 것도 있었지만, 무정을 위함도 어느 정도 있다고 생각했었다.

구차한 변명이었다. 더 이상 구구절절 입을 열어 이야기하고 싶지 않았다. 장규연은 허리춤에 손을 얹었다.

"그 긴 이야기를 어찌 다 할 수 있을까? 그만 하고 본론으로 들어가세나. 삼초, 삼초만 상대하겠네."

"……."

무정의 눈이 한껏 좁아졌다. 삼초의 비무라도 하자는 말인지 잘 이해가 가지 않았다. 어쨌든 장규연은 진심 같았다. 정말 허리춤에 찬 검에 손을 대고 있었다.

"아니, 저게 무슨 짓이야!"

"저 쓸새가 지금 뭐 하자는 거야!"

"당장 손 안 떼냐, 이 쉐이야!"

지켜보던 일행의 입에서 결국 거친 소리가 나왔다. 그저 조용히 있기에 뭔가 할 이야기가 있나 보다 했더니 결국 저거였다.

"홋! 네놈이 정말 우릴 우습게 보는 것이구나! 지금 너 혼자 우리를 다 상대하고 싶은 것이냐! 그게 가능하다고 보는 것이냐!"

홍관주까지 흥분해 앞으로 나갈 때였다. 문득 무정의 오른손이 활짝 펼쳐진 채 사람들에게로 향했다.

"대장! 지금 뭐 하는 거여! 설마 진짜 상대하려는 거야?"

광검이 놀라 입을 열었다. 지금 무정은 내력을 일으켜서는 안 되었다. 잘못되면 바로 죽음이라는 것을 다들 너무나 잘 알고 있었다.

"아무도 나서지 마라……."

묵직한 무정의 목소리가 들려오자 모두 기가 막히다는 표정을 지었다. 지금 누구를 위해 이런 이야기를 하고 있는 것인데…….

하나 무정은 진심이었다. 그것은 장규연이 서서히 내력을 일으키자 알게 되었다.

장규연은 지금 죽어가고 있었다. 느껴지는 그의 내력은 평소에 그가 아는 장규연의 모습이 아니었다. 고르지 않은 내력의 움직임이 너무도 적나라하게 느껴졌던 것이다.

"긴 이야기라고 했나?"

"……."

갑자기 들려오는 무정의 목소리에 이번엔 장규연이 흠칫했고, 무정의 목소리는 계속 들려왔다.

"너와 내가 싸우는 것은 그리 어렵지 않다. 하나 난 이곳에 오를 때 한 가지 다짐한 것이 있었다."

"뭘 말이냐?"

장규연은 조금 의아한 목소리를 내었다. 무정은 지금 진심이었다. 그냥저냥 시간을 끌기 위해 하는 소리가 아닌 듯했다.

"당신 입으로 직접 듣고 싶다. 대체 왜 날 택했는지. 이 소용돌이의 중심에 나를 가져다 놓은 이유가 뭔지를 듣고 싶다."

"……."

장규연은 흠칫했다. 하나 잠시 생각하는 듯하더니 이내 고개를 숙여 동의를 표시했다. 입장을 바꾸어 자신이라 해도 마찬가지였을 것이다.

"조금 저 위쪽으로 갈까? 남의 귀는 상관없지만 행여 우리의 힘에 다른 사람들이 위태로운 꼴을 보기는 싫으이."

"……."

장규연의 말에 무정은 묵묵히 고개를 끄덕였고, 두 사람은 천천히 산 위쪽으로 움직이기 시작했다.

2

"홍 노야, 괜찮을까요?"

"…일단 두고 보자꾸나. 정아가 무슨 생각이 있는 것이겠지."

하귀의 걱정스런 목소리에 홍관주는 침중한 안색으로 입을 열었다. 무정은 이미 장규연과 일전을 치르려 마음먹고 있었다.

"혹 발생하게 될 상황에 대비해 뒤쪽에 있는 세심의 언경주와 칠성도제 무유자를 이곳으로 오라고 하거라. 그리고 현이 자네도 여기서 대기해 주게."

"알았어요, 홍 노야."

"알겠습니다, 어르신."

홍관주의 목소리에 하귀는 쪼르르 뒤로 달려갔고, 당현은 서서히 내력을 올리고 있었다. 여차하는 순간 출수할 태세였다.

"……."

홍관주는 미간을 좁혔다. 머리와 가슴속에서 지금 위험하다는 예감을 보내오고 있었다. 가슴의 두근거림이 예사롭지 않았다.

이대로 그냥 말로써 끝나면 좋으련만……. 하나 지금 저 멀리서 대치하는 두 사람은 서로의 무기를 꺼내고 있었다.

"솔직히 자네를 처음 본 순간, 정말 놀라웠네."

스르르릉.

장검을 뽑아내며 장규연은 입을 떼기 시작했다. 무정이 살펴보니 서서히 내력을 휘돌리고 있었다.

"내가 호위가의 사람이라는 것은 자네도 이미 알고 있으리라 생각하네. 난 그 호위가의 호위책자의 직책에 있네. 하나 우습지만 호위책자가 바로 호위가일세. 나의 하부 조직 따위는 없네."

"……."

무정은 서서히 파풍의를 벗으며 장규연의 목소리에 귀를 기울이기 시작했다. 하부 조직 없이 머리만으로 움직이는 조직이라……

그렇다면 어쩌면 장규연은 무슨 제약을 받고 있는 것인지도 몰랐다. 그가 하는 일을 생각해 봤을 때, 혼자서 그 모든 것을 행한다는 것 자체가 무리일 터이니 움직이는 사람들은 따로이 있는 것이 분명했다.

"그것이 호위가의 숙명이라 하더군. 이름도 모르는 나의 사부는 그렇게 이야기했네. 도움이 필요하면 황실에 요청을 하라고. 그럼 그들이 하부 조직을 움직여 줄 것이라 말했네."

"…황실?"

무정의 눈이 살짝 좁혀졌다. 역시 하부 직을 만들어주는 사람은 따로이 있었다. 황실에서 그런 역할을 했다니 이젠 죽었다지만 호금명이 장규연과 같이 움직인 것은 너무도 당연한 일이었다. 당금 천하의 보이지 않는 힘을 움직이는 사람만이 장규연을 도울 수 있으니 말이다.

"난 사천에서 무정, 자네를 본 순간 나의 뒤를 이어 호위가의 직책을 맡을 사람이라 생각했네. 그래서 자네의 뒤를 따르며 될 수 있으면 자네가 이 강호의 중심에 서도록 만들려 노력했네."

"……!"

문득 무정의 눈이 살짝 커졌다. 그제야 뭔가 감이 잡히는 듯했다. 사천이라…….

"그렇다면 마불삼존이 제 시간에 귀환하지 못한 것도 바로 당신 짓이었나? 옥쇄가 서장으로 넘어가지 못하도록 말이냐?"

"……."

장규연은 무정의 말에 묵묵히 고개를 끄떡였다. 그는 무정이 오기까지 시간을 번 셈이었다.

아니, 어쩌면 애당초 그 모든 계획을 그가 세웠는지도 몰랐다. 적어도 사천의 무림인들은 그 사건 이후 모든 세력이 반감된 것이나 마찬가지였으니 말이다.

"당시 사천은 위험했다. 아미, 청성, 점창, 그리고 당문의 위세가 상당했었지. 그대로 둔다면 꽤나 위험한 일이 될 것이라 난 판단했다. 거기다 황실에서도 저 서장의 위협을 상당히 크게 생각하고 있었다. 이 모든 것의 이해득실이 맞아떨어지기에 실행된 일이었지."

으득!

무정의 양 볼에 주름이 패이며 이가 갈리는 소리가 들려왔다. 그는 더 들을 것도 없다는 듯 등 뒤의 초우를 잡아 뽑았다.

스르르릉…….

칙칙한 묵기가 무정의 주위에 휘돌기 시작했다. 본격적으로 내력을 올리기 시작한 것이다.

"내가 지금껏 강호를 돌아다니면서 궁금한 것이 몇 가지 있었다. 지금 몇 개는 풀리긴 했지만 아직 찜찜한 것이 있다."

"……."

"고죽노인이 주여루에 있다는 것을 누가 해남도에 알린 것이냐? 그 암수를 생각해 낸 것도 네놈이었나?"

무정의 어투에서는 이제 살기가 뚝뚝 묻어 나오고 있었다. 장규연은 그런 무정의 기세를 온몸으로 받아내면서 입을 열었다.

"물론이다. 사천에서 내 계획은 성공했지만 그건 사천의 일일 뿐, 중원에서 네가 중심으로 활약하려 한다면 보다 많은 일을 겪어야 한다고 생각했다. 그래서 내가 알렸지. 마침 진성천교는 고죽노인의 형님을 죽이기 위해 안달을 하고 있었다."

"……."

"그러나 그건 그저 몇몇 극단적인 사람들의 생각이었고, 정작 삼존들은 궁무상의 존재를 그다지 크게 여기고 있지 않았었다. 난 그런 그들의 생각을 돌릴 필요가 있었지……."

담담한 목소리로 입을 여는 장규연을 무정은 노려보기 시작했다. 모든 일의 배후에는 장규연이 어김없이 있었다.

"적수천존 동무진, 난 그에게 다가갔다. 그래서 무정 자네의 무공에 대한 것을 알려주며 그가 또 한 번 도약할 수 있다는 믿음을 심어주었다. 그러자 모든 것은 내 의도대로 되더군. 거기에 덤으로 전단격류를 연성할 수 있다는 망상을 가진 다래가까지 소개시켜 주었지. 그 다음부터는 너무 쉬웠다."

"검을 뽑아라!"

무정의 입에서 진득한 살기가 묻은 음성이 흘러나왔다. 이젠 무정이 참을 수가 없었다. 그 모든 악몽의 시작이 바로 이자였다니…….

"……."

장규연은 무정의 목소리에 묵묵히 왼손을 움직였다. 그리고는 허리에 감추어진 또 하나의 세검을 뽑아 들었다.

"일단 한 번 부딪치고 시작하는 것도 좋을 것 같군. 세검탄주(細劍彈走)라는 초식일세. 조심하게나!"

우우우우웅.

장규연의 양손에 쥐어진 검날이 슬며시 울기 시작하더니 문득 오른손의 장검이 하늘로 치솟았다. 그러자 어느 순간 무정의 전면으로 폭사되었는데 하나의 기운이 아니었다. 상중하, 모두 세 군데로 검력을 날린 것이다. 그때였다.

"차아앗!"

쩌어어어엉······.

장규연의 왼손이 힘차게 휘저어지자 세 개의 검력이 모두 갈라지기 시작했다. 도대체 몇 개인지도 모를 검력들이 무정의 전면으로 쏟아지고 있었다.

고오오오오······.

무정은 초우를 가슴께로 들어 올렸다. 묵빛 기운을 모두 끌어올려 초우에 담고는 힘차게 떨쳐 내었다.

꽈자자자작!

검력과 묵기의 기운이 서로 충돌하더니 묘한 소리가 흘러나왔다. 모든 것을 일그러뜨리는 무정의 묵기에 장규연의 검기도 모조리 되튕겨지고 있었다.

이어 무정은 초우를 뒤로 뺀 채 왼손을 앞으로 길게 내밀었다. 그리고는 장심에서 묵기를 모두 뽑아내 묵기의 벽을 만들었다.

까라라랑······.

이리저리 헝클어진 묵기와 장규연의 검력이 다시 어우러지기 시작했다. 두 개의 벽을 만든 무정의 묵기 앞에서 장규연의 검력은 너무나 힘없이 소멸해 가고 있었다.

"합!"

콰가가가각!

이윽고 무정은 힘찬 기합을 토해내며 젖혔던 오른손을 아래에서 위로 휘둘렀다. 그러자 초승달 모양의 묵기가 힘차게 앞으로 뻗어나갔다.

쩌어어어엉!

묵기의 장막이 반으로 갈라지며 양쪽으로 걷혀지더니 서서히 장규연의 모습이 무정의 눈앞에 보이기 시작했다. 장규연은 담담한 얼굴을 유지한 채 그대로 서 있었다.

장규연의 바로 옆에는 무정의 묵기가 스쳐 간 흔적이 남아 있었다. 바닥에 할퀴고 간 기운이 너무도 선명했는데, 무정이 의도적으로 옆으로 흘린 것이 분명했다.

"더 듣고 싶은 것이 있는 건가? 그렇게밖에 생각이 들지 않는구만."

장규연은 나직한 목소리로 입을 열었고, 무정은 자세를 풀며 잠시 눈을 감았다. 머리 속에서 웅웅거리는 느낌이 계속 들었다. 온몸 구석구석으로 힘을 돌리며 진정시키려 애썼다.

지금 풀어낸 기운은 무정이 한 번도 써본 적이 없는 기운이었다. 대관절 어느 정도의 기운인지조차 가늠할 수 없었다. 그래서 장규연의 공세를 비교적 쉽게 막아낼 수가 있었다.

그러나 그 힘은 무정을 죽이려 하고 있었다. 그의 온몸에 불거진 핏줄이 조금씩 커지는 것이 바로 그 이유였다. 이윽고 무정의 눈이 떠졌다.

무정은 침을 꿀꺽 삼키며 겨우 속을 달래고 있었다. 마침내 두 사람의 눈이 다시 마주쳤다.

"허어, 이거야 원, 이전에 만났을 때와는 비교조차 할 수 없구나. 무대협의 무공이 저리 높아지다니……."

칠성도재 무유자는 입을 딱 벌리며 중얼거렸고, 모두 은연중에 고개를 끄덕이고 있었다. 고수의 눈에나 볼 수 있을 정도의 빠른 공수에 이은 마무리 공격, 게다가 막기조차 힘들 것 같은 장규연의 이검(二劍) 공격을 너무도 수월하게 막아내고 있었다.

솔직히 여기 모인 사람들 중 지금 장규연의 공격을 저리 쉽게 막아낼 사람은 없었다. 홍관주조차 저 초식에 당했으니, 말하나 마나였다.

그러나 그 대가가 무정 자신의 목숨을 담보로 하고 있는 것임을 잘 알기에 무공이 증진됨을 축하할 수만은 없는 노릇이었다.

특히 세심의 언경주는 굳은 낯빛을 숨기려 하지 않았다. 이미 그의 머리 속에는 무정의 최후가 보이는 듯했다. 그는 황급히 입을 열었다.

"어르신! 말려야 합니다! 더 이상 진행되게 놔두었다가는 무 대협의 목숨이 위태롭습니다!"

"……."

홍관주는 입술을 꽉 깨물었다. 모르는 바가 아니나 끼어들 수가 없었다. 이미 두 사람 사이에는 보이지 않는 무형의 기운이 휘돌고 있었다. 자칫하면 자신의 개입으로 인해 두 사람 다 치명적인 일을 경험할 수 있었다.

물론 서로가 내력 대결을 펼치는 것은 아니지만 신경 하나가 분산되어도 패배로 이어질 수 있는 상황이니 조심스러울 수밖에 없었다. 기회를 잡기가 쉽지 않은 것이다.

그러나 적어도 일행의 입장은 달랐다. 특히 상귀와 하귀는 바로 쳐들어갈 기세였다. 그들은 대장이 죽는다는 말에 이미 눈이 뒤집혀지고 있었다. 그때였다.

"일단 두고 보시는 게 나을 것 같습니다."

"쓰벌. 반뇌! 지금 그게 뭔 소리야!"

갑자기 들려온 반뇌의 목소리에 상귀는 눈을 부라렸다. 어떻게 반뇌가 그런 말을 할 수 있는지 도저히 믿기지가 않았다.

대장이 누군가? 여태껏 자신들을 위해 목숨을 내놓으며 살아온 사람이었다. 그런 사람이 지금 죽을지도 모르는데 어찌 방관만 하자는 것인가? 도저히 그는 반뇌의 말이 믿기지가 않았다.

"두 사람 다 살기는 있지만 왠지 상해를 입히기는 주저하고 있습니다. 어쩌면 저들은 지금 이 상황을 위한 중요한 이야기를 하고 있는지도 모릅니다. 저 장규연을 보면 대장의 죽음을 원하지는 않는 것 같습니다."

"……."

반뇌의 말에 홍관주는 묵묵히 고개를 끄덕였다. 솔직히 홍관주가 지금 움직이지 않는 이유 중의 하나도 바로 그 점에 있었다. 둘 다 최후의 힘을 뽑아내지 않고 있었다.

장규연은 장규연대로, 무정은 무정대로 지금 생각이 있는 것이 분명했다. 그리고 서로 입과 몸을 통해 긴밀한 대화를 하고 있음이 분명하기에 움직이지 않고 있는 것이었다.

"일단… 두고 보자꾸나."

"홍 노야!"

하귀가 뭐라 더 하려다 입을 꾹 다물었다. 홍관주의 표정이 심상치 않았다. 그도 자신들처럼 지금 속이 타는 것이 분명했다. 모두가 무정을 위하려 하는 것에서 비롯된 것임을 이제야 깨달은 것이다.

"제길!"

거친 소리를 낸 후 상귀는 창대를 바닥에 콱 꽂고는 전방을 노려보기 시작했다. 지금은… 일단 홍관주의 말을 따라야 할 것 같았다.

"왜지?"

"……."

뜬금없는 무정의 목소리에 장규연은 눈을 살짝 치켜떴다. 무정은 장규연을 노려보며 말을 이었다.

"왜 다래가를 도왔나? 그놈이 그리도 너에게 중요했나? 그놈을 살려

아미를 아비규환으로 만들려는 것이 너의 생각이었나?'

"후……."

장규연은 하늘로 고개를 들면서 한숨을 크게 내쉬었다. 가장 마음이
쓰린 일 중의 하나가 바로 그 점이었다.

"그 점에 대해서라면 난 정말 할 말이 없네……. 하나 그놈을 도운 건
그런 살육을 저지르라고 한 것이 아니었어. 그저 난 중원의 견제책으로
그놈을 선택한 것뿐었네."

후회가 진득하게 묻어나고 있었다. 장규연은 무정을 향해 다시 눈을
돌렸다. 그 눈은 정말 진심에서 우러나는 눈빛이었다.

부족했다. 비록 자신이 마교의 대장로라는 신분을 갖고 있기는 하나
그걸로는 강호의 힘을 맞추는 데는 힘들다고 생각한 것이었다.

그의 생각은 옳았다. 사천에 집결한 무림인의 힘을 봤을 때 그들의 저
력은 상상 이상이었다. 그간 강호의 무림 세력을 견제하기 위해 마교의
힘을 키워오는 것을 생각하고 있었으나 그건 방법이 아니었다.

마교의 성장은 오히려 저들 중원의 세력들을 하나로 묶는 역할을 하고
마는 것이었다. 마교에 관한 중원인들의 경계는 그의 상상을 훨씬 뛰어
넘고 있었다.

그래서 그는 다래가를 이용하기로 마음먹었다. 그를 통해 중원의 세력
을 조금이나마 견제하여 황실의 우려를 덜려 하려는 것이 그의 속셈이었
던 것이다.

"처음에는 그것이 가능했네. 다래가는 내 생각 안에서 움직였지. 그가
하는 행동 모두가 나의 머리 속에서 생각하는 것을 벗어나지를 못했네.
그래서 동무진과의 연결 또한 조용히 묵인했었지……."

"……."

"그러나 결국 그건 보이는 것뿐이더군. 자꾸 중원을 향해 날카로운 이

빨을 들이대려 하기에 나는 그를 말리려 애썼지. 한데 그놈은 그 빌어먹을 전단격류에 너무 큰 집착을 보이고 있더군……."

쓸쓸한 고소를 지으며 장규연은 무정을 향해 입을 열었고, 무정은 굳은 얼굴로 장규연을 쳐다보고 있었다.

당연한 일이었다. 그가 아는 다래가는 그렇게 머리 속에 든 상상대로 움직일 사람이 아니었다.

남의 약점을 알아내면 그 약점을 집요하게 물고늘어지는 자였고, 목적을 위해서는 수단과 방법을 가리지 않는 것이 바로 다래가였다. 아무리 장규연이 대단하다고 한들 다래가를 제대로 조종할 수 있다 생각한 것이 무리였던 것이다.

"언제부터였나?"

"……."

"다래가가 엇나가기 시작한 것이 언제였냔 말이다."

묵직한 무정의 목소리에 장규연은 흠칫했다. 그는 잠시 무정의 의중을 읽는 듯하다가 입을 열었다.

"삼 년… 징후는 삼 년 전부터 이미 나타나고 있었다. 하나 그때는 그리 크게 생각하지 않았었지. 그때는 그리 위협할 만한 세도 없었다. 한데……."

장규연은 말을 하다 말고 입술을 질끈 깨물더니 잠시 눈을 감았다. 그리고는 나직이 입을 열었다.

"조량금이 여기에 손을 뻗칠 줄은 정말 몰랐다. 그놈이 있었기에 이모든 혼란이 가능했겠지……. 놈은 이 화산에 앉은 채 모든 것을 보고 있었다. 내가 조량금을 호금종과 만나게 한 것 자체가 이미 잘못된 것이었지……."

회한이 가득 서린 장규연의 목소리였다.

또 하나의 세력을 만들 필요를 느낀 장규연이 선택한 자가 바로 조량금이었다. 슬슬 다래가가 딴마음을 먹고 있음을 느끼자 다른 조력자를 선택하려 한 것이다.

게다가 화산은 명문정파로 이름이 높은 곳이니 그곳에서 자신의 힘이 될 만한 사람이 생긴다면 장규연으로서는 선택의 여지가 없었다. 그러나 그것이 결국 파국을 몰고 왔다.

조량금과 호금종, 그리고 다래가가 하나로 묶여 버리게 된 것이었다. 호금종과 진성천교가 서로 관계가 있기에 다래가가 호금종과 관계를 맺게 되는 것은 지극히 당연한 현상이었다.

그런데 여기에 조량금이 끼어들었다. 그 변수가 어떻게 될지 몰랐지만 이미 조량금을 상대해 본 장규연은 대체 그가 무슨 이익을 얻었는지 알 수 있었다.

"이젠 더 들을 것도 없다."

"……"

차갑게 들려오는 무정의 목소리에 장규연은 고개를 들어 무정을 바라보았다. 이제 무정에게서는 완전한 살기가 피어오르고 있었다.

최소한 무정은 그의 후회 어린 목소리라도 듣고 싶었다. 이 모든 일의 뒤에 서 있는 이자에게 회한이 어린 목소리라도 듣고 싶었던 것이다.

물론 조금 들을 수는 있었다. 하나 기대할 만큼은 아니었다. 적어도 과거 진성천교를 상대할 때 보았던 적미천존과는 전혀 다른 사람이었던 것이다.

우우우우웅…….

무정의 도가 한껏 울어대기 시작하면서 이내 강한 묵기가 휘돌기 시작하자 장규연은 입을 꽉 닫았다. 무정은 이제 더 이상의 대화는 하지 않으려는 것 같았다.

"곡우검(曲雨劍)이라 하네…… 한 번 받아보게나."

"……"

왠지 초식명을 이야기하며 시전하려 하는 장규연을 보면서 무정은 이상한 기분이 들었다. 지금 장규연은 뭔가 자신에게 알리려고 하는 것 같았다. 그렇지 않으면 이렇게 차분할 수는 없었다.

"이런 내가 이상한가?"

장규연은 무정의 생각을 읽었는지 기운을 끌어올리면서도 나직하게 물어왔고, 무정은 침묵으로 일관했다. 문득 무정의 귀에 장규연의 목소리가 다시 들려왔다.

"조량금은 여기까지 너무나 수월하게 내 공격을 받아냈지. 날 이길 수 없다면 위로 올라가지 않는 것이 좋아."

"……!"

무정의 눈이 한껏 커졌다. 장규연이 지금 무정에게 이야기하려는 것을 얼핏 알 수 있을 것 같았다.

"다른 생각 따윈 하지 말게. 기왕에 날 쓰러뜨릴 생각이라면 지금은 그것에만 집중하는 것이 좋아. 잠시 우리 사이의 이야기는 접는 것이 좋겠군."

피리리링.

또다시 장검에서 강한 기운이 휘감아 흘러나오기 시작하자 무정은 이를 꽉 깨물었다. 이번에 보이는 힘은 지금까지 보았던 힘보다도 강한 일격이었다.

고오오오오……

무정의 몸에서 더욱 강력한 크기의 묵기가 피어오르기 시작했다. 서로가 뿜어낸 내력으로 인해 두 사람의 모습이 보이지 않을 정도였다.

□ 제89장 □

어떤 죽음

어떤 죽음 1

"사부님, 어디로 갑니까?"

"조용히 하고 따라오기나 해. 이놈이 눈치없기는, 뇌옥이지 어디겠느냐?"

유복진은 옆에서 웅얼거리는 원중의 말을 묵살한 채 어두운 계단을 서서히 내려가고 있었다. 원중은 그런 장문인의 태도에 시큰둥한 얼굴로 졸래졸래 쫓아가면서 내내 입을 댓발은 내놓고 있었다.

못내 자신이 산 밑으로 가지 못한 것을 아쉽게 생각하는 것인데, 유복진은 그런 원중을 보며 피식 웃음 지었다.

뭔가 하나가 마음에 걸리면 어떻게든 해결하고자 하는 녀석이 바로 원중이었다. 그런 마음을 모르는 것은 아니지만 그에게는 더 큰 경험이 필요했다. 그래서 지금 이 자리에 데리고 온 것이다.

"방주님, 아무래도 이상합니다. 너무 조용한 것이 마치 아무도 없는 것 같습니다. 괜한 헛걸음 하는 것인지도 모르겠습니다만……."

"음, 이왕 시작한 걸음이니 끝을 보도록 하자. 다들 조심히 내려오도록 해라. 선두는 내가 서겠다."

"예, 방주님."

개방도들의 의문스러운 말에 유복진은 고개를 끄떡이며 앞으로 나섰다. 정말 개미새끼 한 마리 없다는 말이 맞을 정도로 조용한 곳이었다. 뇌옥이 가지는 특수성을 봤을 때 있을 수 없는 일이었다.

뇌옥이라 함은 사문에 큰 죄를 지은 사람을 가두는 곳이기도 하지만 가장 편안하게 무엇인가를 감추는 곳이기도 했다. 그래서 어느 곳이나 상당한 경계를 펴고 있음은 당연하고, 아무리 큰일이 일어나도 뇌옥엔 사람이 상주하는 것이 상식이었다.

한데 이곳은 그런 상식조차 통하지 않았는지 아무도 보이질 않았다. 유복진은 어둠 컴컴한 공간을 손으로 더듬어가면서 앞으로 나아갔다.

화산의 뇌옥은 자연적인 지형을 그대로 이용하고 있었다. 입구야 번드르르하게 지붕과 기둥을 세워 표시해 놓았지만 실내로 들어오면 거의 돌벽으로 이루어진 동굴 수준이었다. 당연히 시계가 좋지 않았다.

하나 그래도 한두 개 정도는 횃불을 밝혀놓는 것이 상식이건만 이들은 그런 것도 하지 않았다. 아니, 그만큼 관리가 안 되었다는 말이 맞으리라……

"사부님, 아무래도 이거 불을 켜고 가는 것이 좋을 것 같습니다. 도무지 사람이 온 흔적이 없는데요?"

어둠 속에서 벽에 걸린 횃불 심지를 만지작거리며 원중은 이야기했고, 유복진은 손을 뻗어 그 횃불을 만져 보고는 고개를 끄떡였다.

이미 횃불에는 탈 만한 것이 남아 있지 않았다. 통상적으로 번을 서면서 심지를 교체하는 것으로 봐서 상당히 오랜 기간 동안 이곳에 오지 않았다는 뜻이었다.

어쩌면 방도들의 말처럼 지금 유복진이 헛걸음하는 것일 수도 있는 것이다. 지킬 것이 없으면 지킬 이유가 없으니 말이다.

파아아악.

이윽고 유복진의 손에서 화섭자 하나가 밝은 불빛을 내며 켜졌다. 그는 등을 앞으로 치켜든 채 쏜살같이 튀어나갔다.

"조용하고 신속하게 따라와라."

파파팟.

말과 함께 그는 최대한 빠른 신법을 펼치며 좁은 동굴을 달려가기 시작했다. 그냥 어둠 속에서 잠입해 가는 것도 아니고, 이젠 등을 켜든 채였으니 어떠한 상황에 처하기 전에 먼저 대처하는 것이 옳았다. 신속하게 이동해야 하는 것도 그 이유였다.

탁탁탁.

비록 작은 소리지만 동굴 안은 사람들의 발소리로 가득 찼다. 그러던 어느 한순간 문득 유복진이 들고 있던 화섭자의 불빛이 꺼지며 그가 우뚝 섰다. 그러자 모두 그 자리에서 한껏 긴장하며 내력을 키워 올리기 시작했다.

"사부님, 뭐가 있습니까?"

"사람의 기척이 느껴진다. 한데 정상적인 사람은 아닌 것 같구나. 어딘가 상당한 부상을 당한 것 같다."

전음을 주고받으며 유복진은 서서히 앞으로 나아가기 시작했다. 인기척이 느껴지는 것은 저 길의 끝 옆쪽이었다. 아직 보이지는 않지만 가까이 가면 무슨 상황인지 알 것 같았다.

"......."

유복진은 숨을 죽인 채 서서히 앞으로 걸어나갔다. 그리고는 짙은 어둠 속에서 몸을 낮게 숙이더니 고개를 내밀며 상황을 살폈다.

"…뭡니까, 사부님?"

찾아온 정적이 꽤나 길어지자 원중이 참기 힘들었는지 냅다 전음을 날려왔다. 하나 유복진은 아무런 대답이 없었다.

오히려 그는 아무 말 없이 그냥 앞쪽으로 나가고 있었다. 그리고는 그의 음성이 들려왔다.

"모두 들어오너라."

"……."

원중은 눈을 동그랗게 떴다. 그렇게 주의를 하더니 갑자기 긴장이 다 풀어져 이야기하고 있었다.

아무래도 허탕친 것 같은 느낌에 그는 입술을 실룩이며 사부의 뒤를 쫓았다. 그리고는 입을 벌려 불만 어린 목소리를 내었다.

"아씨. 사부님, 그러게 다 같이 산 밑으로… 아욱!"

화아아악.

갑자기 유복진의 품에서 화섭자가 켜지자 원중은 눈을 가리며 짧은 비명을 질렀다. 그리고는 고개를 홱 돌리며 원망 어린 목소리를 내었다.

"아, 사부님! 갑자기 그렇게 밝은… 헉!"

원중은 사부의 주변에 보이는 광경에 헛바람을 들이켰다. 굴의 양옆에는 상당한 크기의 뇌옥들이 즐비하게 늘어서 있었는데, 빈 곳이 하나도 없었다. 모두 하얀 도복을 입은 채 바닥에 누워 있었다.

"아니, 이들은 도대체……."

원중은 너무 놀라 입만 벙긋거리며 그들에게 다가갔다. 그들은 모두 거의 미동도 없이 누워만 있었다. 원중은 손을 뻗어 뇌옥의 창살에 가까이 있는 한 도인의 목에 손가락을 대었다.

"사부님, 죽은 것은 아닙니다. 다만 맥이 아주 약합니다!"

"…일단 뇌옥의 문을 열어라, 어서!"

유복진은 다급한 목소리를 내었다. 짐작대로라면 이들은 화산의 무인들이었다. 조량금을 반대한 사람들이 분명했던 것이다.

여기저기서 개방 제자들이 신속하게 움직이며 사람들을 끌어내자 그는 앞으로 조금 더 나아갔다. 양쪽으로 네 개, 모두 여덟 개의 방에는 칠십여 명이 넘는 사람들이 널브러져 있었다.

"……."

왠지 전방에 뭔가 더 보이는 것 같아 유복진은 눈을 좁혔다. 그리고는 서서히 앞으로 다가가기 시작했는데, 뭔가 희끄무레한 것이 보였다.

자세히 보니 작은 뇌옥이 하나 더 있었다. 다른 곳보다 훨씬 두꺼운 철봉으로 막아놓은 곳이었다. 그는 철봉에 바싹 다가간 채 화섭자를 앞으로 내밀었다.

그곳에는 단 한 사람만이 있었다. 결가부좌를 한 채 흰 도복을 입은 노인으로, 그 역시 다른 사람과 같이 미동도 없었다.

유복진은 고개를 숙여 그 사람의 얼굴을 확인하려 했다. 잠시 시간이 흐르고 이윽고 유복진의 입에서 묵직한 음성이 흘러나왔다.

"화 장문… 당신도 당했군."

그는 화문성, 화산의 장문인이었다. 다른 사람처럼 실낱같은 진기만을 머금은 채 그렇게 미동도 없었던 것이다.

*　　　　*　　　　*

스스슷.

괴이하다고 말할 수밖에 없는 움직임이었다. 장규연은 마치 뼈가 없는 사람처럼 너무나 부드럽게 움직이고 있었다.

도저히 나올 수 있을 것이라 생각지도 못한 움직임이 지금 무정의 눈앞에서 벌어지고 있었다. 때로는 실처럼 길게 늘어나고 때로는 허깨비처럼 사라지는 것이 무정의 눈앞에서 반복되고 있었다.

그것이 빠른 움직임으로 인해 가능하다면 그리 놀랄 만한 것이 아니었다. 한데 지금 장규연은 그다지 빠르게 움직이지도 않고 있었다.

분명 무정이 충분히 볼 수 있는 속도로 움직이고 있었다. 그렇다면 이 모든 것은 그가 만들어낸 내력으로 인한 것이라고밖에는 추측할 수가 없었다.

장규연이 만들어낸 기운은 묘하게 공기를 뒤틀어놓고 있었다. 그 틈을 비집고 장규연은 움직이고 있었다. 마치 무정이 움직이는 방법과 상당히 유사한 것이었다.

그제야 무정은 왜 장규연이 자신과 같은 무공을 익혔다고 의심받는지를 알 것 같았다. 두 사람의 응용 방법이 상당히 유사했던 것이다.

쩡. 쩌정!

무정은 도를 떨구어 날아오는 기운을 튕겨내었다. 장규연은 지금 저 상태에서도 공격을 해오고 있는데, 그 방향이 참으로 기이했다. 함부로 볼 수가 없었던 것이다.

기운들이 곡선으로 쳐 내려오고 있었다. 무정 자신은 신형을 저렇게 움직일 수는 있어도 그 기운을 이렇게 곡선으로 쳐낼 수는 없었다. 한데 장규연은 그것이 가능했다.

아마도 저 왼손에 쥔 협봉검이 이를 가능하게 하는 것 같았다. 이 순간에도 장규연은 쉴 새 없이 왼손을 떨구어 내고 있었다. 무정은 순간 오른발을 앞으로 크게 내디디며 신형을 앞으로 숙였다.

이대로 있어봤자 수비만 하게 될 뿐이었다. 이 정도 원거리에서 때려낼 무공이 없는 것은 아니지만 명중률을 생각한다면 좀 더 근접해야만 했다.

· 피피피핏.

순식간에 무정의 주위에 검기의 회오리가 일면서 몸 이곳저곳에서 피가 터져 나왔다. 그러나 정타는 아니었다.

"…차앗!"

이를 지켜보던 장규연의 입에서 기합성이 터져 나왔다. 그는 지금 진심으로 놀라고 있었다. 설마 설마 했지만 무정이 이 정도로 무공이 높아질 줄은 그는 생각도 못했다. 이 두 번째 초식을 이리도 수월하게 움직여 피할 사람이 세상에 있다고는 생각지 못했던 것이다.

그저 한 걸음 한 걸음 앞으로 다가온다고 생각했지만 무정은 그렇게 쉽게 다가오고 있는 것이 아니었다. 장규연, 그가 정타라고 생각한 것들은 어느새 환영으로 변해 버린 후였다. 무정은 지금 좌우로 움직이는 것이 아니라 앞뒤로 빠르게 움직이며 공세를 피하고 있던 것이다.

사람이 움직이는 특성상 좌우로 움직이는 것은 이 세상 누구라도 숙련의 과정을 통한다면 어느 정도 경지에 오를 수는 있었다. 물론 무정이 보여주는 경지에 이르려면 대관절 얼마만한 노력을 경주해야 하는 것인지 이야기하기 쉽지 않지만 적어도 일파의 고위층 정도 된다면 무정에 버금가는 움직임을 보일 수도 있었다.

하나 지금 무정이 보여주는 앞뒤로의 회피 기동, 이것은 훈련으로 되는 일이 아니었다. 양 발을 바꾸어주는 문제도 있고, 가장 문제가 되는 것은 바로 여태껏 생활하면서 사용되는 근육들이 아닌 것이다.

이런 움직임을 의도적으로 연성한다면 그것은 대단한 무기가 될 수 있을 것이나 정작 자신의 몸은 무리가 갈 것이 뻔했다. 무엇보다도 무릎 뒤의 근육들이 그 엄청난 힘을 견딜 수가 없는 것이다.

"어떻게 저런 움직임을!"

홍관주는 입을 딱 벌렸다. 그에게조차 흐릿하게 보이는 무정의 움직임이었지만 무정은 지금 분명 앞뒤로만 움직이고 있었다. 도저히 있을 수 없는 일이었다.

"앞뒤로 저렇게 움직일 수 있다니……. 이젠 확실해졌습니다. 이 강호의 최고수는 무 대협인 것 같군요."

어느새 옆에 다가온 칠성도제 무유자가 눈을 크게 뜨며 하는 말에 홍관주는 그저 고개만 끄덕였다. 그러자 옆에 있던 상귀와 하귀는 고개를 갸웃거리기 시작했다.

비록 그들의 눈엔 보이지 않지만 말을 들어보니 그저 대장은 지금 앞뒤로 움직이고만 있는데, 그걸 가지고 이렇게 놀라는 것이 이해가 안 가는 것이었다.

"쯧, 좌우의 움직임과 앞뒤의 움직임은 차원이 다른 거다. 네놈들도 무기를 사용하고 있음에 느끼는 것 아니냐?"

"……."

문득 옆에서 들려오는 고죽노인의 목소리에 상귀와 하귀는 고개를 절레절레 흔들었다. 그들은 그저 날아오면 옆으로 피하는 것만이 최고의 회피 방법으로 알고 있었고, 뒤로 물러난다는 것은 그저 후퇴일 뿐이었다.

"기회를 노리기 위해 뒤로 물러나는 것이 뭐가 그리 대단하오? 난 이해가 잘 안 가네?"

하귀는 뚱한 표정으로 자신이 생각한 바를 말했다. 고죽노인은 그 말에 미간을 찌푸렸다. 뭘 어떻게 설명해야 하는지 난감한 듯, 입술을 실룩거리고 있었다. 그때였다. 옆에서 명경의 목소리가 들려왔다.

"아미타불. 일반적으로 움직이는 것을 말한다면 하귀 시주가 맞겠지요. 하나 지금 무 시주의 움직임은 기회를 노리기 위함이 아닙니다. 움직임 그 자체가 공격이란 뜻이지요."

"……?"

상귀와 하귀는 여전히 눈을 동그랗게 뜨고 있었고, 그런 그들의 귀에 명경의 목소리가 다시 들려왔다.

"좌우의 움직임은 그야말로 피하는 것일 뿐 대부분 선공을 빼앗기는 경우가 허다합니다. 하나 지금 무 시주의 움직임은 짐작대로라면 선공을 하지 않아도 선공을 하는 것과 마찬가지입니다. 언제나 상대의 무기는 시선에 잡아두고 있으니까요."

"⋯⋯!"

상귀와 하귀는 그제야 눈을 크게 떴다. 명경이 하는 말을 알 것 같았다.

상대의 무기를 자신의 앞에 붙잡아놓는 것처럼 최선의 방어는 없었다. 바꾸어 말하면 언제든 자신이 공격을 감행할 수 있다는 말이었고, 역습의 위험 역시 상당히 적었다.

그러나 문제는 어떻게 상대의 무기보다도 빨리 움직이는가에 대한 문제였는데, 지금 사람들이 말하는 것을 보면 대장은 그것을 가능하게 하고 있는 듯했다. 바로 그 점이 놀라운 것이기도 했다.

그 판단을 어찌 그리 빨리 할 수가 있을까? 상대의 무기가 올 방향과 타격점을 정확히 판단하고 있지 못하면 불가능했다. 한데 지금 대장은 해내고 있는 것이다.

"⋯⋯."

상귀는 묵묵히 고개를 들어 비록 보이지도 않지만 어떻게든 보기 위해 안력을 집중하기 시작했다. 하나 여전히 대장의 모습은 보이지 않았다.

이미 대장은 그들과 너무 많은 격차가 벌어진 것이다.

보이는 것이 아니라 느껴지고 있었다. 움직임이 점점 많아지고, 온몸에 스치듯 치고 나간 상처가 점점 늘어날수록 무정의 움직임은 완숙해지고 있었다.

무정은 이미 눈을 감고 있었다. 하나 그는 보고 있는 것이나 마찬가지였다.

쾌섬동만정. 이 다섯 글자로 이루어진 움직임의 실마리가 한껏 풀려나고 있었다. 장규연이 쳐내는 기운들의 궤적이 모조리 그의 감각에 느껴지고 있었다.

때로는 저 뒤로 길게, 때로는 앞으로 섬전같이 움직이면서 그는 점차 장규연에게 쇄도해 가고 있었다. 이제 두 사람 간의 거리는 삼 장이 채 남지 않은 거리로 줄어들고 있었다.

이마에 흐르는 땀이 기분 좋게 느껴지고 있었다. 몸 안에서 흐르는 기운도 시간이 흐를수록 점점 강해져 갔고, 그는 그 힘을 근육에 골고루 퍼뜨리며 신체를 안정시켜 가고 있었다. 그러던 어느 순간, 드디어 그의 오른손이 공중으로 들렸다.

기잉…….

잠깐 든 것뿐인데 초우에 담긴 기운은 상상을 초월했다. 무정은 그 기운을 초우에 머무르게 한 채 신중히 신형을 움직이기 시작했다.

"……."

장규연은 어금니를 꽉 깨물었다. 처음 벌어졌던 거리는 육 장, 그것이 이젠 이 장여가 채 남지 않은 거리로 좁혀들었다. 기력으로 상대하는 자신의 무공 특성상 더 이상의 거리가 좁혀든다면 이미 반은 지고 들어가는 것이 당연했다.

무정은 자타가 공인하는 접근전의 귀재이고 실전의 황제였다. 만일 내력의 힘이 아니라 직접 부딪치는 것으로 상대한다면 그 결과는 실로 예측할 수가 없었다.

더구나 무정은 지금 내력을 담은 상태였고, 그 내력 또한 무시할 수가 없었다. 온몸을 비틀어 버리는 불가사의한 묵기, 그 묵기를 병기에 담아 자신에게 다가오고 있었다. 이대로 조금의 시간만 더 흘러가면 선기는 영원히 무정의 것이 될 것임이 분명했다.

피피피핑!

장규연의 양손이 힘차게 휘돌기 시작했다. 폭풍 같은 회오리가 일면서 다시금 무정의 양 측면에서 기운들이 쇄도하고 있었고, 장규연은 뒤쪽으로 빠져 있는 오른발에 하중을 싣기 시작했다.

지금 그가 쳐낸 기력은 모두 무정의 뒤쪽으로 일관된 방향이었다. 이 추세라면 무정이 올 곳은 바로 전면. 장규연이 노린 것은 바로 그것이었다.

한 개의 무공에 심취하게 된 사람은 흔히 실수를 한다. 그 무공에 맛을 들인다는 표현이 맞겠는데, 좀처럼 거기서 벗어나려 하지 않는다. 그런 통례로 본다면 무정이 신형을 좌우로 틀 가망성은 거의 없었다.

게다가 그의 검력은 좌우에서 휘몰아치는 검력이니 좌우로 피한다는 자체가 무리였다.

피이잇.

장규연의 왼손에 들린 협봉검이 보이지도 않는 속도로 앞으로 치달아 나왔다. 그야말로 승부를 내는 검세였다. 검끝은 정확히 무정의 목을 향해 밀고 나왔다.

협봉검은 일반인이 사용해도 그 타격점을 알 수 없을 정도로 빠르고 심한 흔들림이 있었다. 하물며 장규연 같은 사람이 사용하면 두말할 나위가 없었다.

무정의 신형은 장규연이 생각한 것처럼 앞으로 섬전같이 나오고 있었다. 이미 두 사람은 일 장 안으로 들어서고 있었고, 장규연은 순간 손목을 심하게 떨었다.

시시시시시—

물경 수십 개의 검끝이 무정의 전면으로 폭사되자 장규연은 얼굴을 굳했다. 왠지 공격하는 사람의 표정치고는 조금 이상한 것 같았다. 그 순간 이었다.

"……!"

장규연의 눈이 한껏 커졌다. 분명 자신은 무정의 오른 가슴 부근을 찌르고 있었다. 이미 한 치 이상 박혀 있음이 눈으로 확인되고 있었는데, 손목에 오는 감각이 없었다.

마치 허공을 벤 듯한 느낌… 틀림없는 환영이었다.

카락!

"……."

이어 전해지는 또 하나의 감각, 협봉검의 검신에 육중한 뭔가가 올려지는 감각에 장규연은 눈을 돌렸다. 거기엔 무정의 거도가 어느새 자신의 몸 바깥으로 협봉검을 밀어내고 있었다.

"후……."

문득 장규연의 귀에 호흡을 고르는 아주 작은 소리가 들려오기 시작하자 장규연은 눈을 돌려 자신의 검에서 무정의 얼굴로 옮겼다.

무정의 눈은… 이미 떠져 있었다. 날카롭게 빛나는 그의 눈은 이미 장규연의 온몸 구석구석을 훑어내고 있었던 것이다.

콰과과쾅!

"뒤로 물러나시게!"

홍관주는 내력을 일으켜 눈앞으로 장력을 밀어낸 채 연신 뒤로 물러나고 있었고, 사람들은 그런 홍관주의 뒤에 바싹 붙거나 아니면 혼신의 힘을 다해 뒤로 물러나고 있었다.

십여 장이나 멀리 떨어져서야 충격의 여파가 좀 견딜 만했다. 무정과 장규연의 근접전은 정말 무서울 정도로 대단했다.

두 사람의 신형이 보인 것은 아까 무정이 완전히 접근했을 때 그 한순간이었을 뿐, 또다시 두 사람의 모습은 보이지 않았다. 그저 검고 하얀 기운만이 서로 충돌할 뿐이었다.

혹시나 모를 만일의 사태에 대비해 홍관주와 사람들이 조금씩 접근해 갔었던 것인데, 일이 이 지경에 이른 이상 더 이상 다가갈 수도 없었다.

"정아……."

홍관주의 입에서 우려 섞인 목소리가 흘러나오기 시작했다. 지금 최선을 다해 장규연과 겨루는 무정, 왠지 그가 점점 불안해지기 시작했기 때문이다.

우두둑.

홍관주의 양손이 꽈악 쥐어졌다. 그는 그렇게 시선을 전방에 둔 채 온 감각을 일깨우고 있었다.

시싯. 쩌저정!

또다시 장규연과 일합을 치고 나간 무정은 신형을 바로잡기 위해 양발에 힘을 주었다. 그러자 용천혈에서 일어난 기운이 다시 온몸을 휘돌아 치고 올라왔다.

머리 위 백회혈에 뚫린 구멍이 점점 넓어지고 있었다. 그간 웬만하면 내력을 일으키지 않았기에 그나마 좀 남아 있었는데, 이젠 반 정도가 날아간 상태였다. 하나 그만큼 무정의 몸에 모인 내력은 점점 크게 불어나고 있었다.

또한 무정의 몸에 불거진 핏줄은 일었우우…… 으 있었다. 조금만 건드려도 터질 듯이 노들 중인에 일신의 검기가 조금만 스쳐도 상당한 양의 피를 쏟아내고 있었다.

근접전에 승부수를 걸었던 무정이지만 이래 가지고는 곤란했다. 더 이상 시간을 끌다가는 자연스럽게 자신의 패배로 이어질 것이 뻔했다. 이젠 승부를 내야 했다.

타탓!

무정은 뒤로 미끄러지듯 움직였다. 그리고는 그 자리에서 호흡을 고르기 시작했다.

"……."

무정을 바라보는 장규연의 눈이 한껏 좁아졌다. 누가 봐도 무정은 지금 승부를 내려는 자세였다. 이에 장규연도 양손을 머리 위로 치켜들며 기묘한 기수식을 취했다.

마치 머리 위로 열십 자를 비스듬히 그리듯 그는 양손에 쥐어진 검을 서로 교차시킨 후 나직한 목소리로 입을 열었다.

"이것이 내가 가진 마지막 패라네. 나도 아직 초식 이름조차 모르지만 이것으로 자네를 패퇴시키겠네. 검에는 눈이 없으니 염두에 두게나."

"그것이 세 번째 초식이란 건가? 당신이 익힌 그 난피풍검법의 사라진 세 초식 중 마지막 것?"

무정의 목소리에 장규연은 피식 웃으며 고개를 끄떡였다. 하긴 이렇게까지 대면할 정도로 자신에게 바짝 접근한 무정이니 모를 리가 없었다.

무정도 처음 그가 세 초식을 이야기할 때부터 그것이 난피풍검법의 세 초식을 이야기하는 것이라 짐작하고 있었다.

하나 왜 그가 이렇게 하는지 그건 알 길이 없었다. 모든 것은 그가 제압당하든 자신이 당하든 결과가 나면 알 수 있을 것이라 생각하고 있었다.

무정의 몸 구석에서 낮은 공기의 울림들이 터져 나오기 시작했다. 그와 함께 모든 묵기가 초우에 집중되자 흡사 일 장여가 넘는 도신을 지닌 것처럼 강대한 묵기의 기둥이 형성되었다.

우웅…….

그 거대한 묵기를 담은 초우를 무정은 뒤로 한껏 젖혔다. 다시금 그가 낼 수 있는 최대한도의 힘을 담아 초승달 모양의 묵기를 쏘아내려 함이었다.

"……!"

지켜보던 홍관주의 눈이 상당히 커졌다. 지금 장규연의 기수식이 좀 이상했다.

"음? 저건 무슨 기수식이지?"

이전의 움직임과는 완전히 다른 무공 같은 자세에 사람들이 술렁이기 시작했다. 하나 이미 어느 정도 짐작하고 있던 홍관주의 놀람은 더욱더 커지고 있었다.

이미 장규연이 첫 초식을 사용할 때부터 실전된 아미의 난피풍검법의 삼초식인지는 알고 있었다. 그래서 어느 정도 안도감을 가지고 보고 있었던 것인데, 지금 상황은 달랐다.

아니었다. 지금 장규연이 하는 기수식은 완전히 다른 것이었고, 절대 난피풍검법에는 저런 초식이 없었다.

마지막 초식은 그 화려한 기술 속에 숨겨진 단 한 개의 칼날, 마치 몰아치는 폭풍 가운데 그 속을 헤집고 들어오는 날카로운 검 조각 하나 같은 것이 바로 마지막 초식이었다.

한데 장규연의 초식은 완전히 내력을 이용한 초식이었다. 바로 중검을 사용한 초식의 기수식과 너무나 유사했던 것이다.

"괴이하군. 저건 중검이 아닌가? 어째서 장규연이 저런 초식을……."

진세로 중검을 만들어낼 수 있을 정도로 중검에 조예가 깊은 칠성검제 무유자의 말이 들려오자 그동안 긴가민가 하던 사람들도 모두 고개를 끄덕였다. 장규연은 완전히 다른 무공을 시전하고 있는 것이다.

그 누가 봐도 유사성은 별로 없었지만 무공이란 것이 그 형상이 다르다고 내용도 다른 것이 아니기에 사람들은 입을 꾹 닫고 바라보고만 있었다. 대결의 승부도 궁금하거니와 드디어 베일을 벗게 된 난피풍검법의 삼초식에 놀라 궁금증이 증폭된 것이었다.

"차아아앗!"

콰가가가가각!

일갈과 함께 무정의 손에서 힘차게 뻗어나간 묵기는 대지를 가르며 장규연에게 날아갔다. 지금 날린 기운은 여태껏 무정이 날린 기운 중 가장 강한 기운이었고, 현재 무정이 낼 수 있는 최대한도의 힘이었다.

꽈과강!

땅이 갈라지며 섬전같이 날아가는 무정의 묵기 앞에 장규연은 너무나도 미약한 존재처럼 보였다. 이대로 가다간 장규연은 시신도 찾지 못하고 산산이 부서질 것처럼 보였다. 그 순간이었다.

쿠그그극!

"……!"

무정의 눈이 한껏 커졌다. 장규연을 향해 날린 묵기의 속도가 점점 줄어들고 있었다. 장규연이 머리 위로 치켜든 쌍검을 아래로 내릴수록 그 속도는 점점 줄어들더니 이젠 현저한 속도로 줄어들고 있었다.

중검이 아니었다. 이 정도의 위력이면 중검 따위는 한순간에 밀어버릴 정도로 무정이 쳐낸 힘의 위력은 막강했다. 이건 뭔가 달랐다.

중검은 한순간에 몸으로 오는 기운의 통로를 임의로 틔워 그곳을 향해 달려오는 기운을 누르는 것일 뿐 실상 다른 특별한 것이 있는 것은 아니었다. 또한 그렇기에 의도하지 못한 곳에서는 그 위력이 고스란히 남는 것이 바로 중검이었다.

한데 지금 장규연이 쳐낸 일격은 무정이 쳐낸 묵기 전체를 막아서고 있었다. 그 결과만 가지고 보기에도 이건 중검이 아니었다.

"이야아아아압!"

쏴르르릉!

장규연의 입에서 힘찬 일갈이 터져 나오며 결국 그의 양손이 지면을 향해 내려오자 겹쳐진 쌍검이 양쪽으로 갈라졌다. 그러자 지축이 흔들리는 소리와 함께 무정이 쳐낸 묵기가 그 자리에서 소멸하기 시작했다.

한 번 소멸되기 시작한 무정의 기운은 삽시간에 공중으로 흩어지기 시작했다. 진정 보고도 믿을 수 없었다.

우우우웅.

무정은 이를 악물고 다시 초우에 기운을 모으기 시작했다. 그러다 어느 순간 문득 느껴지는 감각에 기운을 흩어내기 시작했다.

"……."

장규연의 몸에서 더 이상 내력이 느껴지지 않았다. 이번에 해낸 것이 최후의 힘을 쓴 것인 듯 더 이상 내력을 끌어올리지 않고 있었다.

"과연 대단하구나……. 다른 장로들이 진 것이 그저 얄봐서가 아니었어……. 무정, 자네 정말 대단하네."

"……."

뜬금없이 들려오는 장규연의 목소리에 무정은 눈을 가늘게 떴다. 왠지 장규연은 더 이상 싸울 의사가 없는 듯했다.

"도를 거두시게나. 난 더 이상 자네의 힘을 받아낼 수가 없네. 이미 진 것이야."

처연한 웃음을 지으며 장규연은 두 팔을 늘어뜨렸다. 그리고는 눈을 들어 하늘을 바라보았다.

또다시 눈이 내릴 것인지 잔뜩 잿빛으로 물들어가는 하늘을 보며 장규연은 뭔가 생각하는 듯했다. 문득 그의 입에서 내력을 실은 음성이 흘러나오기 시작했다.

　"귀무혈도 무정… 자네에게… 내가 졌네……."

2

　"앗싸! 역시 대장!"

　"쓰벌, 그럼 그렇지! 간 떨리는 줄 알았네, 니기미."

　내력을 실은 장규연의 목소리에 상귀와 하귀는 얼굴 가득 함박웃음을 지으며 앞으로 나가려 했다.

　비록 승부는 나지 않았지만 상대가 이렇게 공식적으로 인정하니 승리나 다름없었다. 그때였다.

　"……!"

　상귀와 하귀의 몸이 동시에 멎었다. 장규연의 신형이 휘청였다. 그렇게 휘청이다 이윽고 입에서 피를 한 사발이 넘게 토해내고 있었다.

　"대… 대인!"

　한쪽 구석에서 마음 졸이던 교가 뛰어나갔다. 그는 장규연의 허리춤을 붙잡고 흔들리는 그의 신형을 다잡으려 애썼다.

　하나 그는 아직 어린아이, 장규연의 신형이 잡힐 리가 없었다. 장규연은 조금 더 비틀거리다 겨우 신형을 다잡았다. 한쪽 손을 교의 어깨에 올려놓으며 울상을 짓고 있는 아이를 향해 작은 미소를 지어주었다.

　"조량금이 그렇게 만들었나?"

"……."

묵직하게 들려오는 소리에 장규연은 입을 다문 채 묵묵히 고개를 끄덕였다. 이미 싸울 때부터 조량금에게 어느 정도 당하고 온 것이란 것을 무정은 어렵지 않게 추측할 수 있었다. 무엇보다도 그의 몸에 흐르는 불안정한 내력이 이를 증명하고 있었다.

"불공평하다는 생각은 하지 말게나. 자네도 아차 하면 죽을 위험에 처해 있었으니 결국 공평한 것이겠지."

장규연은 나직이 이야기하며 무정을 향해 입을 열었다. 이제 더 이상 그의 눈에서는 살기나 적의 따위는 찾아볼 수가 없었다.

"부탁이 있네."

"……."

장규연은 감정이 실리지 않은 어조로 다시금 무정을 향해 입을 열었고, 무정은 그런 장규연의 진심을 알려 애썼다. 잠시 그렇게 장규연을 바라보던 무정의 입이 열렸다.

"내 동료들에게 해가 가지 않는다면……."

"훗……."

장규연은 작게 웃으며 무정을 바라보았다. 모습과 내력이 조금 더 달라진 것일 뿐 사람 자체는 여전했다. 그는 고개를 끄덕이며 말을 이었다.

"우선 이 아이를 좀 맡아주게. 자네가 안 된다면 자네의 동료들에게라도 맡겨주게나. 그리해 줄 수 있겠나?"

"대인… 전……."

교의 입에서 비명과도 같은 목소리가 흘러나왔다. 그러나 그 이상 아무런 말도 할 수가 없었다. 왜 이런 이야기를 하는지 어린 자신도 잘 알고 있었기 때문이다.

"주여루란 곳이 있다고 들었네. 그곳에서 이 아이를 받아들이도록 해

주길 바라네. 가능하겠는가?"

"……."

무정은 묵묵히 고개를 끄덕였다. 비록 자신이 데리고 다닐 수는 없지만 주여루라면 무정 자신도 믿고 맡길 수 있었다. 직접 보기도 한 곳이고 상귀, 하귀도 반대할 이유도 없었다.

이 아이도 고아이고, 심성 또한 고른 것 같으니 아마도 그건 별문제없을 것 같았기 때문이다.

"그럼 그건 그렇게 알고……. 다음은 이것을 전해주시게. 오랫동안 집을 떠나 있었으니 이젠 돌아가야지. 아미파에게 전해주게나……."

품속에서 작은 두루마리 하나를 꺼내 무정에게 건네자 무정은 묵묵히 고개를 끄떡이며 받았다. 이건 아마도 그 난피풍검법의 잃어버린 삼초식일 것이 분명했다.

아미에게 미안한 감정이 있는 무정이니 어찌 보면 반가운 일이기도 했다. 이걸 전해준다면 아미로서는 숙원이던 사안 중 하나가 풀리는 것이고, 무정에게는 구여 신니 때부터 지니고 있었던 미안한 감정이 풀리는 일이니 거절할 이유가 없었다.

"그리고 마지막 부탁인데… 내가 하던 일을 자네가 해주겠나?"

"……."

마지막 질문에 무정은 아무런 말도 못한 채 그저 장규연을 노려보고만 있었다. 대답 여하에 따른 결과가 만만치 않았다.

장규연이 하던 일……. 어디 그게 한두 개일까 마는 어쩌면 더 큰 것을 바라보고 있는 것인지도 몰랐다. 어쩌면 호위가의 호위책자를 맡아달라는 것일 수도 있었다. 함부로 말할 성질이 아닌 것이다.

문득 무정의 머리 속에서 누군가의 영상이 지나가기 시작했다. 익살스러운 모습으로 언제나 다 떨어진 승복을 입고 다니던 사람, 그의 동료를 살리기 위해 숭고한 희생을 한 사람…… 청천하일불 덕경이었다.

그의 모습이 생각나고 그의 말이 생각났다. 그러자 그가 대답할 말은 정해졌다.

"거절한다."

"……"

차가운 무정의 목소리에 장규연은 묵묵히 고개를 끄떡였다. 쓸쓸한 미소를 지으면서도 그는 무정을 이해한다는 듯 밝은 얼굴을 만들었다. 문득 그의 귀에 다시 무정의 목소리가 들려왔다.

"그러나 지금 당신이 벌여놓은 일은 내가 마무리하겠다. 그것으로써 당신과의 인연을 끝내겠다."

"……"

조금은 놀란 눈을 한 채 장규연은 무정을 바라보기 시작했다. 그러다 하늘을 보며 환하게 웃었다.

"아하하하하. 그래, 그런 방법이 있었군. 하하하하……."

낭랑하게 웃으며 그는 점차 뒤로 가더니 한 바위 위에 걸터앉았다. 그리고는 무정을 향해 다시 입을 열었다.

"고맙네, 무정. 그 정도면… 그 정도면 난 만족하네."

진실로 만족하는 듯 장규연은 정말 한층 밝아진 얼굴이었다. 그도 그럴 것이 지금 장규연이 들은 것은 무정의 약속이었다.

약속을 받아내기 어려워서 그렇지 일단 입에서 내뱉은 것은 반드시 지키는 사람, 그것이 무정이었다. 이대로 죽게 된다면 자신이 벌여놓은 화산의 비극은 어찌할까 고민하고 있었는데, 무정이 나선다니 그것으로 족했다.

문득 장규연은 주변에 꽤 많은 사람들이 많이 모인 것을 느꼈다. 저 멀리 있던 사람들이 상황이 이렇게 변하자 다가온 것이다. 그들 하나하나를 보면서 그는 무척 흥미로운 것을 보는 듯한 얼굴을 했다.

그때였다. 갑자기 홍관주의 목소리가 장규연의 귀에 들려왔다.

"한 가지만 물어도 되겠소?"

"……."

"정말 당신이 호위가인 것이오? 당신 혼자의 힘으로 세상이 바뀔 것이라 생각한 것이오이까?"

"…훗."

장규연은 작게 웃었다. 지금 홍관주가 이야기하는 것, 그것은 아주 오래전에 자신이 생각한 것이었다.

"일단 난 호위가가 맞소이다. 그리고……."

문득 그는 주위를 다시 돌아보며 누군가를 찾는 듯했다. 그리고는 고개를 끄떡이며 말을 이었다.

"나 혼자의 힘으로 세상을 바꾼다… 불가능하지요. 어느 누가 감히 그런 말을 할 수 있겠소이까? 그러나 해도 안 되니 어쩔 수 없는 일이지요."

"……."

이해할 수 없는 장규연의 말에 홍관주는 미간을 좁혔다. 당최 무슨 말인지 감이 잡히지를 않았다. 장규연의 목소리는 계속 들려왔다.

"언제인지도 잘 기억이 나지 않는구려. 참 오래전에 난 중원에 그 모습을 드러낸 적이 있었소. 아마 작은 산봉우리 위였을 것이외다."

기억을 더듬는 듯 그는 하늘을 보며 눈을 가늘게 떴다. 그리고는 말을 이었다.

"그때 난 내가 하는 일이 혼자서는 불가능한 일임을 이미 알고 있었소. 그래서 사람들을 만났었지. 차라리 모든 걸 터놓고 그 방향을 모색하고자 했소. 그래서 사람들을 불러내어 모두 만났었지요."

"……."

"하나 그들 중 내 말에 귀 기울여 줄 사람은 아무도 없었지요. 그들이 원하는 것은 나의 무공과 내가 앞으로 나가서 뭘 할까일 뿐 그 누구도 내 말을 들어보려 하지 않았소……."

장규연의 이야기가 끝나자 몇몇 사람들의 고개가 저절로 다른 방향으로 돌아갔다. 지금 이 자리에 그때 있었던 사람들도 좀 있었던 것이다.

"강호란 곳… 그 강호에 사는 사람들의 모습이 그때처럼 야비하고 비뚤게만 보인 적이 없었소. 그래서 난 그 다음부터는 아예 아무도 믿을 생각조차 하지 않았소이다. 훗… 그러고 보니 홍 어르신은 그때 뵙지 못했군요."

"……."

홍관주는 두 눈을 슬며시 감았다. 보지 않아도 무슨 상황이 벌어졌는지 짐작이 갔다.

강호인은 자신의 위에 누군가 서 있는 것을 용납하지 않는다. 만일 장규연이 그곳에서 자신의 무공을 보이며 주목을 끌었다면 이는 그가 생각지 못한 방향으로 흘러갈 것이 뻔했다.

아무도 그의 말에 관심 따위는 없었을 것이다. 오로지 그가 해가 되는지 득이 되는지를 먼저 생각하려 했을 것이고, 실제로 장규연은 그렇게 느꼈을 것이 분명했다.

그렇게 본다면 작금의 상황을 만든 것은 장규연만의 책임은 아니었다. 비록 직접적인 연관은 없다고 해도 결국 강호인 모두가 스스로 만든 것이나 마찬가지였다. 아주 오래전에 갈라진 틈새 하나가 세월이 흘러 걷잡을 수 없이 커져 낭떠러지가 되어버린 것이나 마찬가지였다.

만일 그때 장규연에게 단 한 사람만이라도 대화를 하려 한 사람이 있었다면? 아니, 그저 경계심만이라도 풀어준 사람이 있었다면 어쩌면 작금의 상황은 완전히 달라졌을지도 몰랐다.

무정이 겪어왔던 그 모든 일들은 어쩌면 일어나지 않았을지도 몰랐다.

하나 지금은 너무 늦은 후회였다.

"무정, 난 자네가 너무 부러웠네. 동료들이 있고, 진심으로 자네를 위해주는 사람이 있었네. 그런 자네가 내 역할을 해준다면 어떨까? 바로 그 물음이 자네를 무림의 핵으로 만들게 된 동기였어."

"……."

"구구절절 이야기하면 괜히 구차해질 것 같아 입을 다물겠네……. 비록 짧은 시간이었지만… 만나서 즐거웠네. 컥!"

"대인~! 대인!"

갑자기 선혈을 토해내는 장규연을 보고 교는 놀라 소리를 질렀다. 이미 장규연의 입에서는 쉴 새 없이 피가 흘러나오고 있었다.

문득 무정은 눈을 들어 세심의 언경주를 바라보았다. 언경주는 무정과 눈을 부딪치자 조용히 고개를 좌우로 저었다. 그로서도 이젠 방법이 없는 것이다.

이미 그는 무정과 싸우기 전에 위험한 지경이었다. 최후의 힘을 짜내며 무정과 대적했으니 온전할 리 없었다. 이만큼 버티는 것도 기적인 것이다.

"어쨌든 원흉은… 나……. 무정… 이젠 얼굴을… 좀 펴도 되지 않… 나?"

이젠 힘에 부친 듯 장규연은 제대로 말을 잇지도 못한 채 무정을 바라보며 더듬더듬 이야기했다. 하나 무정은 그런 장규연을 굳은 얼굴로 바라보고 있었다.

아마도 그는 친구 하나 없었을 것이다. 평생을 어둠 속에 묻혀 나름대로 자신의 일만 파 들어갔을 것이 뻔했다. 사람과 사람 사이에 생기는 수많은 일들도 그에게는 그저 남의 일처럼 느껴졌을 것이다.

방금 무정에게 이야기한 것도 결국 그런 취지였다. 떠나는 마당에 친구처럼 웃어줄 수 없냐는 그 말… 아마도 그런 뜻이었을 것이다.

"살귀라고 불리기도 했소……."

"……."

갑자기 들려오는 무정의 목소리에 사람들의 시선이 그에게 집중되기 시작했다. 무정은 장규연을 바라보며 다시 입을 열었다.

"전장에서 내가 죽인 사람은 이루 헤아릴 수 없을 정도요. 솔직히 중원에 나와서도 어느덧 내가 죽인 사람들이 나조차 헤아릴 수 없을 만큼 되었소이다."

사실이었다. 사천지변과 해남도의 일을 거치고, 여기에 진성천교와 이번 화산에 대한 일을 겪으면서 그가 죽인 사람은 따지고 보면 엄청난 숫자였다. 무정은 그만큼 피의 길을 걸어온 것이었고, 그건 장규연도 잘 알고 있는 일이었다.

"그러나 그 죽음의 대상이 어떤 사람이었든, 그 결과가 어떻든 간에 다른 사람의 죽음 앞에서 기분 좋게 웃어본 적은 없소이다. 그저 스스로 위로하며 달래려 애쓴 것뿐이오."

"……."

"그 사람의 죽음 앞에서 웃어주어야 할 만큼 세상에 악인은 없소. 그저 그렇게 흘러갈 뿐, 목숨에 무게 따위는 없단 말이외다."

"……!"

장규연의 눈이 살짝 커졌다. 전혀 기대하지 않았던 대답이 흘러나온 것인데 무정의 목소리는 계속 들려왔다.

"비록 당신의 마지막 부탁이나 그것 역시 들어줄 수가 없소. 당신이 당신의 입장에서 이렇게 움직이고 판단하듯 나 역시 나의 의지에 따라 행동하겠소이다. 마지막 가는 길을 지켜봐 줄 수는 있을지언정 그 앞에서 웃지는 못하겠소."

"……."

무정의 말이 끝나자 장규연은 두 눈을 조용히 감았다. 그러고 보면 그는 무정에 대해 잘 알고 계획을 세운 것 같았는데, 그게 아니었다.

그의 내면에 대해서는 전혀 모르는 것이나 마찬가지였다. 그가 세운 계획은 애초에 틀릴 수밖에 없는 것이다.

만일 그가 이런 내면을 지닌 사람이라는 것을 조금이라도 일찍 알았다면 처음부터 무정을 호위가로 만들려는 생각 따위는 하지 않았을 것이다. 이런 감정의 소유자라는 것을 알았다면 그를 이용하려 하지 않고 어떻게든 곁에 두려고 노력했을 것이었다.

그러나 이미 때늦은 후회였고, 장규연은 지금 들은 무정의 말이면 족했다. 그는 그렇게 눈을 감은 채 뒤쪽의 바위로 몸을 기대었다.

"흐으……. 고맙네… 무정……."

아주 작게 중얼거리며 장규연은 입가에 미소를 머금었다. 그렇게 잠시 편안하게 있던 장규연의 양손이 아래로 툭 떨어졌다.

카라랑.

"대, 대인! 장 대인! 대인!"

장규연의 양손에 쥐어진 검이 땅 위로 떨어지자 교의 입에서 다시금 비명성이 터져 나왔다. 세차게 흔들어보지만 장규연의 몸에서는 이젠 어떠한 생기도 느껴지지 않았다. 그는… 그렇게 숨을 거두었다.

으득!

문득 지켜보던 무정의 어금니가 꽉 다물려지며 작은 소리가 들려왔다. 갑자기 가슴속에서 뭔가 울컥하고 치밀어 오르고 있었다.

이유는 몰랐다. 이전까지만 해도 죽음 앞에서 스스로 담담하려 노력했던 그였건만 이젠 그 마음이 많이 흐려지고 있었다. 가슴속 저 깊은 곳에 꽉꽉 눌러놓았던 무정의 마음이 고개를 들고 있는 것이다.

그는 더 이상 보지 않겠다는 듯 고개를 돌렸다. 그리고는 저 정상을 향해 성큼성큼 걸어나가기 시작했다. 그때였다.

"큭!"

"대, 대장!"

갑작스런 휘청임을 보이며 무정이 짧은 비명을 질러대자 옆에 있던 하귀가 놀라 외쳤다. 그러자 사람들의 눈이 모두 그를 향했다.

무정이 신형을 가누지 못하고 있었다. 입을 꽉 닫고 눈을 치뜨고 있지만 왠지 너무나 힘들어 보였다.

"대장! 괜찮은 거야!"

광검도 한달음에 달려와 무정을 보며 소리쳤지만 무정은 아무것도 들리지 않는 듯 그저 휘청이고만 있었다.

"저, 정아!"

놀란 홍관주마저 앞으로 섬전같이 달려왔고, 가까이 있던 사람들은 무정의 신형을 붙잡기 위해 뛰어왔다. 그때였다.

파파파파파팍!

일곱 줄기의 지력이 무정의 등에 작렬하면서 무정의 신형이 허물어지듯이 쓰러져 내리자 옆에 있던 하귀와 광검이 겨우 그를 받아 들었다. 두 사람은 조심스레 무정을 바닥에 내려놓으면서 뒤를 돌아보았다.

"이런! 설마……."

그곳에는 칠성검제 무유자가 손가락을 앞으로 내민 채 중얼거리고 있었다. 그의 안색은 침중하기 이를 데 없었다.

무유자의 손끝은 지금 가늘게 떨리고 있었다. 그것은 무유자가 너무 내력을 급하게 끌어올려 무리해서 그런 것이 아니었다. 무정의 몸에서 느껴지는 그 반탄력, 그 때문에 이렇게 떨고 있는 것이었다.

"안 가보셔도 되겠습니까?

"……."

유경의 목소리에 희명은 묵묵히 고개를 좌우로 저었다. 비록 속마음은 타 들어가고 있을지언정 저 앞에 나가 울상을 짓고 싶지는 않았던 것이다.

삼십여 장 떨어진 거리에서 희명은 마 대인과 유경을 좌우에 거느리고 그저 지켜보고만 있었다. 싸움에서 지금 쓰러지는 광경까지 말이다.

혹시나 하는 마음에 가슴이 세차게 요동치고 있었지만 그녀는 앞에 나서지 못하고 있는 것이다.

"그냥… 여기서 지켜보겠습니다……. 앞으로 가면……."

희명은 끝내 말을 잇지 못했다. 한마디만 더 하면 눈물이 흘러나올 것만 같았기 때문이다. 그런 희명을 바라보는 유경의 눈에는 안타까움이 묻어나고 있었다.

공주는 아직까지 완전히 마음을 정한 것이 아니었다. 만일 정말 무정을 생각하고 이리 나올 용기까지 마음먹었다면 이젠 무정에게 다가가 그의 곁을 지켜주어야 했다. 비록 그것이 무정의 마지막 길일지라도 말이다.

하나 그는 희명을 이해했다. 쓸데없이 그가 가는 길 앞에서 눈물을 보이고 싶지 않은 것임을 그는 잘 알고 있었다. 희명은 그런 여인이었다.

답답한 마음에 그는 그저 아랫입술만 지그시 깨문 채 묵묵히 입을 다물고 있었다. 그러다 문득 옆쪽의 마 대인에게 시선을 준 유경의 눈이 살짝 커졌다.

"……."

마 대인의 얼굴은 완전히 굳어 있었다. 그는 옆에 있는 희명과는 또 입장이 달랐다.

그에게 무정은 아들과 같은 사람이었고, 무정에게는 아버지와 같은 사람이 바로 그였다. 그 역시 마음이 좋을 리가 없었던 것이다.

이래저래 무정의 무사를 바라는 사람은 곳곳에서 보이고 있었지만, 현실은 그렇지 않은 것 같아 유경은 그저 답답할 따름이었다.

"어떤가?"

"……."

다급하게 물어오는 홍관주의 목소리에 언경주는 묵묵히 입을 다물 뿐이었다. 그렇게 시간이 조금 흐른 뒤 언경주는 손에 쥔 무정의 팔목을 서서히 땅에 내려놓았다.

"후……."

아주 작은 한숨 소리가 들리더니 이윽고 언경주의 고개가 좌우로 저어졌다. 그러자 사람들의 눈이 한껏 커졌다.

"쓰벌! 그게 뭔 소리여! 지금 대장이 죽게 된다 이거야!"

콧김을 뿜어내며 상귀는 언경주를 다그치려 했지만 옆에 있던 광검과 유정봉이 그를 막아섰다. 이렇게 흥분해서 될 일이 아니었던 것이다.

"아, 상귀 성, 조용히 좀 해봐! 아직 아무것도 모르잖아!"

"유 공자의 말이 맞다. 일단 진정 좀 해봐."

두 사람의 말에 상귀는 거친 숨을 몰아쉬더니 그대로 고개를 홱 돌려버렸다. 상상하기도 싫은 일이었다.

대장이 죽는다…… 있을 수 없는 일이었다. 적어도 그에게는, 아니, 일행에게 있어 대장의 죽음은 상상조차 할 수 없는 일이었다. 절대 그렇게 놔둘 수는 없는 노릇이었다.

"세심의 언 장로님을 믿지 못하는 것은 아니지만 결례가 아니라면 당현 어르신과 무유자 어르신도 진맥을 해주실 수 있습니까?"

갑자기 들려오는 반뇌의 침착한 목소리에 사람들은 그제야 멍한 정신을 차렸다. 그리고 당현과 무유자는 각기 한쪽 손목을 들고 진맥하기 시작했다.

"……."

아주 잠깐의 시간이 지났건만 무정 일행의 속은 타 들어가고 있었다. 이 두 사람마저 진맥 후 고개를 좌우로 젓는 사태가 생긴다면 그땐 정말 아무런 방법도 없었다. 그때였다.

"아마도 두 분 다 저와 같은 생각이실 듯합니다. 혹 다른 징후라도 보셨습니까?"

낮게 들려오는 무유자의 목소리에 언경주와 당현은 고개를 좌우로 저었다. 왠지 세 사람은 이미 무정의 상세에 대해 예측을 하고 있는 것 같았다.

"이보게, 무유자! 대관절 무슨 일인가? 속 시원히 말이나 해보게."

가슴이 타는 것은 홍관주도 마찬가지인 듯 그는 나이에 걸맞지 않게 무유자를 채근했고, 무유자는 잠시 입을 다물다 이윽고 목소리를 내었다.

"실은 저희 세 사람은 이미 무 대협의 상세에 대해 어느 정도 논의했었습니다. 지금 무 대협의 증상은 그때 이야기한 것들과 상당히 비슷합니다. 설마 이렇게 되리라고는…… 정말 확률이 낮다고 생각했었는데……."

무유자는 잠시 무정의 손목에 손을 댄 채 또다시 맥을 짚는 듯했다. 그러다 다시 말을 이었다.

"지금 무 대협의 상태는 위험하지도 그렇다고 안전한 상태도 아닙니다. 치달아오는 기운에 대항하여 몸이 스스로 그 길을 막은 셈입니다. 즉, 몸속에서 두 개의 기운이 서로 싸운다는 표현이 맞을 듯하군요."

"……엉?"

고죽노인은 멍한 느낌이 들었다. 그렇다면 이전에 무정이 겪었던 많은 부작용 중의 하나일 뿐이란 이야기이니 별 걱정할 것이 아니었다. 그때처럼 시간이 흐르고 내력이 내려가면 다시 괜찮아진다는 것과 다를 바가 없던 것이다.

그러나 그것뿐이라면 세 사람의 안색이 이토록 어둡지는 않을 것이었다. 문득 옆에 서 있던 당현의 목소리가 들려왔다.

"말을 들어보면 이전에 이 친구가 겪었던 일과 별다름이 없을 것 같아 보이나 지금은 사정이 다르네. 이미 백회혈이 열린 이상 이 친구 스스로 깨어날 수 있는 확률은 거의 없다는 말일세."

"뭐, 뭐라구요! 그럼 지금 대장이 죽었다는 말이요!"

하귀의 입에서 비명이 터져 나왔다. 스스로 깨어날 수 없다니 그럼 죽은 것이란 말인가?

"그렇게 확증할 수는 없네. 아마도 무정은 지금 간간이 우리 말을 들을 수 있을 정도로 의식이 돌아오다가 다시 잃기를 반복하고 있을 것이네. 그 모든 것이 무정의 몸에서 일어나는 충돌 때문이지."

이번엔 언경주의 입에서 말이 나오자 다들 그의 목소리에 귀를 기울이기 시작했다. 언경주의 말은 상당히 오랫동안 계속되었다.

요약하자면 무정의 몸속에 있는 기운은 지금 한껏 커져만 가는 셈이었다. 용천혈에서 올라오는 기운은 모두 가감없이 백회혈까지 힘차게 밀고 올라가고 있었고, 그 과정에 무정의 몸은 더욱더 큰 기운을 받아들이기 위해 최선의 노력을 하고 있었다.

온몸의 핏줄이 모두 도드라지는 것이 바로 그 증거라 볼 수 있었다. 조금이라도 더 많은 힘을 담기 위해 핏줄까지 기운을 섞어 보내기에 그런 것이다.

한데 지금 결국 몸이 담아낼 수 있는 기운이 한계에 다다르고 있었다. 조금씩 넓어지기 시작한 그의 백회혈이 그 평형을 깨어버린 셈이었다.

"이 이상 기운을 받아들인다면 그땐 이미 죽은 것이라 봐도 무방하네. 받아들이는 기운에 비해 인간의 육신은 너무나도 작아 애당초 다른 사람들과 같은 단전 방식이 아니니 그 효과는 컸을지 몰라도 결국 자기 자신에게 해가 된 것이야."

꽤나 긴 이야기를 마치며 언경주는 그저 고개를 좌우로 흔들었다. 별 방법이 없는 것이다.

"그럼 머리 위의 백회혈을 막으면 될 것 아닙니까! 이대로 그냥 무 대협이 저렇게 되는 것을 보고만 있으란 말입니까!"

문득 저쪽에서 지켜보던 진태랑 주교의 입에서 고함이 터져 나왔다. 하도 답답해 지른 음성이겠지만 지금으로서는 그 방법이 최선처럼 보였다. 하나 세 사람은 동시에 고개를 젓고 있었다.

"그게 그리 간단치가 않네. 이론적으로 가능한지 몰라도 실제로는 불가능한 일이야. 그러자면 무정보다 더 큰 내력을 가지고 있어야 해. 과거 구여 신니가 시술해 줄 때와는 하늘과 땅 차이네. 그러니 무정 스스로 깨어나기를 기다리는 수밖에 없네. 하나 깨어난다 해도……."

"……."

"다시는 무공을 사용해서는 안 되네. 그렇게 되면 백회혈이 파열되어 버려 이젠 강호에서 무정이란 이름을 잊어야 한단 말일세."

"……!"

사람들의 눈이 한껏 커졌다. 그럼 이젠 무정이 움직이는 모습을 더 이상 볼 수 없다는 말이었다. 무사로서의 무정은 이미 세상에 있을 수 없다는 뜻이었다.

고요한 침묵이 주위를 휘감기 시작했다. 가끔씩 장규연의 시신을 부여잡으며 흐느끼는 교의 목소리 외에는 아무것도 들리지 않았다. 그때였다.

"태, 태상 방주님!"

갑자기 산 위에서 들려온 목소리에 사람들의 시선이 모두 그쪽으로 돌아갔다. 거기에는 한 사람이 헐레벌떡 뛰어오고 있었다.

개방의 방도인 듯했는데 꽤나 빨리 내려온 듯 얼굴에 비 오듯 땀을 흘리고 있었다. 그는 잠시 주위의 분위기가 이상함에 머뭇거리다 이윽고 입을 열었다.

"지금 저 위쪽의 상황이 심상치가 않습니다. 아무래도 조량금이 뭔가 획책하고 있는 듯하니 될 수 있으면 빨리 올라오시라는 방주님의 전갈이 십니다."

"……."

홍관주의 입술이 꽉 다물어졌다. 무정의 일도 중요하지만 지금 정작 중요한 것은 화산의 일이었다. 내심이야 모든 것을 중단하고 이대로 무정을 데리고 산 아래로 내려가고 싶었지만 그럴 수야 없었다.

무정이라도 같은 결정을 내렸을 것이라 그는 생각했다. 어릴 때부터 군에서 커온 그에게 있어 단체 속에서 개인이 얼마나 미미한 존재인지는 아주 잘 알고 있을 것이었다.

그러나 그렇다고 이렇게 무정을 내버려 두고 올라갈 수도 없기에 홍관주는 잠시 난처해졌다. 한데 그때였다.

"끙차! 하귀야, 대장 오른팔 좀 들어봐! 아, 뭐 해!"

"아, 알았수, 성님! 찻!"

두 사람은 있는 힘을 다해 무정을 좌우에서 일으켜 한쪽 어깨씩 부축하기 시작했다. 그리고는 아직 아무런 말도 못하고 있는 홍관주를 향해 입을 열었다.

"홍 노야, 무슨 생각 하는 거요? 올라갑시다. 설마 우리가 대장을 여기 두고 갈 것이라 생각한 것은 아니겠지요? 쓰벌, 무겁긴 무겁구만……."

중얼거리듯이 말하는 상귀의 말에 홍관주는 그제야 얼굴 한구석을 폈다. 아주 중요한 것 하나를 놓치고 있었다.

무정을 생각하는 것은 그 하나뿐만이 아니었다. 무정의 동료들과 그를 아는 모든 사람이 무정을 생각하고 있었다. 고민할 것이 없었던 것이다.

"좋다. 모두 올라가자. 가서 조량금이 대관절 무슨 일을 꾸미는지 한 번 내 눈으로 봐야겠구나!"

마음속으로 적의를 불태우며 홍관주가 움직이기 시작하자 무림인들의 이동이 다시금 시작되었다. 하나 둘 서서히 자리를 뜨고 있었다.

"교라고 했더냐? 넌 우리와 같이 가자꾸나."

사람들이 움직이고 난 후 제일 후미에 있던 반뇌는 아직도 장규연의 시신을 붙잡고 있는 교를 보고 나직이 입을 열었다.

"……."

그러나 교는 쉽사리 움직일 생각을 하지 않았고, 그저 이미 죽은 장규연의 손만을 만지작거리고 있었다.

"그 사람의 시신은 우리가 올라갔다 내려올 때 반드시 수습해 주마. 마지막 그의 부탁도 있고 하니 우리와 가자꾸나. 그것이 네가 섬겼던 주인이란 사람에 대한 예의일 것이야. 마지막까지 널 생각하며 네 안위를 부탁하지 않았더냐?"

"……."

다시 한 번 반뇌의 음성이 들리자 교는 그제야 자리에서 일어났다. 그리고는 장규연의 시신을 향해 정중히 절을 하고는 반뇌를 향해 신형을 돌렸다.

"교라고 합니다……."

"그래, 난 우세중이라고 한다. 다들 반뇌라 부르지. 만나서 반갑구나."

반뇌는 나직한 웃음을 지으며 패도의 등에 업힌 채 교의 손을 꼭 잡았다. 그리고는 모두 서서히 산 위로 오르기 시작했다.

이미 시신이 되어버린 장규연의 신형만이 덩그러니 남아 있었다.

□ 제90장 □
조량금

조량금 1

"방주님, 아무래도 밖에 있는 제자들도 모두 데리고 와야겠습니다. 여기 있는 사람들로는 이 사람들 모두를 밖으로 데리고 나가기가 힘듭니다."

"……."

한 개방 제자의 말에 유복진은 미간을 찌푸렸다. 이미 상당한 시간이 흘렀건만 이 뇌옥 안으로 들어온 사람이 너무 적었기에 모두 밖으로 데려가는 것이 수월하지 않았다.

뇌옥의 통로가 좁아 겨우 한 사람씩 왔다 갔다 할 수밖에 없는 것도 시간을 더디게 만든 이유 중 하나였다. 이래저래 난감한 상황이었다.

"사부님, 아래쪽에서 대기하던 방도의 연락입니다. 사람들이 올라오고 있다고 합니다!"

한 방도가 다급하게 외치는 소리에 유복진의 찌푸린 미간은 더욱 골이 파이게 되었다. 아무래도 당장 뭔가 대책이 시급한 듯했다.

유복진은 잠시 그렇게 입을 다문 채 뭔가 생각하는 듯하더니 이윽고 눈을 빛내며 입을 열었다.

"모든 방도들은 여기서 화산의 사람들을 모두 밖으로 옮겨놓도록. 나와 중연은 여기 화 장문을 데리고 나가겠다."

"알겠습니다."

우렁찬 소리가 들리며 사람들이 바쁘게 움직이기 시작했다. 문득 유복진은 옆에 있는 중연의 얼굴을 바라보았다.

그저 밖에 나가 사람들을 볼 수 있다 생각하는지 환한 웃음을 짓고 있었는데, 유복진은 그 모습을 보며 나직하게 입을 열었다.

"뭐 하냐?"

"네? 나갈 준비해야죠! 나간다면서요?"

아주 흥분된 목소리로 입을 열던 중연은 왠지 이상한 기분이 들어 유복진의 얼굴을 빤히 바라보기 시작했다. 그 초롱한 눈망울을 보던 유복진은 기어이 주먹을 들어 중연의 머리를 후려쳤다.

"아악! 아, 왜 때리고 그러십니까! 제가 뭘 잘못했다구요!"

"이놈이! 그럼 화 장문을 내가 업고 가리?"

"……."

중연의 얼굴이 단박에 뽀로통하게 부어오르기 시작했다. 그러나 사부에게 다시 뭐라고 하기는 싫었는지 슬금슬금 다가와 화 장문을 업기 시작했다.

"말로 하면 되지, 그걸 꼭 주먹으로 해야 되겠습니까?"

"그냥 눈치 봐서 네가 하면 되지, 내가 꼭 주먹을 쓰게 만느냐?"

한 치도 양보하지 않는 유복진을 보며 중연은 인상을 확 쓰더니 곧 화문성을 업고 밖으로 나가기 시작했다. 유복진을 스쳐 지나가는 그의 입에서는 작은 투덜거림이 계속되고 있었다.

"크! 능구렁이 같은 놈……."

유복진은 갑자기 작게 웃음을 지으며 입을 열었다. 뻔히 알면서도 괜히 한번 뻗대보는 것이 저놈의 특징이었다. 왠지 녀석이 밉지 않았던 것이다.

하나 그의 얼굴은 이내 굳어졌고, 주위의 상황을 한 번 둘러본 뒤 원중의 뒤를 따르기 시작했다. 이제 화 장문까지 구출했으니 남은 것은 조량금과의 일전뿐이었다.

*　　　　　*　　　　　*

"조량금! 이게 무슨 수작이냐!"

쩌렁한 설군우의 외침이 연화봉에 울려 퍼지기 시작했다. 그는 지금 장검을 손에 들고 당장에라도 달려갈 듯이 보였지만 왠지 간신히 참고 있었다.

"허허허, 이젠 아주 하대로구나. 그래도 살아온 정이 있다면 말 정도는 곱게 할 수 있지 않나?"

조량금은 아주 여유로운 웃음을 짓고 있었으나 설군우는 그저 부들부들 떨면서 아무런 행동도 하지 못했다.

널따란 화산의 연무장, 그 가운데에 조량금은 우뚝 서 있었으나 그냥 서 있는 것이 아니었다.

그의 주위로 상당한 수의 화산 사람들이 마치 목석처럼 서 있는 것이 보였다. 서로가 일 장 간격을 유지한 것이, 바둑판을 보는 듯했다.

조량금은 바로 그 중앙에 자리를 잡고 있었다. 모두 합쳐 근 사오십 명 정도의 인원으로 보였다.

"대관절 자네 지금 이 사람들에게 무슨 짓을 한 것인가? 상대를 하려면 떳떳하게 나올 것이지, 이게 지금 옳은 판단이라 생각하는가!"

추상같은 홍관주의 음성이 봉우리에 휘돌자 조량금의 눈이 이번에는 홍관주를 향해 움직였다. 하나 그는 예의 비웃음을 입에 가득 걸며 소리쳤다.

"허허허허! 뭐가 어떻다는 말씀이오이까? 떳떳? 대체 뭐가 떳떳하다는 것이오? 그저 내가 그 앞으로 나가 개 떼처럼 모여든 무림인들에게 야금야금 칼맞아 죽어야 하는 것이 떳떳한 것이오이까?"

"무어라! 그럼 네놈이 동문들을 죽인 것은 떳떳하단 말이냐! 이 죽일 놈!"

결국 설군우는 참지 못하고 앞으로 뛰어나갔다. 섬전 같은 발놀림으로 지면을 걷어차며 힘차게 도약하는 그의 앞에 갑자기 한 사람의 신형이 나타났다. 암격제 당현이었다.

"설 대협! 잠시 기다리시게!"

"……."

다급하게 어깨를 부여잡고 신형을 다잡는 그의 행동에 설군우는 흠칫했다. 대관절 얼마나 급한 일이기에 그러는 것인지는 모르지만 설군우는 화가 치밀었다. 남의 문파 일이라고 신중하자고 하려는 것 같았기 때문이다.

하나 당현이 그를 잡은 이유는 그것이 아니었다. 당현은 제일 외곽에 있는 화산의 무인 하나를 유심히 살피더니 이윽고 조량금을 향해 입을 열었다.

"대체 이들에게 무슨 금제를 가한 건가! 이대로 둔다면 모두 죽는다는 것을 몰라 이리 했는가!"

"뭐… 뭐라!"

설군우의 입에서 비명이 터져 나왔다. 죽는다니? 그냥 서 있는 것이 아니란 말인가?

문득 설군우는 당현의 말에 짚이는 것이 있어 검향을 펼치며 사람들의 동태를 살폈다. 그러다 얼굴이 하얗게 되었다.

기혈이 모두 거꾸로 연결되어 있었다. 단전을 통해 흘러나오는 통로에 어떤 방법을 썼는지 모두 되돌아 들어가게 만들어져 있다. 거기다 그 촉발은 수동적으로 이루어지게 만들었다.

즉, 외부에서 조금이라도 충격을 가하게 되면 바로 단전으로 강한 기운이 흘러 들어가 파열되어 버리는 결과를 가져오게 되는 것이다.

이래서야 마음 놓고 싸울 수도 없었다. 게다가 이대로 한 시진 이상 지날 시에는 임시로 만들어놓은 통로가 굳어져 버릴 확률이 높았다. 어떻게 해볼 도리가 없는 것이다.

"무슨 금제인 줄 모르겠나? 아니, 저 뒤에 그 무공의 원류를 지닌 사람을 데리고 오고도 모르다니. 확실히 네놈들의 눈은 알아주어야겠구나."

"…설마!"

당현의 입에서 작은 비명이 흘러나왔다. 그는 지금 전진칠자의 도움을 받으며 거동하고 있는 사람을 이야기하고 있었다. 칠성도제 무유자… 그를 이야기하고 있었던 것이다.

활인쇄맥술, 아니, 조량금에게는 그것을 쇄맥지라 칭하는 것이 옳았다. 그 방법을 통해 이렇게 만들어놓았다.

"어디, 원류를 시전하시는 분이 왔으니 한번 풀어보시겠소이까? 하나 조심하시오. 그 결과는 나도 장담할 수가 없소이다."

조량금은 잔뜩 거드름을 피우며 무유자를 도발하려 했지만, 무유자는 침중한 안색을 한 채 그저 조량금을 노려보고만 있었다.

문득 무유자의 손이 하늘로 들리더니 손가락 하나가 전방을 가리키기 시작했다. 활인쇄맥술을 시전하려는 것 같았다.

"……."

하나 무유자는 그대로 멈추어 버렸다. 뭔가 좀 더 생각해 보는 듯하더니 이윽고 손가락을 되돌려 주먹을 꽉 쥐었다. 그리고는 팔을 내리며 고개를 좌우로 흔들었다.

함부로 나설 수가 없었다. 일반적인 외상이라면 그 경로가 어떤 것인지 훤히 알기에 할 수 있을 것 같지만, 지금처럼 같은 쇄맥술로 이렇게 만들어놨다면 도저히 그 경로를 짐작할 수 없었다. 자칫하면 회한을 남기게 될 것이 너무나 분명했다.

"헛헛. 생각보다는 사리가 분명한 사람이었군. 옳은 결정이었소이다. 아주 잘 생각한 거요."

"닥쳐라!"

파아아앙······.

결국 설군우가 참지 못하고 다시 허공으로 솟구쳤다. 오후의 하늘 위로 치달아 올라간 독수리처럼, 그는 긴 검을 휘날리며 정중앙에 있는 조량금을 향해 짓쳐 들어가고 있었다.

"사부님! 저 왔습니다."

"음… 그 사람은 누구? …화 장문!"

옆에서 자신을 부르는 소리에 돌아본 홍관주의 눈이 화등잔만하게 커졌다. 유복진의 옆에 웬 사람이 누굴 업고 있었는데, 업고 있는 사람은 누군지 모르겠지만 업혀온 사람은 알 것 같았다. 다름 아닌 화문성이었던 것이다.

"어이구… 태사부님을 뵙습니다. 아우, 죽겠네······."

"······."

화문성을 내려놓은 채 죽는 소리를 하는 개방 제자를 보며 홍관주는 눈을 동그랗게 떴다. 아무래도 기억에 없는 사람이었다.

"이번에 맞아들인 제자 놈입니다. 원중이라 하는데, 그런대로 쓸 만한지라……."

"훗. 그래?"

홍관주는 작은 웃음을 지으며 슬쩍 그를 보고는 다시 화문성에게 눈길을 주었다. 자세히 살펴볼 수는 없었지만 눈에 총기가 가득한 것이 상당히 마음에 들었다. 하지만 상황이 상황인지라 더 이상 신경 쓸 여유가 없었다.

처음 보는 태사부일 터인데도 원중 역시 그에게 신경 쓰는 것 같지는 않았다. 여기저기 기웃거리며 누군가를 찾고 있었다. 그때였다.

"아니! 무 대협! 어떻게 이런 몰골로……."

갑자기 유복진의 목소리가 들려오자 그는 귀를 쫑긋 세우며 스승의 뒤를 쫓아갔다. 그곳에서 한 사람의 모습을 발견할 수가 있었다.

"……!"

그는 흠칫했다. 나타난 사람은 거의 사람이 아니라 괴물이었다. 온몸에 불끈불끈 솟아오른 핏줄에, 땀을 바가지로 쏟고 있는 모양이 크게 다친 상태인 것 같았다. 그가 생각하고 있던 사람이 전혀 아니었다.

"장규연과의 승부 이후에 이렇게 됐어요. 제길……."

유복진을 보니 반갑지만 대장이 이러니 하귀는 반갑다는 소리조차 못하고 겨우 입을 열었다. 그러자 유복진의 눈이 휘둥그레졌다.

"장규연! 그럼 장규연은……."

"쓰벌. 대장이 이 정도인데 그놈이 무사할 리 있소? 이미 황천길로 갔수다."

"……!"

거칠게 내뱉는 상귀의 목소리에 유복진은 멍하니 입만 벌리고 있었다. 이검필승인 장규연. 그를 이기다니…….

그러나 이런 상황이라면 이겨도 이긴 것이 아니었다. 이건… 양패구상이었다.

꽈자자자작!

조량금과 설군우 사이의 공간이 험하게 일그러지는 소리가 들리기 시작했다. 서로가 초식의 우위를 점하기보다는 내력의 우위를 점하기 위해 노력하고 있는 듯했다.

설군우야 어떻게든 주위에 영향을 끼치지 않기 위해 이리도 노력하는 것이지만 조량금은 달랐다. 어찌 되든 상관없다고 생각할 것이 뻔한데도 그는 설군우의 내력 도발을 순순이 받아주고 있었다.

"차아압!"

피이잉…….

팽팽한 긴장감 속에서 설군우는 양 발로 땅을 박찼다. 다시금 긴 검날의 공격 거리를 유지하기 위해 공중으로 떠오른 것이다. 내색은 하지 않았지만 그는 지금 너무나 놀라고 있었다.

이것이 조량금의 힘이라고는 생각할 수 없었다. 향검의 기운을 고스란히 몸으로 받아들이면서도 설군우와 동등한 힘을 내고 있었다. 아니, 마치 향검의 효능이 조량금에게는 아무런 소용이 없는 것처럼 보였다.

이런 경우라면 단 한 가지 경우였다. 조량금이 설군우보다 월등히 내력이 높은 것이 분명하다. 즉, 지금 조량금은 실력에서도 자신하고 있었던 것이다.

"허어… 역시 자넨 아직도 상황 판단을 제대로 못하는구만."

우우웅…….

검을 쥔 오른손을 내리면서 조량금은 왼손을 하늘로 치켜들었다. 그러자 그의 장심에 정말 보고도 믿지 못할 만큼의 내력이 모이기 시작했다.

"돌아가시게!"

파아아앙!

"컥!"

공중에서 막 떨어져 내리던 설군우의 가슴에 조량금의 장력이 화살처럼 꽂히자 설군우는 숨도 쉬지 못할 만큼 강한 고통에 허리를 접으며 뒤로 튕겨 나갔다. 이번에 당한 일격은 전혀 상상치 못한 것이었다.

"타이앗!"

공중에서 중심을 잃으면서도 설군우는 최대한 신형을 잡으려 애썼다. 이대로 가다간 뒤에 늘어선 두 명의 화산문도를 건드리게 될 것만 같았기에 그는 칠 척에 이르는 장검을 다시 휘둘렀다.

콰아악!

장검이 땅바닥에 박히자 그는 내력을 주입하여 뺏뺏하게 만들고는 그대로 팔에 힘을 주었다. 그러자 첫 번째 사람의 신형은 겨우 넘을 수 있었다.

하나 두 번째 앞으로 다가온 사람은 그 신형만 조금 건드릴 것 같았기에 그는 왼손에 장력을 모았다. 그리고는 땅바닥을 향해 그대로 쳐냈다.

퍼어엉……

또 한 번 설군우의 신형이 공중으로 치솟았지만, 그의 입에서는 가느다란 핏줄기가 흐르기 시작하였다. 내력을 제대로 다스리지도 못한 채 무력을 사용한 결과였다.

설군우는 최대한 몸을 지면과 수평으로 뉘었다. 그는 그 상태로 진기를 머금은 채 공중을 유영하고 있었다.

숫―

문득 등 쪽에 아주 작은 뭔가가 스쳐 지나간 듯했지만 그 외에 별다른 충격은 없었다. 겨우 해냈다는 안도감에 설군우는 몸을 지면에 뒹굴며 겨우 내려섰다. 그때였다.

파아아앙…….

"……!"

설군우의 눈이 한껏 커졌다. 그 약간의 스침으로 인해 화산 제자 하나의 고개가 까닥인 것이 화근이었다. 그의 단전 어림이 터져 나가며 설군우를 향해 쓰러졌다.

"이… 이럴 수가… 이럴 수가!"

정신이 나간 듯 설군우는 문도의 시신을 안고 입만 벌리고 있었다. 이미 그는 죽은 후였다.

너무나 잔인한 광경에 모두 할 말을 잃었다. 조량금의 이야기를 들었을 때만 해도 설마 했었는데 설마가 아니었다. 그의 말은 사실이었던 것이다.

"헛헛. 그렇게 내 조심하라 하지 않았는가? 한 번쯤은 남의 말을 주의 깊게 듣는 것도 필요한 것이야."

"조… 량… 금! 네 이노~옴!"

이죽거리는 조량금의 얼굴을 향해 홍관주의 일갈이 터져 나왔다. 그와 함께 몇몇 무림인들이 한꺼번에 조량금을 향해 돌진하였다. 더 이상 강호의 도의를 따질 때가 아님을 그제야 깨달은 것이다.

무정은 가슴이 터질 것만 같았다. 온몸이 부서지는 고통 속에서도 간간이 주위의 광경이 느껴지고 있었다. 자세한 것은 알지 못했지만 그리 좋지 않게 돌아간다는 것은 알 듯했다.

하나 그는 지금 그런 환경에 신경 쓸 겨를이 없었다. 지금 온 힘을 다끌어 모아 백회 쪽으로 보내고 있었다. 구여 신니가 막아놓은 내력의 동전이 이제 완전히 부서져 나가기 직전이라 이를 붙잡기 위해 안간힘을 쓰고 있었다.

용천혈에서 올라오는 내력은 온몸을 거치다 머리 위의 백회혈을 향해 너무나 무섭게 치달아 올라가고 있었다. 그 바람에 지금 완전히 백회혈이 열리기 직전까지 와버린 것이다.

지금도 제어하기 힘들 만큼 기운들이 넘치는데 여기서 백회가 열린다면 그 결과가 어찌 될지는 너무나 자명했다. 죽음, 그 외에는 별다른 결과가 없었다.

머리 위로 빠져나가는 내력의 양이 증가한다면 용천혈은 이를 판단하여 그만큼의 내력을 더 쳐 올린다. 그렇기에 점점 그 양이 기하급수적으로 늘어날 뿐이었다.

그동안이야 머리 위 백회가 막혀 있어 간신히 용천혈에서 올라오는 기운의 양이 정해져 있었기에 몸에 그 기운을 담는 방법을 사용해 왔다. 한데 백회가 조금이라도 열리자 지금까지 해왔던 그 모든 것이 오히려 무정에게 해가 되어버렸다. 몸 안의 기운까지 모두 백회혈로 치닫게 된 것이다.

만일 무정이 일반적인 무공을 익혔다면 그건 오히려 경축할 일이었다. 백회가 열림으로 해서 더욱더 큰 내력을 가지게 되는 것은 사실이었으니 말이다.

하나 그건 일반적인 정종무공을 익힌 사람의 경우였다. 어릴 때부터 기가 흐르는 통로를 굳건하게 다지며 무공을 익힌 사람의 경우이고, 무정의 경우는 완전히 달랐다.

미리 작은 기운으로 두들기고 연마한 후 점차적으로 조금씩 큰 힘을 받아들이지만, 무정은 처음부터 강대한 기운을 담아 올리는 것이니 위험하지 않다면 그것은 거짓말이었다.

만일 이대로 백회가 열리고 그로 인해 용천혈의 기운이 다시 치달아 온다면 머리 위의 백회는 파열될 것이다. 그동안 전혀 사용하지 못해 여

리디여린 혈이 무슨 힘이 있겠는가? 묵기로 인해 오히려 자신을 죽일 뿐
이었다.

바로 그 점을 알기에 무정은 지금 사라져 가는 구여 신니가 남긴 기운
을 붙잡고 있었던 것이다.

암기를 날리는 당현도, 거센 장력을 퍼붓는 홍관주도 지금 놀라기는
마찬가지였다. 그들의 주위에서 간간이 공격에 나서는 무당의 양의천검
과 소림의 무경은 그저 눈을 크게 뜨고만 있었다.

과연 저 조량금의 내력을 인간이 낼 수 있는 힘이라 해야 할지 판단이
서질 않았다. 이건 말이 호신강기지, 거의 내력으로 이루어진 거대한 벽
이라는 표현이 옳았다.

내력을 실은 암격제 당현의 암기도, 천하제일의 내력을 지닌 홍관주의
장력도 조량금의 앞에선 모두 무용지물이었다.

스파파파팡—

피리리링—

암기와 권력이 다시금 조량금의 전면으로 폭사하였지만 그는 너무나
여유만만했다. 자신의 무공 이외에도 믿는 구석이 있었기 때문이다.

바로 여기 세워진 화산의 무인들, 그들이 그의 무기였다. 사실 이들의
안위를 돌보느라 당현과 홍관주가 제대로 힘을 낼 수 없었던 것이고, 무
경과 양의천검도 주저하고 있었다. 또한 다른 사람들이 들어올 공간이
없어져 버려 제대로 공략할 수가 없었다.

게다가 조량금이 피해 버리면 그 피해가 고스란히 저들에게 돌아갈진
대 어찌 홍관주와 당현이 십이성의 힘을 모두 사용할 수 있겠는가? 애초
에 공격 자체가 힘들었던 것이다.

"헛헛. 어르신도 이제 꽤나 나이를 드셨나 봅니다. 예전 같지 않으신

것이 한눈에 보이는군요.”

“내 비록 곧 염라대왕을 만난다 해도 네놈은 나와 같이 갈 것이니 염려 말거라!”

신경을 긁어대는 조량금의 말에 홍관주는 차디찬 음성으로 답한 후 양손을 아래로 늘어뜨렸다. 아무래도 승부를 위해선 수를 내야만 했다.

그는 지금 천수난화권을 사용할 생각을 하고 있었다. 안정적인 하체의 기반 속에 현란한 상체의 움직임이 주를 이루는 그 무공이야말로, 지금과 같은 상황에서는 가장 적합한 무공이었다. 그때였다.

“허허허. 그럴 수야 있겠습니까? 아쉽지만 기회는 다음에 만드시고, 오늘은 먼저 가시는 것이 좋을 것 같습니다.”

파아아앙!

낭랑한 웃음과 함께 조량금이 발을 구르자 이 장여의 공간을 격하고 홍관주의 눈앞에서 폭발하듯 대지가 뒤집혔다. 순간 피어오른 눈송이와 흙더미에 시야가 확보되지 않게 되었다.

“훗! 이런 잔재주로 날 어떻게 해볼 생각이었나? 조량금, 실망이다!”

파팟…….

하나 홍관주는 허리를 낮게 숙인 채 피어오르는 먼지구름을 뚫고 그대로 조량금을 향해 쇄도하고 있었다. 이미 방향을 잡은 듯했다.

하긴 그의 연륜에 이만한 일로 당황한다는 것이 더 우스운 일이었다. 한데 그때,

“헛!”

양손을 들어 힘껏 쳐내려 했던 홍관주가 헛바람을 일으키며 옆으로 미끄러지듯이 움직였다. 순간적으로 현란한 보법이 찬연하게 피어오를 무렵이었다.

보이지 않았다. 의당 그 자리에 있어야 할 조량금의 신형은 먼지구름

에 사라졌는지 알 수가 없었는데, 정작 문제는 그것이 아니었다.

조량금이 있던 자리에는 그를 대신해 누군가 있었다. 순간적인 일이라 누군지 알 수 없었는데 순간,

파아아앙—

"큭."

갑자기 폭발하듯 그 사람의 신형이 터져 나가 홍관주는 온몸에 그의 피를 덮어쓴 꼴이 되었다. 게다가 휘날리는 눈과 먼지로 인해 한순간에 눈 주위로 이물질이 덮혔다.

위이이잉…….

"……!"

순간 좌측에서 강맹한 기운이 느껴져 홍관주는 무의식적으로 오른손을 들어 길게 뻗었다. 하나 다가오는 장력은 그것만이 아니었다.

이유는 모르겠지만 정면에서도 장력이 날아오자 홍관주는 왼손을 들어 그 기운을 막으려 했다.

"큭!"

갑작스럽게 찾아온 고통에 홍관주는 흠칫했다. 가슴에서 뭔가 칼로 저미는 듯한 고통이 밀려왔다. 그 때문에 막을 기회를 놓쳐 버렸다.

쩌어어엉!

"커억!"

입에서 피화살을 내뿜으며 홍관주는 실 끊어진 연처럼 공중으로 치솟았다. 그는 가슴을 부여잡은 채 잔경련을 쉴 새 없이 일으키고 있었다.

"호, 홍 노야!"

뒤쪽에서 지켜보던 명각과 명경은 헛바람을 들이키며 날아가는 홍관주에게 달려갔다. 한눈에도 온몸에 피칠을 하며 날아가는 홍관주의 상세는 심각해 보였다.

"타이앗!"

명각은 기합성을 터뜨리며, 달려가던 탄력을 그대로 살려 공중으로 힘차게 떠올랐다. 그리고는 양팔을 벌려 홍관주의 신형을 받아 들었다.

퍼어억!

"우욱!"

가슴속에서 욱하는 것이 올라오나 그대로 꾹 삼켜낸 명각은 양팔로 홍관주를 감싸며 땅으로 떨어져 내렸다. 등을 그대로 땅 쪽으로 누인 채 그는 볼썽사납게 나뒹굴었다.

좌아아아악……

"크윽. 호… 홍 노야! 어르신!"

등 쪽의 승포가 너덜해질 정도의 충격을 입고서도 그는 오로지 홍관주의 상세만 생각하고 있었다. 곧 여기저기서 놀란 사람들이 홍관주를 향해 분분히 뛰어오기 시작했다.

"쓰벌! 저 빌어먹을 쏩새가!"

"갑시다, 성님! 죽어도, 저놈을 죽이고 봅시다!"

상귀와 하귀가 눈을 까뒤집으며 살기 어린 음성을 피워 올리자 무정의 주위에 있던 사람들의 기세가 일변했다.

"가려면 같이 가자. 저 미친놈의 면상을 땅바닥에 확 긁어버려야 속이 시원하겠다."

"정면은 놔둬! 한쪽은 내가 책임진다."

광검과 고죽노인도 이를 부득부득 갈며 앞으로 나서기 시작했고, 살기로 인해 순간 주위는 얼어붙었다. 그때 차분한 반뇌의 음성이 들려왔다.

"모두 조그만 침착해 주시겠습니까?"

"…쓰벌. 반뇌! 넌 지금 홍 노야가 저렇게 된 걸 보고도 그런 말이

나와!"

"글게요! 그냥 이대로 저놈 하고 싶은 대로 놔둘 수는 없잖아요!"

그의 목소리에 상귀와 하귀는 대뜸 쌍심지를 켠 채 응수했지만 반뇌는 아랑곳하지 않고 묵묵히 고개를 좌우로 저으며 입을 열었다.

"죽이는 것이 아닙니다. 일단 저자를 저기서 물러나게 해야 합니다. 반드시 공중으로 뜨게 만든 후 밖으로 몰아내야 합니다. 그래야 승산이 있습니다."

"…반뇌, 저자의 생각을 알 것 같나?"

왠지 반뇌의 말은 확신에 가까웠고, 그런 반뇌의 모습에 광검은 낮은 목소리로 물어왔다.

"시간이 없어 자세히 이야기할 수는 없지만 지금이 기회입니다. 일단 손을 부딪치면 다른 생각 할 것 없이 만들어야 합니다. 적당한 때가 되면 여기 유 대협이 참여하시게 될 것입니다. 그때가 온 힘을 기울여 쳐내야 할 때라는 것만 기억해 주십시오!"

"엉? …나?"

문득 옆에서 멍하니 있던 유정봉은 자신의 이름이 거론되자 눈을 동그랗게 떴다. 아닌 밤중에 홍두깨라고, 황당한 기분이 좀 들었다.

"알겠네. 자네 말이니 믿어야겠지. 그럼 먼저 가볼까?"

고죽노인이 등을 돌리며 나직이 읊조리자 일행의 신형이 움직이기 시작했다. 그리고는 어느 순간 서로가 낼 수 있는 최고의 속력으로 조량금에게 짓쳐 들고 있었다.

"……."

동료들이 모두 떠난 곳에서 무정을 옆에 둔 패도는 오른 주먹을 꽉 쥐고 있었다. 지금 이 순간 그는 저들과 함께하지 못하는 현실이 너무나도 싫었던 것이다.

그 마음을 알았는지 문득 옆에서 가녀린 손길이 그의 커다란 손 위에 얹혀졌다. 난영화의 따뜻한 손길이었다.

2

"사… 사부님!"

기어이 유복진의 눈에서 눈물이 흐르기 시작했다. 온몸에 피칠을 한 채 홍관주는 거의 죽어가는 사람처럼 보였다. 그는 이 사실을 믿을 수가 없었다.

그저 하나의 장력일뿐이었는데 어째서 이렇게까지 결과가 나왔는지 도대체 이해가 가질 않았던 것이다.

"어떻소!"

그는 옆에서 진맥하는 세심의 언경주를 향해 소리쳤지만 언경주는 그저 홍관주의 맥을 짚고만 있었다.

"이보시오, 언 장로!"

답답한 마음에 유복진이 언경주를 향해 재차 입을 열 때였다. 드디어 언경주의 입이 열렸다.

"이곳에 오기 전에 무슨 일이 있었습니까? 가슴속에 뭔가 이질적인 기운이 휘돌고 있습니다."

"그럴 리가……."

유복진은 멍한 기분이 들었다. 가슴속의 이질적인 기운이라니, 그간 홍관주가 겪은 일을 알기 전이니 그는 그저 답답할 따름이었다.

"이질적인 기운……. 서… 설마 아직도 그것이!"

옆에 있던 명경이 갑자기 놀라 부르짖더니 손을 들어 홍관주의 가슴에 대었다. 그리고는 멍한 얼굴로 중얼거렸다.

"미… 밀검! 그 기운이 아직도 남아 있었다니!"

"뭐라! 밀검!"

유복진은 절망했다. 밀검……. 그가 모를 리 없었다. 마교의 구대장로 중 과사옥 절환사가 쓴다는 환상의 검.

그렇다면 지금 홍관주는 여태껏 가슴속에 칼날을 품고 살아왔다는 뜻이었다. 그것도 아주 날이 날카롭게 선 날을 말이다.

피피피피핑…….

파파파파팡!

"이 쳐 죽일 놈!"

당현은 눈에서 피눈물이 날 지경이었다. 그가 날리는 암기는 이미 소용이 없는 상태였다.

조량금은 당현을 비웃기라도 하듯이 암기를 멀쩡히 서 있는 사람들에게 튕겨 날렸고, 그렇게 암기를 맞은 화산의 무인들은 모두 산산히 터져 나가고 있었다.

"허허. 이봐, 암격제. 자네가 이렇게 화산에 유감이 많은 줄 내 미처 몰랐는데? 이거, 내가 더 머쓱할 정도로구만."

"이… 이놈!"

당현은 눈을 부라리며 다시 손을 들었다. 그때였다.

"놈! 이쪽이 먼저다!"

"우리는 눈에 보이지도 않느냐!"

양의천검과 무경이 일갈과 함께 조량금의 좌우와 후면을 점하고 덤벼들었다. 전면에서 날아오는 당현의 암기를 고려한다면 조량금은 완벽하게 둘러싸인 형국이었다.

도저히 빠져 나갈 수 없을 것만 같던 조량금은 오히려 앞으로 한발 나섰다. 그리고는 두 팔을 벌리고 내력을 끌어 모으기 시작했다.

"허수아비들이 내 앞에서 움직이는구나! 타아앗!"

조량금의 입에서 커다란 기합 소리가 흘러나오며 그는 공중으로 신형을 뽑았다. 그리고는 팽이처럼 회전하기 시작하자 그의 주위에 흐르는 기운이 휘돌기 시작했다.

그러던 한순간 폭풍처럼 몰아치는 엄청난 기운들이 사위를 둘러싸고 있던 네 사람에게 엄청난 기세로 몰아쳤다.

꽈릉… 꽈르릉!

"허억!"

"우우욱!"

네 사람의 신형이 오던 방향으로 바로 되튕겨졌다. 입에서 피를 흘리면서도 네 사람은 이해할 수가 없었다. 대관절 왜 그들이 이렇게 참담하게 질 수 있는지를 말이다.

공격은 마치 허공에서 온몸을 향해 이루어진 것만 같았다. 내력의 벽속에 갇혀 있다가 온몸을 난자당한 기분이었다. 그렇게 네 사람은 볼썽사납게 차가운 바닥에 신형을 뉘었다.

"어이가 없구나. 그래도 중원에서 한가락 한다는 자들이 이 정도라니. 그간 내가 고민했던 시간들이 너무나 아까워……."

혀를 끌끌 차며 조롱하는 조량금을 보면서도 네 사람은 이를 악문 채 아무런 말이 없었다. 이유야 어찌 되었든 제대로 공격 한 번 해보지 못하고 패했으니 아무런 할 말이 없었다.

"그래, 아예 이 자리에서 죽이는 것이 낫겠구나. 그래서 내가……."

"이 쏙새가 미쳤나?! 뭘 미친놈마냥 주절거려!"

"미친놈에게는 매가 약이오, 성님. 그냥 쓸어버립시다!"

스파파파파팡……

어느새 두 사람의 신형이 조량금에게 달라붙기 시작했다. 상귀와 하귀는 다른 생각은 하지 못하게 만들겠다는 듯 현란한 보법과 창술을 보이며 조량금에게 다가갔다.

"그냥 쓸면 되나? 아주 아작을 내자!"

"전적으로 동감이네. 조심하시게!"

뒤이어 도착한 광검과 고죽노인은 넌지시 말을 주고받고는 그대로 신형을 날렸다. 잠시 조량금이 주춤한 사이에 그대로 밀어붙일 심산인 것 같았다.

"……"

당현은 쓸쓸한 미소를 지었다. 그는 이 사실을 받아들일 수 없었다. 양의천검과 무경, 그리고 자신이 합격을 가했는데도 실패하다니…….

입이 몇 개라도 할 말이 없던 그는 겨우 일어서 신형을 돌렸다. 그리고는 축 처진 어깨를 보인 채 홍관주가 있는 곳을 향해 움직였다.

"아버지!"

무정의 옆에서 비연은 힘없이 쓰러져 있는 화문성을 부여잡고 애타게 부르고 있었다. 화문성은 정신을 차리지 못하고 있었는데, 마치 온몸의 힘이 완전히 빠져나간 듯 몸이 축 처진 채 정신을 차리기 시작했다.

"으……. 수… 수련이… 냐?"

"아, 아버지! 아버지!"

갑자기 들려오는 화문성의 나지막한 목소리에 비연은 황급히 그를 흔들어 깨웠다.

"사형! 정신이 드십니까?"

"장문인!"

여기저기 모여 있던 화산의 무인들이 모두 반색을 하며 그에게 모였다. 아무리 경황이 없다고 해도 정신적 지주가 있는 것과 없는 것은 완전히 다른 것이다. 지금 화문성이 정신을 차린다면 그것처럼 좋은 상황이 없었던 것이다.

"쿨럭. 후우욱……!"

"안 되요! 좀 더 누워 계세요!"

화문성이 일어서기 시작했다. 옆에서 비연이 말리는데도 불구하고 기어이 일어서려던 그는 다시 땅바닥에 주저앉고 말았다.

"사형! 괜찮은 겁니까!"

"……"

설군우의 목소리에 화문성은 문득 그를 바라보았다. 피에 흠뻑 젖은 그의 모습이 눈에 들어왔다.

화문성은 다시 눈을 돌렸다. 이번에는 그를 바라보는 문도들의 모습이 보였다. 모두 자신을 보며 초조한 얼굴을 하고 있었다. 살 곳을 잃은 사람들의 애절한 눈빛처럼 그들은 화문성만을 바라보고 있었다.

그 눈길 속에 한 아이의 모습이 보였다. 난약화가 안고 있는 아이, 수련의 아이이며 자신의 손자……. 문득 그 옆에서 자신을 걱정스럽게 보고 있는 한 여인의 모습이 보였다.

"휘은… 아니, 수련아……."

그렇게 자신이 사랑한 그 여인, 장휘은……. 그녀를 꼭 빼다 박은 수련의 모습이었다.

잠시 그는 수련의 모습을 물끄러미 쳐다보고 있었다. 그런 그의 눈에서는 한줄기 뜨거운 눈물이 흘러내리고 있었다.

"아… 아버지……."

왠지 이상한 느낌에 수련이 화문성을 조금 의아한 눈으로 바라볼 때였다. 화문성은 소매로 그 눈물을 훔치더니 어딘가로 손을 뻗쳤다.

스릉―

"사형! 왜 이러십니까!"

"아버님!"

"장문인!"

여기저기서 우려 섞인 목소리가 흘러나오는데도 불구하고, 화문성은 한 제자의 검을 빼앗아 쥔 후 그대로 일어서려 애를 썼다.

"비… 비켜라!"

키키긱…….

팽팽이 휘어진 검을 지팡이 삼아 그는 기어이 일어서는데 성공했으나 그의 두 다리는 후들거리고 있었다. 이타득사력으로 빼앗긴 내력이 아직 완전히 돌아오지 않았던 것이다.

"사형! 일단 지금은 쉬어야 할 때입니다. 잠시 기력을……."

"비켜라, 설 사제! 내 죽더라도 저놈만은 죽이고야 만다! 저놈만은……."

무정 일행과 어우러져 싸우고 있는 조량금을 보면서 그는 살기 어린 목소리를 뱉어내었다. 하나 설군우는 그를 붙잡고 놔주지 않았다.

"물론 반도는 처결해야지요. 하나 지금은 냉정하게 생각해야 합니다. 사형이 이러시면 화산에 도움될 것이 없습니다."

"화산… 허허허, 화산 말이냐? 필요없다. 네가 맡아라, 설 사제. 난 지금 당장에 저 죽일 놈을 내 손으로 처단해야겠다! 휘은의 복수를……. 내 아내의 복수를 해야 한단 말이다!"

"……!"

설군우와 주위에 있던 사람들 모두 눈을 휘둥그렇게 떴다. 아내의 복수라니? 대관절 그게 무슨 소리인지 알 수가 없었던 것이다.

"저놈이… 저놈이 바로 화적패를 움직인 놈이었다. 그때 차기 장문인 후보로 선정되었을 때 가장 껄끄럽다는 이유로 놈이 날 밀어내기 위해 벌인 수작이었다!"

"그… 그럴 수가!"

설군우는 멍한 기분이 들었다. 하나 이내 당시 상황을 돌이켜 보니 충분히 이해가 되었다.

가장 신중하고 생각이 깊은 사람이 바로 화문성이었다. 이런 사람이 장문으로 있다면 이 화산을 좌지우지하기는 힘들었을 것이다. 그렇다면 조량금의 입장에선 오히려 이미 죽고 없는 설매검사 모인승이나 설군우가 되는 것이 나았을 것이다.

그런 맥락에서 본다면 충분히 가능한 일이었다. 사실대로라면 조량금의 심계는 이미 오래전에 계획된 일이나 마찬가지였다.

"뇌옥에 갇혔을 때… 저놈이 사악한 내력으로 나의 내력을 흡수하면서 날 조롱하듯이 이야기해 주었다. 내 아내의 죽음부터… 군아의 죽음… 까지…… . 큭!"

"아버님, 진정하세요!"

비연은 쉴 새 없이 눈물을 흘리며 쓰러지는 화문성의 신형을 받아 들었다. 그녀의 머리 속에서도 이제야 모든 일들이 하나로 맺어지고 있었다.

이 세상, 어떤 골 빈 화적패가 감히 화산을 상대로 싸우려 하겠는가? 그러나 그에 준하는 세력이 뒤를 봐준다면 충분히 가능한 일이었다.

비연은 화문성의 신형을 붙잡고 천천히 주저앉았다. 그렇게 두 사람은 한참이나 서로 눈물을 흘리며 침묵하고 있었다.

"……"

묵묵히 뒤에서 지켜보고 있던 패도는 하나 남은 오른팔에 불끈 힘을 주었다. 그리고는 고개를 들어 동료들이 싸우는 곳을 향해 시선을 돌렸다.

조량금… 그가 저기 있었다. 동료들이 에워싸며 최선을 다하고 있지만 너무나도 쉽게 막아내는 자, 그가 바로 조량금이었다.

비록 자신의 무공이나 몸 상태로는 도저히 싸울 수 없지만 도와야 했다. 이대로 있다가는 싸워보지도 못하고 저자의 손에 모두 유린당할 것만 같았다.

스릉―

그는 자신의 거도를 움켜쥐었다. 그리고는 시선을 돌려 아직도 죽은 듯이 누워 있는 무정을 바라보다 이윽고 신형을 움직였다.

동료들이 싸우는 곳, 바로 그곳을 향해 패도는 천천히 움직이고 있었다.

파가가강!

"훗. 이젠 날파리들까지 나에게 덤비는구나."

"이 쑙새야, 더러운 놈에게 날파리 꼬이는 게 당연하지!"

"고 쒜이. 뭘 알고나 나불거려, 이 쒜이야!"

역시 상귀와 하귀는 입으로는 천하무적이었다. 몇 합 서로 주고받으면서 조량금은 그 누구를 상대할 때보다도 표정이 굳어 있었다.

그러나 그 표정은 그들의 무공이 대단해서가 아님을 그 누구보다도 잘 아는 광검은 뒤쪽에서 신중히 기회를 노리고 있었다. 고죽노인은 이미 조량금의 뒤쪽으로 돌아가 자리를 잡고 있었다.

흥분한 당현의 암기로 인해 조량금의 주위는 지금 상당히 넓은 공간이 생기게 되었다. 솔직히 이 점은 상귀와 하귀에게는 호재로 작용하고 있었다.

두 명이 싸우는 공간은 아무리 작게 잡아도 삼 장은 있어야 했다. 한 데 지금 보이는 공간은 근 육 장의 공간이었다. 솔직히 원래 있던 공간이라면 상귀와 하귀는 아무런 도움이 되질 못했을 것이다.

상황이 이러하니 광검은 내력을 잔뜩 끌어올린 채 기회만 노리는 것이 훨씬 나은 일이었다. 그러던 광검의 눈이 번뜩였다.

조량금의 두 발이 기어이 공중에 떠 있었다. 근 일 척이 좀 넘지 않았지만 그것만으로도 충분했다. 광검은 발목을 비틀며 그가 낼 수 있는 최대한의 속력으로 조량금의 신형을 향해 달려 나갔다.

"이봐, 반뇌. 대체 내가 뭘 해줘야 되는 거야?"

유정봉은 시선을 전방에 고정한 채 옆에 있는 반뇌를 향해 슬쩍 물었다. 하나 반뇌는 조량금의 신형을 그저 뚫어지게 보고 있을 뿐이었다.

지금 조량금이 펴내는 것은 이타득사력을 응용한 것이었다. 저들, 화산의 무인들을 세워놓은 것은 그저 자신의 몸을 보호하기 위함이 아니었다.

진산무공만 가지고 봐도 여기 있는 사람 중 누구도 조량금의 상대가 될 수 없었다. 그는 지금 목숨을 부지하기 위해 이렇게 준비한 것이 아니라, 여기 있는 사람들 모두를 누르기 위해 이렇게 준비한 것이 분명했다.

홍관주를 때리고 네 명의 고수를 한꺼번에 쳐낸 장력, 그건 조량금이 펴낸 것이기는 하나 그의 몸에서 나온 내력이 아니었다. 바로 여기 있는 사람들의 기운을 이화접목 같은 수법을 통해 쳐낸 것이었다.

저 바둑판 같은 배열은 바로 조량금이 만들어낸 진세와도 같았다. 늘어서 있는 화산의 무인들은 그저 바둑알 같은 역할을 하고 있었고, 조량금은 그 바둑알에서 나오는 힘만 빼 쓰는 것뿐이었다. 시간이 가면 갈수록 조량금은 유리해지고, 반대로 일행은 점점 불리해지는 것이다.

사정이 이러하니 지금의 조량금에게 통상적인 공격은 통하지 않았다. 더구나 자신의 동료들이 조량금을 이길 수 있다고 생각하기는 더 더욱 힘들었기에 반뇌는 그저 그가 약간의 방심이라도 한다면 그것으로 족했다. 바로 그때였다.

"…지금입니다! 조량금의 머리 일 장 위쪽으로 검력을 날리세요!"

"엉? 어, 알았어!"

갑자기 들려온 반뇌의 목소리에 유정봉은 흠칫 놀라더니 이내 모아놓은 기력을 풀어내기 시작했다. 그리고는 검을 들어 조량금을 향해 검력을 쏘아내었다.

"차아앗! 청음검!"

쩌르르르릉—

강대한 공기의 울림과 함께 엄청난 기운이 조량금의 머리 위로 몰리는 듯했다. 유정봉은 그가 낼 수 있는 모든 힘을 이 한 수에 걸었던 것이다.

조량금은 속에서 올라오는 비웃음을 참을 수가 없었다. 입가에 잔뜩 조소를 걸어놓은 채 그는 자신의 주변뿐만 아니라 한꺼번에 여기저기 돌아볼 만큼 여유로운 상태였다.

물론 장창을 쓰는 두 놈이 계속 주절거리며 성질을 돋우고 있기는 하나 그뿐이었다. 그 외에는 별다른 힘도 들지 않았다.

그는 지금 자신의 내력은 거의 사용하지 않고 있었다. 이타득사력을 이용해 여기 있는 화산문인들의 힘을 빌어 사용하고 있다는 것을 이들이 알고 있을 턱이 없었다.

결국 이들은 헛힘만 쓰고, 자신의 명성만 올려주는 역할을 하게 될 것이다. 지금 사경을 헤매는 홍관주와 의욕을 잃은 당현, 그리고 쓴맛을 본

양의천검과 무경은 한풀 기가 꺾여 있었고, 뇌옥에서 구출되어 지금 깨어난 화문성도 아무런 도움이 못 될 것이다. 이제 남은 일은 제풀에 지칠 때까지 기다리는 것뿐이었다.

다만 한 가지 마음에 걸리는 것은 저 반뇌란 자. 저자가 지금 자신을 보면서 뭔가 획책하는 듯한 느낌이 강하게 들고 있었다. 그는 그게 궁금했다.

"호……."

주위에서 날아오는 창날에는 신경도 쓰지 않은 채 그는 공중으로 몸을 살짝 띄웠다. 그가 대관절 뭘 노리는 것인지 알고 싶었다. 이들은 지금 조량금의 하체를 집요하게 노리고 있었기 때문이다.

"쓱새! 기다렸다!"

파파파파팡…….

상귀의 창날이 허공에 화려한 움직임을 보이며 조량금의 하체를 연속적으로 찌르기 시작했다. 이 상태에서 조량금의 신형을 완전히 밀어 떠올려야 했다.

일단 그를 이곳에서 물러나게 하려면 이 방법이 최우선이었다. 공중에서 신형이 자유롭지 못할 때, 그때를 노렸던 것이다.

그리고 그것은 비단 상귀만 그런 생각을 하고 있던 것이 아니었다. 일행 모두 같은 생각이었는데, 마치 그것을 증명이라도 하듯 하귀는 상귀 뒤에 바짝 붙어 있다가 기회를 잡자마자 아예 창대를 크게 휘돌리며 장규연의 하체를 향해 지면을 미끄러지며 다가갔다.

파팡—

순간 조량금이 바닥으로 장력을 날려 더욱더 위로 솟구쳤다. 근 사 척 이상 떠오른 그의 신형에 이번에는 광검의 신형이 짓쳐 들었다.

"차아앗!"

그의 검날에서 산운이 퍼져 나갔다. 조량금의 전신 대혈을 노린 검기의 폭풍이 힘차게 휘돌아가고 있었지만 조량금은 그 와중에도 입가에 조소를 피워 올리고 있었다.

문득 조량금의 검이 움직였다. 그리고는 막대한 힘이 쏟아져 나오기 시작했다.

쩌정… 쩌저저정!

광검의 산운이 모조리 부서져 나가기 시작했다. 단 한 수에 온몸에 강한 호신강기를 펴낸 것인데 그 위력에 광검은 어이가 없었다. 정말 이런 내력은 본 적이 없었다.

피리리링…….

문득 조량금의 뒤쪽에서 철삭 하나가 길게 뻗어 나오더니 그의 검날을 휘감았다. 지금껏 기회를 노리던 고죽노인의 일격이었다.

피이이잉…….

그는 단창을 힘차게 잡아당기면서 오른발을 뻗어 조량금의 옆구리를 걷어차려 하고 있었다. 조량금은 그 모습에 피식 웃었다.

바닥의 장창이야 이미 피한 것이나 마찬가지였고, 전면과 후면의 공격은 공격 같지도 않았다. 이대로 호신강기를 펴내 막으면 되는 것이니 별 상관이 없을 것 같았다. 그때,

"……!"

문득 조량금의 머리 위에 거대한 검기 하나가 서리기 시작했다. 그 모양을 본 조량금은 흠칫하며 본신 내력을 황급히 끌어올렸다.

저 반뇌의 옆에 있던 자, 그가 이런 거대한 내력의 공격을 해온 것이 분명했다. 반뇌란 자는 지금 자신의 의도를 알고 있는 것이 분명했다.

지금 머리 위에서 내리누르는 검력은 자신을 상하게 하기 위한 의도가 아니었다. 이렇게 뻔한 공격을 하는 이유는 단 하나, 이 진세로부터 자신

을 멀어지게 만들려는 것이 분명했다. 인간이라면 누구나 반사적으로 피하도록 공격을 짜놓은 것이다.

하나 그는 조량금이었다. 이따위 공격으로는 그를 어찌할 수 없었다. 조량금은 수중의 검을 가슴께로 치켜 올린 채 검력을 집중했다.

"차아아앗!"

조량금은 그 자리에서 팽이처럼 돌면서 내력을 휘돌리기 시작했다. 본신의 내력에 주위 화산 무인들의 내력까지 끌어들여 거대한 기의 회오리를 또다시 만들어낸 것이다.

꽈아아아앙!

"컥!"

"헉!"

다른 사람들처럼 상귀와 하귀, 광검과 고죽노인의 신형이 한꺼번에 튕겨 나가기 시작했다. 모두 이곳저곳에 검상을 입은 채 사방으로 튕겨져 나가고 있었다.

"헛수작 마라!"

쩌어어엉…….

다시금 신형을 위로 뽑아 올리며 조량금이 머리 위로 커다란 반원을 그리자 유정봉이 만들어낸 청음검이 산산히 부서져 나갔다. 장규연은 그 탄력으로 허공으로 근 이 장여 높게 솟아오르고 있었다.

카카카카카칵!

"이야아아압!"

상귀는 뒤로 밀려나는 것을 멈추기 위해 사력을 다하고 있었다. 조금만 더 밀려나면 뻣뻣하게 서 있는 저 화산의 문인들에게 부딪칠 것만 같았다.

그는 지금 창대를 땅에 박은 채 미끄러져 가며, 그 상황만은 피하기 위해 필사적으로 저항하고 있었다.

이윽고 서서히 그의 신형이 멈추기 시작하자 그는 눈을 돌려 주위를 살펴보기 시작했다. 밀려 나간 동료들 모두 상귀와 비슷한 반응을 보이고 있었다. 다들 늘어서 있는 사람들을 피하기 위해 안간힘을 쓰고 있었던 것이다.

저 멀리 서 있는 반뇌 역시 낭패스런 얼굴을 하고 있는 것이 보였다. 아마도 그가 생각하고 있는 것도 제대로 실행되지 않을 것 같았다.

"커헉! 니기미……."

간신히 신형을 멈춘 상귀는 입에서 굵은 피를 쏟아내었다. 꽉 움켜잡은 장창을 부들부들 떨면서 그는 간신히 고통을 참아내고 있었다.

조량금은 이미 허공으로 뛰어올라 정점에 다다른 상태였다. 상귀는 떨리는 창대를 움켜쥔 채 다시금 달려가려 했으나 이는 불가능했다.

이미 그의 몸 이곳저곳에는 상당한 상처가 나 있었으니 혈인이 된 것이나 마찬가지였고, 그런 상태는 자신뿐만이 아니라 하귀와 광검, 고죽 노인 역시 그랬다. 단 한 수에 당해 버린 것이다.

움직이려면 지금 움직여야 했다. 조량금이 한순간의 기습에 화난 표정을 지으며 공중에서 내려오는 이 순간이 기회였건만 불가능한 일이었다.

"패… 패도?"

문득 상귀의 입에서 의아스런 목소리가 흘러나오며 그의 두 눈이 휘둥그레졌다. 지금 내려오는 조량금의 바로 아래, 누군가 그 밑에서 웅크리고 있었다.

반들한 머리에 커다란 덩치, 그에 걸맞는 거도를 들고 잔뜩 기회를 노리고 있는 사람. 왼팔의 소매가 너덜거리는 패도의 신형이었다.

어이가 없었다. 대관절 지금 자신이 무슨 짓을 하고 있는지 무정은 알수가 없었다. 필사적으로 머리의 백회를 지키려는 꼴이라니…….

무엇 때문인가? 무의식적으로 내력이 움직여 백회 쪽으로 모여 힘을집결시키는 것을 그냥 그렇게 놔두었지만, 이제 보니 제 한목숨 살자고버둥거리는 꼴이었다.

지금 상황을 모르는 것이 아니었다. 보지 않아도 감각으로 무슨 일이일어나는지 알 수 있었다. 어렴풋이나마 백회혈이 열리기 시작할 때부터시작된 느낌이었다.

게다가 간간이 주위에서 들리는 소리로 미루어 이미 홍관주가 다치고,설군우도 조량금에게 당한 것 같았다. 말도 안 되는 일이지만 단 한 사람에게 무림인들이 당하고 있는 것이다.

조량금이 어떤 인간인지, 무슨 짓을 하는지 그는 알고 싶지도 알 필요도 없었다. 하나 그가 지금 홍관주와 무정 일행을 건드렸다면 이야기는달라진다.

동료를 위해 목숨을 건다는 것은 그저 입에 발린 소리였단 말인가? 분명 지금 일행이 곤경에 처해 있다는 것을 알면서도 그저 자기 한목숨 살자고 노력하는 꼴이 스스로 생각하기에도 구차하고, 어이가 없었다.

더 생각할 것도 없이 무정은 몸 안의 내력을 다시 움직였다. 머리 위백회 쪽으로 모인 그 내력을 억지로 다른 곳으로 돌리기 시작한 것이다.

찌어어어엉!

"크윽!"

패도는 입에서 경악성을 흘리며 한껏 들어 올린 오른손을 부들부들 떨기 시작했다. 조량금이 내려서면서 쳐낸 일격은 엄청난 것이었다.

물론 내력으로 따지자면 패도는 조량금의 적수가 될 수 없었다. 별 무공 없는 패도가 앞에 나선 것을 본 조량금은 내력을 거둔 채 내려오는 체중만을 실어 때렸던 것이다.

물론 그렇다고 완전히 내력을 배제한 것은 아니었다. 딱 패도의 내력만큼만 검에 내력을 실어 때린 것이지만, 패도는 공격 일변도로 나갈 수가 없었다.

게다가 한 손마저 없으니 더욱 불리할 수밖에 없었던 것이다.

"허어. 기껏 남은 한 팔로 날 이길 것으로 생각했던 것이냐? 어이가 없구나."

쩌어어엉!

"컥!"

패도의 발이 근 두 치나 땅바닥에 박히기 시작했다. 단단하게 얼은 땅을 파고들어 갈 정도로 패도에게 전해지는 힘은 막강했다.

"그렇게 죽는 것이 소원이라면 그렇게 해주마. 벌레처럼 살고 싶은 놈은 그렇게 밟아주겠다!"

이젠 패도의 행동에 화가 나는지 조량금은 검을 높이 치켜들었다. 그리고는 상당한 내력을 모으기 시작하였다. 그때,

"밟는다고? 그럼 어디 벌레의 꿈틀거림이 어떤 것인지 한 번 맛이나 봐라!"

가앙―

패도는 온 힘을 끌어내며 오른손을 휘돌렸다. 그리고는 아래에서 위로 힘차게 그어 올렸다.

"컥! 정말 미치겠군. 되지도 않는 이따위 내력으로 날……!"

따아앙!

조량금의 눈이 한껏 커졌다. 흘깃 검으로 패도의 거도를 저만치 퉁겨

보내려고 했는데 그것이 의도대로 되지 않았다. 도가 반으로 뚝 잘려 나가 버린 것이다.

바로 그 순간 패도의 신형이 빠르게 돌기 시작했다. 지금까지 보여주었던 속도와는 전혀 다른, 아주 빠른 속도였다.

파아앗!

"……."

패도는 그 자리에서 우뚝 멈추었다. 반 동강 난 거도, 그게 답이었다.

비록 그가 원하는 위력은 나오지 않았지만 그것은 문제가 아니었다. 그는 지금 또 다른 세상을 보았다.

그렇게 무정을 닮고 싶어했으나 하지 못했던 것, 바로 신형을 움직이는 속도. 그 해답이 여기 있었던 것이다.

머리 속에서 수많은 도해들이 떠오르기 시작했다. 그가 그렇게도 해보고 싶었던, 무정처럼 빠른 몸놀림을 할 수 있는 방법들이 힘차게 휘돌고 있었다.

끝없는 원형의 소용돌이가 치는 정중앙에 서 있는 자신, 그 자신의 모습을 상상하며 패도는 끝없는 상상 속에 빠져들고 있었다. 하나 그 시간은 정말 아쉽게도 짧게 끝나 버렸다.

양 허벅지에 도상을 입은 조량금이 패도를 향해 짓쳐 들어갔던 것이다.

무의식 중에 느껴지는 강한 살기에 패도는 허리를 틀며 반 토막 난 칼을 휘둘렀다.

쩌어어엉!

"이놈이……!"

기묘한 동작으로 자신의 검로를 막아내자 조량금의 눈썹이 하늘로 치솟았다. 별것 아닌 놈이 발악하는 것으로 보았건만 생각 외로 한 수 하는 듯했는데, 그뿐이었다. 조량금은 더욱 빠른 동작으로 발을 놀렸다.

쩌어어엉… 파아앙!

"크어억!"

연이은 공격에 패도는 결국 조량금의 발길질에 비명을 지르며 뒤로 홀홀 날아갔다. 그리고는 차디찬 눈이 쌓인 땅바닥에 처박혔다.

"허… 허허. 감히 네놈이 나에게 손을 대? 이 벌레만도 못한 놈!"

살기를 가득 피워 올리며 조량금은 패도에게 다가가기 시작했다. 더 이상 그의 눈에서 여유만만함은 찾아볼 수가 없었다.

□ 제91장 □
혈루

혈루 1

"아미타불!"

"멈추거라, 각아! 큭……."

더 이상 두고 볼 수 없었는지 명각과 명경이 불호를 외며 움직이려 하자 무경이 이들의 앞을 막아섰다. 명경과 명각은 의아한 눈으로 무경을 바라보았다.

"너희 둘은… 소림을 대표하는… 미래이니라. 부디 지금은… 나서지 마라."

"……."

명각과 명경의 얼굴이 굳어졌다. 지금 무경이 하는 말이 무슨 뜻인지 알 수 있을 것 같았다.

지금의 조량금을 막을 사람은 없었다. 적어도 고수급이라 믿던 사람들이 모두 쓰러진 지금 어떻게 해볼 도리가 없었다.

명경과 명각이 나간다 해도 결과는 마찬가지였다. 이를 잘 알기에 무경이 말리는 것이었다.

소림의 미래를 지닌 자……. 그 말이 의미하는 바는 컸다. 어떠한 일이 있어도 명경과 명각은 이 자리에서 살아야 했던 것이다. 적어도 소림의 입장에서는 말이다.

"사백님, 그럴 수는 없습니다. 설마 사백님은 소림의 미래가 암울해지길 바라시는 겁니까?"

"무… 무슨 뜻이냐! 쿨럭."

단호한 명각의 말에 무경은 기침을 하면서도 반문해 왔다. 명각의 입이 계속 열렸다.

"그저 제 한목숨 살겠다고 남의 어려움을 모르는 척하는 자가 어찌 소림이란 이름을 입에 담겠습니까? 그런 사람이 소림을 이끌어 뭘 하겠습니까? 전 그럴 수 없습니다."

"가… 각아!"

명각은 더 생각할 것도 없다는 듯 천천히 앞으로 나서기 시작했다. 그런 그의 뒤로 조용히 명경의 신형도 움직이고 있었다.

"사백님, 전 전적으로 사형의 말이 옳다고 생각합니다. 그런 사람이라면 소림의 이름을 들먹일 자격이 없습니다. 차라리 저 하늘에 떳떳한 방법을 택하겠습니다. 아미타불……."

"겨… 경아, 너마저……."

다른 소림의 제자들에게 부축당한 채 무경은 고통에 얼굴을 찡그렸다. 하나 그의 가슴 한쪽은 알 수 없는 안도감이 들고 있었다.

명경과 명각, 적어도 지금 장문 사형인 무학은 이제 안심하고 장문의 멍에를 벗을 수 있을 것만 같았다. 명각과 명경, 둘은 이미 그 중임을 맡아 해내고도 남는 사람들로 성장해 있었다.

"녀석들… 조심… 하거라."

무경은 조용히 중얼거리며 신형을 바닥에 다시 뉘었다. 그리고 그의 입가에는 작은 미소가 머물고 있었다.

"패도! 이 미련한 놈아, 여긴 왜 왔어! 쿨럭!"

입에서 피를 흘리면서도 기어이 패도에게 다가온 광검은 그를 붙잡고 흔들었다. 패도는 거의 혼절하기 직전이었지만 그렇게 죽지 않은 것만도 다행이었다.

직접 겪어본 조량금의 힘은 엄청났다. 일행 중에서도 이젠 좀 처지는 무공에 속하는 패도였으니 그 충격이야 오죽했으랴?

광검은 이를 악물며 패도를 일으키려 애썼다. 하나 그의 육중한 체구를 이미 부상을 입은 광검이 혼자 들기에는 쉽지 않았다.

"끙차! 일단 여기를 벗어나고 봅시다."

"유정봉?"

갑자기 누군가 옆에 다가와 패도의 옆구리를 부여잡자 광검은 그 얼굴을 보고 중얼거렸다. 반뇌의 옆에 있던 유정봉이었다. 그가 자신의 사형제들과 무당의 주교를 데리고 달려온 것이다.

"야! 뭐 해, 이 자식들아! 빨리 다른 사람들 챙기지 않고! 주 소협! 빨리 좀 잡아봐!"

유정봉의 말에 종음과 문세음, 그리고 구성탁과 주교는 각기 어디 한 군데씩 부여잡고 겨우 일어서려 하는 무정 일행을 향해 빠른 움직임으로 달려갔다.

이 정도의 인원을 가지고 조량금에게 덤빈다는 것은 무리였다. 하나 다른 문파들이 도와주지 않으리라는 것을 너무도 잘 아는 유정봉이기에 일단 이들이라도 구하려 먼저 뛰쳐나왔던 것이다. 하나 눈앞에 있는 조량금은 허수아비가 아니었다.

"이젠 어이가 없어 화까지 나는구나. 날 이렇듯 몰아세운 것도 모자라 이젠 내 앞에서 감히 등을 보이려 해? 네놈들이 아주 가루가 되고 싶은 모양이구나!"

파아아앙.

조량금의 신형이 움직였다. 기어이 패도를 죽일 듯 다른 사람들은 무시한 채 정면의 패도를 향해 섬전같이 달려들자 유정봉이 앞으로 한 발 나섰다.

"빨리 뒤로! 이대로는 승산이 없……."

"물러나라!"

쩌어엉… 좌아아악!

갑자기 엄청난 기운과 함께 조량금의 신형이 뒤로 길게 밀려나기 시작하더니 유정봉의 눈앞에 누군가의 신형이 보였다. 노란 승복을 입고, 번들거리는 머리를 지닌 두 사람의 모습이었다.

"명각 스님! 명경 스님!"

유정봉의 입에서 반가운 목소리가 흘러나왔다. 기어이 보고 있던 명각과 명경이 참지 못하고 뛰어나온 것이다.

"이… 이봐요! 어떻게 해야 되는 것 아니에요?"

의식을 잃은 듯한 패도의 모습에 난영화는 속이 타는지 옆의 반뇌에게 이야기해 보지만 그는 그저 입술만 꽉 깨물고 있었다.

다리만 성하다면… 아니, 그저 조금만 걸을 수 있었어도 반뇌는 저기로 달려나갔을 것이다. 그대로 달려나가 어떻게든 해보려 했겠지만 그게 여의치 않았다.

비연은 지금 화문성과 같이 있느라 정신이 없는 상태인데다 이미 무공을 잃어버린 그녀는 아무런 소용이 없었다. 기댈 수 있는 것은 여기 있는 화산의 사람들과 같이 온 다른 무림인들……

하나 이젠 기댈 곳이 없었다. 지금 맞서 싸우는 명각과 명경을 제외하고는 더 이상 고수급으로 불릴 만한 사람들이 없었다. 나머지 사람들은 저 안에 들어갔다 가는 짐만 될 뿐이었다.

게다가 믿고 있던 홍관주마저 쓰러진 지금, 그는 난감했다. 도저히 뭘 어떻게 해야 할지 감이 잡히지 않았다.

으득!

반뇌의 입에서 이 갈리는 소리가 유난히도 크게 들렸다. 이럴 때 그의 대장이라도 있었다면… 하다못해 그냥 서 있기라도 했으면 하는 생각이 정말 간절히 들었다.

그러나 반뇌가 미처 눈치 채지 못한 것이 하나 있었다. 그의 뒤에서 마치 죽은 듯이 누워 있던 무정의 손, 그 손이 꽈악 쥐어지고 있다는 것을.

쩌정… 쩌저정!

명각이 온 힘을 다해 조량금에게 덤벼들자 조량금은 그런 명각을 보면서 양손을 현란하게 놀리고 있었다. 그의 움직임은 이전과는 전혀 다른 것이었다.

사실 조량금은 많이 놀라고 있었다. 설마 명각이 자신을 상대하러 나설 줄은 미처 예상치 못하였기 때문이다.

강호의 생리를 잘 안다고 자부하고 있던, 바로 자신이었다. 그간 화산이라는 곳에 몸담으면서 어이없는 것들을 참 많이 봐왔기에, 이번에도 마찬가지일 것이라 생각했다. 한데 이 명각은 아니었다.

아마도 이들과의 관계가 보통이 아닌 것 같았다. 확실히 그 점에서 조량금은 자신의 실수를 인정할 수밖에 없었다.

피이잇…….

"……!"

잠시 다른 생각을 하는 사이에 그의 눈앞으로 명각의 주먹이 보이자 조량금은 황급히 고개를 숙였다. 그리고는 검을 비틀면서 앞으로 쳐내기 시작했다.

왠지 명각의 권법은 상당히 묘했다. 뭔가 앞을 알 수 없게 하는 독특한 투로를 보여주었었는데, 지금도 별반 다르지 않았다.

후후훅.

순식간에 명각의 손이 움직이더니 검지 손가락 하나만 남기고 손가락이 모두 접혀졌다. 일지관수였다. 그는 이어 손을 그대로 밑을 향해 내렸다.

따아앙―

눈에 보이지도 않게 비틀고 있음에도 불구하고 명각의 손가락은 정확히 조량금의 검면을 때려냈다. 이어 명각은 이번엔 다른 손을 휘돌리기 시작했다. 일단 선공을 잡은 이상 단숨에 연환 공격을 시전하려 함이었다.

따다다다당!

경쾌한 소리와 함께 조량금과 명각의 신형이 다시 어우러지는 듯하더니 두 사람의 신형이 이내 떨어졌다. 그 둘은 서로를 노려보며 이 장이 조금 넘는 거리를 유지하고 있었다.

하나 두 사람의 표정은 서서히 달라지고 있었다. 명각의 얼굴은 조금씩 굳어져 가는 반면에 조량금의 얼굴은 점점 평온해져 갔다. 그 누가 봐도 조량금의 우세인 듯이 보였다.

명각의 내력이 조금씩 딸리고 있었다. 그도 그럴 것이 지금 조량금이 본신의 내력을 사용하는 것이 아니라는 것을 그는 까맣게 모르고 있었기 때문이다. 그때였다.

"조금 비켜주시겠습니까, 사형?"

"…대책이라도 있느냐, 명경?"

문득 들려온 명경의 목소리에 명각은 조그많게 물었지만, 명경은 그저 고개를 가로저었다. 대책 따위가 있을 리 없었다.

"다른 것은 몰라도 저희가 최대한 시간을 벌어야 할 것 같습니다. 이제 앞뒤로 공격하는 것이 어떨까 합니다."

"……"

명경의 말에 명각은 묵묵히 고개를 끄떡였다. 조금이라도 다른 사람들이 정신을 차릴 시간을 벌어주는 것, 그뿐이었다.

"알겠다, 명경. 조심하거라."

"네, 사형도……"

두 사람은 넌지시 말을 주고받고는 서로의 간격을 벌렸다. 그리고는 서서히 조량금의 신형을 노려보며 틈을 노렸다.

"타아얏!"

"합!"

이윽고 짧은 기합성과 함께 두 사람이 허공으로 신형을 띄웠다. 그들은 한 쌍의 새가 되어 조량금을 향해 뛰어들고 있었다.

"큭!"

입가에 작은 선혈이 흘러내리며 설군우는 결국 짧은 비명을 토해내었다. 대체 조량금의 내력이 어떤 것인지 모르겠지만 도무지 내력이 제대로 움직이지를 않았다.

눈으로는 명각과 명경이 조량금과 싸우는 것을 보면서도 움직일 수 없음에 그는 속이 타 들어가는 느낌이었다.

그는 저 반도를 자신의 손으로 꼭 해치우고 싶었다. 여기 모인 사람들의 도움 따위는 필요없이, 오로지 본신의 힘으로 해결하고 싶었으나 결과적으로 그건 자신의 오만이었다. 조량금의 무공은 이곳을 벗어나기에 충분하다 못해 넘치고 있었다.

설군우가 본 조량금의 눈은 광기로 물들어 있었다. 모든 것을 파괴하고 싶은 자의 광기……. 그것 외에는 달리 표현할 방법이 없었다.

"이아아아압!"

괴성을 지르며 그는 몸을 일으켰다. 아직 싸우기는 너무 요원했지만 더 이상 이렇게 있을 수 없었다.

"서, 설 숙부님! 지금 어딜 가시려는 겁니까?"

놀란 비연이 설군우를 향해 입을 열자 사람들의 눈이 그에게 향했다. 설군우는 휘청이는 몸을 간신히 가누며 입을 열었다.

"이대로… 이대로 있을 수는 없다. 그럴 수는 없어!"

이를 악문 채 설군우는 서서히 앞으로 나서기 시작했다. 몸 안의 내력이 불균형하게 움직이고 있었지만 별수 없었다. 이미 너무 많은 사람들이 희생되었다.

"안 됩니다, 숙부님! 이대로 가시면 죽음뿐입니다. 다른 방법을 생각하셔야 해요!"

"다른 방법이… 있느냐? 본파와 상관없는 사람들이 지금 목숨을 내걸고 있다. 어찌 내가 방관만 하고 있겠느냐!"

설군우는 단호했다. 그는 기어이 저 앞으로 나가 검을 들어 올릴 태세였다. 한데 그때였다.

"여기 있으시오."

누군가 그의 어깨를 잡으며 묵직한 음성으로 말하자 설군우는 흠칫했다. 이 목소리가 누구의 것인지 단번에 알 수 있었기 때문이다.

그는 고개를 돌려 목소리의 주인공을 보았다. 그리고는 눈을 동그랗게 뜬 채 중얼거렸다.

"무… 무정!"

어느새 무정은 완전히 일어서 있었다. 흡사 지금껏 누워 있었던 것이 거짓말인 것 같았다.

"대… 대장! 괜찮아요?"

비연도 놀라 무정에게 말을 붙이자 무정은 묵묵히 고개를 끄떡였다. 잠시 무정은 비연의 얼굴을 바라보다 고개를 돌렸다.

크링.

무정의 발에 찬 철각반에서 작은 소리가 나더니 그의 신형이 서서히 움직이기 시작했다. 어느새 뽑아 들었는지 초우까지 오른손에 굳건히 쥔 채 조량금을 향해 조용한 살기를 뿜어내고 있었다.

명경은 혼신의 힘을 다하고 있었다. 그가 펼쳐 내는 현란한 각법은 예전의 그것과는 너무나 다른 것임을 알 수 있었다.

그의 사부 덕경은 그에게 혼신의 힘을 다해 가르쳤다. 주로 각법에 관한 것이었지만 그가 마지막으로 창안한 무공이 바로 명경에게 이어졌던 것이다.

하나 그런 명경의 힘도 이 조량금에게는 그다지 큰 위협이 되지 않는 것 같았다. 시간이 흐르면서 그가 쳐낸 초식들에 어느 정도 적응이 되자 오히려 조급해진 것은 명경이었다.

물론 뒤쪽에서 명각이 같이 싸우고는 있지만 역시 역부족이었다. 더욱이 무공의 특성상 명각의 내력은 급격하게 떨어져 뒤에서 간간이 백보신권으로 쳐내는 정도였다.

당연히 전면에 나서서 조량금과 혼전을 벌여야 하는 것은 명경의 몫이었다. 하나 그건 처음부터 명경에게는 버거운 일이었다.

그러나 명경은 포기할 수 없었다. 여기서 밀리면 어떻게 될지 너무나 잘 알기에 멈출 수가 없었다. 혹 모를 사태에 대비해 무당의 주교에게 오지 말고 밖에서 대기하라고 전음까지 보냈건만, 상황은 점점 암울하게 변해가고 있었다.

따다당.

철각을 씌운 명경의 오른발이 조량금의 가슴을 노렸지만 조량금은 허리를 비틀며 부드럽게 검을 내쳐 쉽게 막아냈다. 섬전 같은 공격이기는 하나 조량금의 눈에는 똑똑히 보였다.

검으로 명경의 공격을 무산시킨 조량금은 곧바로 검의 방향을 틀어 명경의 하체를 노렸다. 마치 비로 마당을 쓸듯 유연한 몸놀림으로 이를 가능하게 했다.

"하압!"

파앙……

명경은 양 발에 힘을 준 채 공중으로 치켜들었다. 양 무릎이 가슴에 붙을 정도로 깊숙이 끌어당긴 채 양손을 좌우로 주욱 펼치며 매섭게 조량금의 신형을 노렸다. 그때,

싯…….

"……!"

명경의 눈이 살짝 커졌다. 조량금은 그저 손목을 틀어 검날을 돌린 것뿐인데, 그 위력이 너무 대단했다. 마치 보이지 않는 기류가 검에 조종당하는 것 같았다.

조량금의 내력이 대단하기는 하나 이렇듯 거대한 내력을 힘 하나 들이지 않고 움직이는 것에 명경은 의구심이 들었다. 불가사의한 내력을 지니고 싸우는 무정조차 저렇게 수월하게 내력을 움직일 수는 없었다.

뭔가 있었다. 자신이 모르는 뭔가를 지금 조량금은 획책해 놓고 사람들을 조롱하듯 몸을 놀리고 있었던 것이다. 명경은 오감을 활짝 열어놓은 채 조량금의 신형을 주시하며 발을 주욱 뻗었다.

"찻!"

쩌어엉!

올라오는 내력을 발로 차면서 명경은 더욱더 높이 도약했다. 허리를 유연하게 젖히면서 삼 장여가 넘는 높이로 도약한 그의 눈에 이상한 광경이 보였다.

조량금이 검을 휘두를 때부터 그 검끝을 바라보는 화산의 사람들이 아주 조금씩 흔들리고 있었다. 문득 명경의 뇌리에 지나가는 생각이 있었다.

이타득사력… 그것이었다. 아무리 무공이 대단하다고 하나 지금껏 사람들을 상대하면서 땀 한 방울 흘리지 않았던 비결이었다.

그때 자신이 위로 뜨자 공격 방향을 돌려놓기 위해 조량금에게 덤벼드는 명각이 보였다. 순간 명경의 입에서 고함이 터져 나왔다.

"안 됩니다, 사형! 뒤로 물러서세요!"

그러나 이미 너무 늦은 듯했다. 조량금이 휘돌리며 끌어올린 내력은 이미 명각의 가슴을 향해 짓쳐 들고 있었다.

"……!"

명각은 달려가던 신형을 멈추었다. 공중으로 뜬 명경을 보호하기 위해 뒤에서 달려왔지만, 사실 그건 조량금의 눈을 돌리려는 것이었지 실제로 공격할 마음은 없었다. 따라서 내력 역시 그다지 크게 끌어올리지 않은 상태였다.

될 수 있으면 최대한 좋은 기회를 노리기 위해 내력을 모으고 있었지만, 그건 백보신권을 위한 것이었다.

한데 지금 그의 가슴을 향해 다가오는 내력은 그저 그런 내력이 아니었다. 명각이 온 힘을 다 모아도 대항할 수 없을 것만 같은 힘이었던 것이다.

"훗. 소림의 백보신수가 이 정도라? 실망이네!"

조량금은 조롱하듯 입을 놀리며 명각을 향해 검을 들이밀었다. 명각은 좌우로 피하려다 문득 이를 악물며 그 자리에 멈추었다.

이 정도의 내력이라면 자신의 뒤에 있는 화산의 사람들이 죽을지도 몰랐다. 불자인 그에게 있어 이런 상황에서 그가 취할 행동은 하나였다.

그는 최대한의 힘을 모았다. 그리고는 양손을 아래에서 위로 쳐 올리며 조량금의 내력을 흘렀다.

파아아아아아앙…….

"큭!"

두 팔을 공중으로 쳐 올린 채 명각은 짧은 비명을 토해내었다. 겨우 조량금의 내력을 머리 위로 흘려 보낸 순간이었다.

하나 조량금의 공격은 그게 다가 아니었다. 어느새 반 장 안으로 달려들어와 검을 내밀고 있었다. 이번에 승부를 내려는 심산인 것 같았다.

"차아압……."

쩌어어엉!

조량금의 검이 멈추었다. 양손을 합장한 채 그 사이에 조량금의 검을 끼워 세운 것인데, 문득 조량금의 두 눈이 살짝 커졌다.

솔직히 이번에 쳐낸 것은 본신 내력이었다. 그동안 거의 쓰지 않았던 힘을 북돋아 쳐낸 일격을 이렇게 수월하게 막아낼 줄은 몰랐었다. 소림이란 이름의 무게가 작지 않았던 것이다.

그의 눈에서 한층 살기가 더 짙어지기 시작했다. 그는 완전히 결심을 한 듯 온 내력을 끌어올려 검을 찔러 넣었다.

스스……

명각의 양손에서 피가 흘러나오기 시작했다. 발을 빼고 싶어도 명각의 두 발은 땅에 박혀 있어 뺄 도리가 없었다. 막 명각의 목에 조량금의 검이 닿으려 할 때였다.

"멈추지 못할까!"

명경의 노성이 허공에서 들려오면서 조량금의 머리 위로 명경이 떨어져 내렸다. 오른발로 조량금의 백회를 겨냥하여 내려오고 있었던 것이다.

"호오. 이제 오셨는가!"

타아앙… 스파아앗……

명각의 두 손에서 붉은 피가 터져 나오며 조량금의 검이 휘돌기 시작했다. 조량금이 검병을 놓은 채 손목을 뒤집어 손등으로 손잡이를 후려친 것이다.

순간 검은 명각의 두 손바닥을 저미면서 그대로 빠져나와 조량금의 앞에서 빙글빙글 돌기 시작했다. 문득 조량금의 목소리가 들려왔다.

"기다리고 있었네."

파아앙……

"……!"

명경은 눈을 크게 떴다. 조량금이 오른 발등으로 검병을 올려 치더니 이어 오른손으로 명각을 향해 장력을 날린 것이다. 두 사람 다 꼼작없이 한 수에 당할 수밖에 없었다.

조금이라도 이런 사실을 미리 알았더라면 하는 생각이 들었지만 그건 이미 때늦은 후회였다. 절망감에 명경은 이를 악문 채 피할 생각도 하지 않고 있었다. 한데 그때였다.

쩌어어어엉!

"……."

갑자기 공기를 찢는 소리가 들리더니 명경의 신형이 그대로 바닥으로 떨어져 내렸다, 검날에 맞지 않은 채로.

땅에 내려선 명경은 눈앞에 멍하니 서 있는 명각을 향해 눈길을 돌렸다. 명각은 멍하니 선 채 명경의 뒤만을 바라보았다. 명경은 자신도 모르게 그의 눈이 향한 곳으로 시선을 돌렸다.

"……!"

명경의 눈이 한껏 커졌다. 그곳에는 한 사람의 넓은 뒷등이 보였다. 긴 흑발을 살랑이며 서 있는 그는, 심각한 부상을 입은 줄 알았던 무정이었다.

2

"쿨룩! 저… 정아!"

홍관주는 놀라 일어서려 했으나 그것이 되질 않았다. 갑자기 가슴을 칼로 저민 듯한 엄청난 고통이 느껴졌던 것이다.

"어르신! 움직이면 안 됩니다. 조금만 움직여도 돌이킬 수 없는 사태가 됩니다!"

옆에 있던 언경주가 홍관주를 말렸지만 그는 한사코 움직이려 했다. 기어이 저 앞으로 나갈 태세였다.

지금 무정의 몸 상태, 그가 생각하는 것은 그 하나였다. 지금 무정이 부작용을 이겨내고 움직이는 게 아님을 그는 온몸으로 느낄 수 있었다.

"말려……. 마, 말려야… 해."

가슴을 쥐어뜯으며 그는 겨우 소리를 내었지만 그게 다였다. 더 이상 그가 할 수 있는 일은 없었다.

"쓰벌! 홍 노야, 그게 뭔 소리입니까? 설마하니 대장이 저놈에게 진다 이겁니까?"

문득 옆에서 듣고 있던 상귀가 소리를 지르자 주위에 있던 모든 사람들의 시선이 그들에게로 향했다. 솔직히 그들은 홍관주의 반응이 이해가 가지 않았다.

지금 무정은 아무렇지도 않게 움직이고 있었다. 예전에 그랬던 것처럼 훌훌 털어내고 더 큰 힘으로 움직이는 것처럼 보였던 것이다.

"그게 아닐세. 무 대협은…… 이미 늦었네."

"언 장로님, 대관절 그게 무슨 뜻입니까? 늦다니요? 뭐가 말입니까?"

패도를 품에 안고서 광검은 왠지 불길한 생각에 언경주를 향해 재차 물었다. 언경주의 얼굴이 좀 이상했다. 너무나 어두운 표정을 짓고 있었던 것이다.

"지금 무 대협은… 완전히 나은 것이 아니네. 아니, 그게 아니라 스스로 포기한 것이나 마찬가지겠지."

언경주의 말에 사람들의 표정이 변했다. 스스로 포기를 한다……. 죽음을 결심했다는 뜻과 다를 것이 없지 않은가?

"지금껏 무정이 움직이지 못한 것은 몸 안의 힘이 스스로 백회혈을 방어하기 위해 총력을 기울였기 때문이네. 최소한의 힘만 남겨둔 채 나머지 모든 기운은 백회혈 쪽에 몰려 있었지."

"……."

"내가 볼 때는 앞으로 얼마의 시간이 걸릴 지 모를 정도로 급박한 상황이었네. 지금 저렇게 일어날 때가 아니라는 말일세. 그러니 난들 어떻게 생각하겠나? 스스로 그 노력을 포기했다는 추측이 맞겠지……."

잔기침을 하는 홍관주를 부축하며 언경주는 그 말을 마지막으로 입을 닫았다. 하나 더 이상 듣지 않아도 충분히 알 수 있었다.

"쓰벌! 대장이 왜 그런 짓을 해! 우리가 이렇게 멀쩡한데, 대체 뭣 때문에 그런 일을… 아이씨, 왜 그래, 노인네!"

"입 닥치고 좀 앉아, 이 눈치없는 놈아!"

격하게 소리치는 상귀를 고죽노인이 잡아당기자 상귀는 때뜸 눈부터 부라렸다. 그때 상귀의 귀에 고죽노인의 전음이 들려왔다.

"미련한 놈! 홍 노야를 보면서도 느끼는 게 없느냐! 그의 부상으로 인해 지금 무 대주가 화가 난 것이 안 보여!"

"……."

상귀는 다시금 홍관주의 얼굴을 바라보았다. 그제야 확실히 보였다. 홍관주의 마음이 말이다.

노안에 눈물을 가득 담은 채 움직이는 그의 모습은 영락없이 죄책감에 휩싸여 있는 모습이었다. 자신이 다치지만 않았더라도 이렇게 되진 않았을 것이라 생각하고 있음이 분명했다.

"후… 결국 이렇게 다시 만나게 되는군, 귀무혈도 무정. 일이 생각보다 싱겁게 끝나는 것이 아닌가 하는 생각이 들던 참이었는데 딱 좋아. 아주 좋아!"

빙글거리며 무정을 향해 여유롭게 웃음 짓는 조량금은 무정의 아래위를 샅샅이 훑어보기 시작했다. 말은 그렇게 해도 가장 긴장된 순간이었다.

철갑을 쓴 왼손으로 명경에게 향하는 검날을 움켜쥐고, 오른손으로는 명경에게 보낸 장력을 해소했다. 더구나 어디서 어떻게 왔는지도 모를 정도로 빠른 손속이었다. 방심할 상황이 아닌 것이다.

그러나 이런 상황은 그가 원하던 것이었다. 여기 있는 사람들을 모두 이기는 것보다 단 한 명, 이 무정을 이기는 것이 향후 강호에서 그가 활동하는데 있어 훨씬 좋은 영향을 끼칠 것이 분명했다. 세상 사람 누구나 아는 강호의 제일인자가 바로 그이니 말이다.

"명경 스님, 명각 스님… 다들 괜찮소?"

무정은 조량금을 보면서도 뒤에 있는 명각과 명경을 향해 조용히 입을 열었다. 조량금은 안중에도 없다는 듯한 행동이었다.

하나 무정은 지금 조량금의 주변 삼 장 안의 모든 움직임을 느끼고 있었다. 이미 옅은 묵기를 흘리고 있었기에 그는 지금 주위에 흐르는 기운을 충분히 느낄 수 있었다. 게다가 백회혈이 거의 열린 상태이기에 더욱 쉽게 느낄 수 있었다.

"무 시주, 우린 괜찮지만 조심하시오. 저자의 내력은 본신의 내력을 사용하는 것이 아니외다……."

"알고 있소, 명경 스님. 잠시 뒤로 물러나 계시겠소?"

"……."

명경의 말에 무정은 묵묵히 고개를 끄떡이며 입을 열었다. 그건 이미 그도 느끼고 있는 부분이었다. 지금 조량금의 주위에 흐르는 기운은 거의 물리적인 힘을 가지고 있는 것이나 마찬가지였다. 마치 기의 장막 속에 들어온 기분이랄까? 이만한 크기의 내력을 공중에 흩어놓은 것이 그저 위협용이라고는 생각할 수 없었다. 이미 장규연에게 조량금이 이타득사력을 들은 이상, 그 능력을 사용하여 이렇듯 공중에 기력을 띄워놓았다고 생각하는 것이 옳았다.

마치 광검의 산운처럼 조량금도 내력을 유형화하는 것이 틀림없었다. 서로의 차이라면 광검은 자신의 힘을 사용하는데 반해 조량금은 남의 내력을 사용하는 것뿐이었다.

문득 그의 감각에 명경과 명각의 신형이 느껴지지 않자 무정은 왼손을 앞으로 주욱 뻗었다. 그리고는 조량금의 검을 던졌다.

턱……

"……"

얼떨결에 검을 받아 든 조량금은 의아한지 눈가를 좁혔다. 무정의 목소리가 들려왔다.

"해봐……"

"……"

"할 수 있는 짓은 다 해보란 말이다. 네가 가진 힘이 얼마나 어이없는 것인지 깨닫게 해주마."

"허… 허허허허……"

조량금은 어이없는 웃음을 흘려내기 시작했다. 그는 지금 무정이 미친 것은 아닌가 하는 생각이 들었다.

천하의 홍관주도 그의 상대가 아니었다. 한데 어떻게 무정 혼자서 이를 막는다는 것인가? 생각할수록 웃기는 일이었다.

"이제 보니 그저 말뿐인 놈이었나? 내가 그리 우습게 보이는 거냐?"

조량금은 서서히 화가 치미는 듯 이마를 좁히며 살기를 내비치기 시작했다. 자신도 모르게 본신 내력을 조금씩 끌어올리는 것으로 보아 상당히 화가 끓어오르는 듯했다.

"네놈이 생각하는 것이 어떤 것인지 내 알 바 아니지만, 이것 하나만 알아둬라."

"……"

"내가 먼저 손을 쓴다면… 네놈에게 기회 따윈 없다!"

꽈아아아앙!

무정의 말이 채 끝나기도 전에 엄청난 폭음과 함께 주위에 쌓였던 눈이 하늘로 치솟기 시작했다. 휘도는 눈보라에 뭐가 어떻게 되는지 알 수가 없을 정도였다.

이윽고 시간이 흘러가면서 조금씩 눈보라가 진정되어 가자 장내의 상황이 보이기 시작했다. 한데 무정의 신형은 그대로였지만 조량금의 신형은 보이지 않았다. 대신 그가 서 있던 곳부터 뒤쪽으로 길게 두 줄이 지면에 나 있었다.

오 장이 넘게 이어진 그 선은 사람이 밀려난 자국이었고, 그 자국의 끝에 한 사람의 신형이 서 있었다. 놀라 눈을 동그랗게 뜬 조량금이었다.

"이제 내 말이 이해되나?"

"…건방진 놈!"

무정의 말에 조량금의 눈에서 불길이 솟기 시작했다. 그는 오른손에 쥔 검을 가슴께로 끌어 올리며 무정을 향해 발걸음을 옮겼다.

"젠장… 저게 인간이야……."

주교는 멍한 얼굴로 입을 열었다. 그가 보는 무정의 힘은 너무나 대단했다. 그 움직임은 둘째 치더라도, 여태껏 다른 사람들이 그렇게 고전했다는 것이 믿겨지지가 않을 정도였다.

"안 그래요, 장로님들? 정말 대단하다고 생각하지 않아요?"

옆에서 가부좌를 튼 채 요상에 몰두하고 있는 양의천검을 향해 입을 열었지만 그들은 묵묵부답이었다. 주교는 고개를 돌려 두 사람의 얼굴을 보았다.

양의천검은 요상도 잊고 그저 앞만 바라보고 있었다. 게다가 상당히 심각한 얼굴이었다. 그들은 뭔가를 느끼고 있는 듯했다.

"지금 내 말 들려요?"

너무 반응이 없자 주교는 두 사람에게 다시 입을 열었지만 양의천검, 두 사람은 이번에도 주교의 말에는 별 관심이 없는 것 같았다. 그들은 시선을 전방에 고정한 채 작은 목소리로 입을 열었다.

"마지막… 촛불을 태우는 건가?"

"아마도 그럴 것이네……."

두 사람의 말이 끝나자 주교는 그 말에 고개를 갸웃거렸다. 마지막 불꽃이라… 왠지 그리 좋지 않은 기분이 들었다.

우우우우웅…….

"……."

무정에게서 발산되는 묵기에 조량금은 자신도 모르게 침을 삼켰다. 정말 믿을 수 없을 만큼 강대한 것이었다. 전에 화산에 와서 잠깐 봤던 무위가 아니었다. 그동안 뭔가 기연이라도 있었던 듯했다.

이 정도의 기운이라면 이타득사력으로 끌어들인 지금의 기운들을 모두 쓰더라도 겨우 동수에 이를 정도였다. 사람이 내는 힘이라는 것이 믿어지지가 않았다.

그러나 눈앞의 무정은 실제하는 사람이었고, 그가 몸 밖으로 끌어낸 힘 역시 실제였다. 절대 방심할 수가 없었던 것이다.

그렇게 반 각이나 지났을까? 조량금의 신형이 움직이기 시작했다. 검을 낮게 향한 채 그대로 무정을 향해 짓쳐 들고 있었다.

위이이이잉…….

이타득사력으로 얻을 수 있는 힘을 최대한도로 끌어올린 채 그는 무정의 온몸을 향해 내력을 쏟아내었다. 이 정도면 만 근 거석도 한 번에 산산조각으로 부술 수 있을 정도의 힘이었다.

그러한 힘이 모두 모여 있는 일격이니 조량금은 그의 승리를 의심하지 않았다. 하나 상대는 무정이었다.

꽈드득… 꽈득…….

기묘한 소리가 흘러나오면서 조량금이 쳐낸 기운들이 모두 무정의 묵기에 막히기 시작했다. 너무나 완벽하게 막아 검을 들고 앞으로 뛰어나간 조량금이 흠칫하며 멈출 정도였다.

슷.

갑자기 무정의 신형이 사라졌다. 조량금이 뻔히 보는 가운데 사라져서는 어느 순간 그의 눈앞에 다시 나타났다. 한데 한 사람이 아니라 두 사람이었다. 정말 완벽한 환영이었다.

그러나 조량금에게 있어 환영은 소용없는 것이었다. 적어도 그의 감각에는 누가 환영이고 진짜인지 확실하게 걸려들고 있었다.

"허튼 짓!!"

조량금의 눈이 한껏 커졌다. 분명 감각은 오른쪽에 있는 것이었다. 한데 검끝에 감각이 없었다. 그저 허공을 찌르는 기분이었다.

섬칫한 느낌에 조량금은 검을 휘돌려 왼쪽으로 틀었다. 그러면서 재빨리 신형을 숙였다. 혹시 모를 역공에 대비한 것이다.

피이잇.

"……!"

조량금은 입을 벌렸다. 이쪽도 환영이었다. 그렇다면…….

"훗!"

그는 이번에는 검을 하늘로 치켜 올리며 왼발을 뒤로 한 걸음 내디뎠다. 하늘, 그곳밖에는 다른 경우가 없었다. 그때,

쩌어어엉…….

조량금의 검이 뒤쪽으로 멀리 튕겨 나갔다. 순간 손목이 시큰함을 느

끼기도 전에 조량금은 시커먼 물체가 눈앞에 다가서는 것을 느꼈다. 그는 무의식적으로 왼손을 들어 얼굴 앞에 대었다.

파아아앙!

"큭!"

외마디 비명과 함께 그가 뒤로 튕겨 나갔다. 무정은 위가 아니라 뒤에가 있었다. 장규연과의 싸움에서 보여주었던 그 독특한 움직임이었다.

그는 그렇게 몸을 빼내었다가 다시 앞으로 달려들어 왼 어깨로 밀어때린 것이고, 조량금은 여지없이 당해 버린 셈이었다.

"장규연과 싸웠다고 알고 있다."

뒤로 나동그라진 조량금을 보며 무정은 조용히 입을 열었다. 조량금은 꼴사납게 넘어진 것도 잊은 채 무정의 말에 귀를 기울이고 있었다.

"네가 이겼을 테지……. 그렇지 않으면 그렇게 부상당할 일이 없었을 테니 말이다."

조량금은 그저 묵묵히 듣기만 하였다. 무정의 목소리는 계속 들려왔다.

"지금 이따위 공격에 장규연이 당했다고는 생각하지 않는다. 아직도 모르겠나? 갖고 있는 것이 있다면 지금 다 풀어내는 것이 좋아."

"……."

무정의 말에 조량금의 얼굴은 처참하게 일그러졌다. 인정하기 싫지만 그게 맞는 말이었다. 설마 무정이 이 정도의 힘을 가지고 있을 줄은 몰랐던 것이다.

"죽는 것이 그렇게도 소원이라면 그렇게 해주마. 어디 한 번 덤벼보시지!"

조량금은 서서히 일어서며 이제 본신의 내력을 모조리 끌어올리고 있었다. 주위에 휘도는 모든 기운들까지 합쳐져 멀리서 보는 것만으로도 가슴이 떨릴 정도의 거대한 내력을 일으키고 있었다.

그 내력을 보면서 무정은 묵묵히 고개를 끄덕였다. 이 정도의 힘이라면 장규연이 졌던 것도 이해할 만했다.

솔직히 무정의 상태는 지금 최악이었다. 머리가 깨져 나가려 하는 고통을 겨우 참으며 조량금을 상대하고 있었다. 남은 시간이 별로 없었던 것이다.

금방이라도 조금 남아 있는 구여 신니의 기운이 모두 사라질 것만 같았다. 그래서 지금 도발을 하고 있던 참이었다. 길어야 앞으로 일각이었다.

"……!"

그때 조량금을 바라보는 무정의 눈이 살짝 커졌다. 조량금의 기수식이 뭔가 이상했다. 땅에 떨어진 검을 주워 하늘로 치켜 올리더니 서서히 땅을 향해 내리고 있었다.

장규연, 그가 마지막에 보여주었던 그 초식, 바로 그것이었다. 어쩐지 초식이 서로 연결되어 있지 않아 이상하다 생각했었는데, 장규연은 바로 이것을 알려주려 자신에게 왔던 것이었다.

조금 다른 것이 있다면 그 위력이었다. 장규연과 비교해 조량금은 거의 일 장의 공간에까지 넓게 그 위력을 끼치고 있어 조금만 걸어가도 바로 영향권에 들 정도였다.

"후……."

작은 한숨과 함께 무정은 신형을 움직였다. 그는 온몸에 묵기를 잔뜩 머금은 채 앞으로 걸어가고 있었다.

홍관주는 이를 악물었다. 서서히 신형을 곧추세우며 가부좌를 틀려 했다.

"홍 어르신! 진정하시고 어서 내력을 거두세요. 정말 이러시면 위험해집니다."

"이… 이거나 돕게!"

홍관주는 언경주의 우려 섞인 말에도 불구하고, 기어이 가부좌를 틀기세였다. 결국 언경주는 그런 홍관주를 보며 고개를 절레절레 흔들었다. 대관절 무슨 생각인지 모르지만 홍관주는 정말 집요했다.

"홍 노야! 왜 그래요? 무슨 일 있어요?"

기어이 걱정이 되는지 하귀가 다가와 물어보는데도 홍관주는 그저 고개만 좌우로 흔들 뿐이었다. 마치 가부좌를 트는 것만이 세상에서 제일 중요하다는 듯, 그는 멈추지 않고 있었다.

"큭……"

짧은 비명을 지르며 홍관주는 결국 가부좌를 하는데 성공했다. 그리고는 힘없이 고개를 들어 무정을 바라보기 시작했다.

점점 줄어드는 속력을 느끼면서 무정은 조량금의 손에 집중하고 있었다. 그의 손이 내려올수록 무정에게 향하는 압력은 점점 거세지는 것으로 보아 전방 위로 압력은 주는 것 같지는 않았다.

검은 그 주변에 압력을 주고 있었고, 그 위력은 만만치 않았다. 다가서는 무정의 발이 차디찬 땅바닥에 푹푹 박히는 것을 봤을 때 다른 사람들은 조량금에게 다가가는 것조차 불가능한 일일 것이었다.

"과연 귀무혈도… 큰소리칠 만하구나."

조량금은 고개를 끄덕이며 아랫입술을 꽉 깨물었다. 처음 사 장여 이상 떨어져 있던 두 사람의 신형은 일 장여로 접근하고 있었다. 이 정도까지 근접한 것은 무정이 처음이었다. 그 누구도 그의 주위 일 장 안까지 접근할 수 있을 거라고는 생각지도 못했었다.

한데 무정은 느리지만 지금 일 장 안에 들어서고 있었다. 그 한 가지만 봐도 무정의 무공이 어느 정도인지 그는 잘 알 수 있었다. 하지만 지금 다른 무공으로 바꿀 수도 없었다.

도박, 이 무공은 마치 도박과도 같은 것이었다. 이타득사력에 대해 듣고 그 구결을 손에 넣었을 때 생각한 방법이 바로 이것이었고, 양날의 검처럼 상대를 이기지 못하면 자신이 죽는 것과도 같았다. 바로 무정이 받는 압력이나 자신이 받는 압력이 별 차이가 없었던 것이다.

거기서 효용이 생기는 것이 바로 자하신공이었다. 그가 익힌 자하신공은 그 효과를 반감시켜 주는 결과를 가져왔다. 언제 어디서나 조화를 추구하는 보랏빛의 무공이 주는 선물이었다.

그는 이 무공으로 이검필승인 장규연을 누를 수가 있었다. 아니, 솔직히 그저 뒤로 물러서게 만든 것일 뿐이었지만 그것이 바로 승리였다. 이무공 안에서 초식 같은 잔재주는 통하지 않았다. 모든 것이 느려지는 공간 속에서 아무리 빨리 움직여도 그의 눈에는 굼벵이나 마찬가지였던 것이다.

조량금은 서서히 검을 뒤로 젖히기 시작했다. 아직 한 번도 해 보지못했지만 이 속에서 검을 부딪쳐 결판을 내야 할 것 같았다. 그는 오른손이 하던 역할을 왼손으로 옮긴 채 힘껏 기를 모았다. 그때였다.

콰아아아아아……

"……!"

조량금은 눈을 치떴다. 지금껏 무정이 피워 올린 것과는 비교도 안 될만큼 강한 묵기가 무정의 몸에서 발출되기 시작했다. 마치 비 오기 직전의 캄캄한 하늘처럼 그의 눈앞에는 묵빛 장막이 퍼지기 시작했다.

더 이상은 불가능하다. 시간도, 힘도 이제는 한계였다. 이미 승부를 낼 시점이 지난 상황에서 무정은 마지막 시도를 준비했다.

최대의 내력, 최고의 힘, 그리고 최고의 속력을 내어 승부를 결정지어야만 했다. 바로 백회혈을 완전히 열어버림으로써 가능해지는 것이었다.

기의 벽, 호신강기를 극대화하는 듯한 조량금의 기운은 공격자로 하여금 자멸의 길로 빠지게 만들어 버리고 있었다. 공격하다 지친다고나 할까?

단 한 번, 그리고 단 한 수의 승부가 필요했다. 조량금의 내력을 훨씬 웃도는 힘을 가지고 단숨에 눌러 버려야 했다. 무정은 몸 안의 모든 기운을 백회혈로 치달아 보내기 시작했다.

팡!

"……!"

머리 속이 멍해진다. 빙글빙글 도는 가운데 엄청난 내력이 용천혈에서부터 치솟아오르는 것이 느껴졌다. 삽시간에 몸을 휘돌고는 백회혈로 막 힘없이 빠져나갔다.

몸이 새털같이 가볍게 느껴졌다. 순간적으로 정신이 또렷해지면서 그도 모르게 몸에서 묵기가 피어오르기 시작했다. 대관절 어느 정도의 힘인지 이젠 가늠하는 것 자체를 포기했다.

그는 발에 힘을 주며 공중으로 도약했다. 양손으로 초우를 들어 머리 위로 한껏 젖힌 채 온 힘을 초우에 담기 시작했다.

"이야아압!"

파아아앙!

조량금의 장검이 허공을 갈랐다. 좌에서 우로 힘차게 가르며 검기를 쏟아낸 그의 검력에 무정이 만들어낸 짙은 어둠이 갈라졌다. 본신 내력까지 모두 합하여 쏟아낸 그의 검기에 묵기가 반으로 갈라진 것이다.

성공이었다. 지금껏 조종하던 기운을 모두 검에 담은 채 쏟아낸 일격은 도저히 깰 수 없을 것 같았던 묵기의 장막을 걷어내는데 성공했다. 하나 그뿐이었다.

무정… 그의 모습이 보이지 않았다. 벌려진 장막의 틈 사이로 보여야 할 무정의 모습이 그의 시야에 들어오지 않았다. 조량금은 온 정신을 집중하며 기감을 키워냈다.

"……."

느껴지지가 않았다. 대관절 어느 쪽에서 공격해 오는지 전혀 감이 잡히지를 않았다. 마치 허공으로 사라진 허깨비처럼 무정의 종적은 느껴지지 않았다. 그때였다.

쩌어어엉!

"……!"

폭음과 함께 조량금은 누군가 눈앞에 쪼그리고 앉아 있는 것을 보았다. 긴 흑발을 휘날리며 미동도 없는 그의 양손에는 거대한 도 하나가 쥐어져 있었다.

한데 그 도의 끝이 묘한 위치에 가 있었다. 바로 조량금의 가랑이 사이를 지나 한참이나 뒤쪽에 가 있었던 것인데, 폭음은 그 도와 지면이 서로 맞닿아서 생긴 소리였다.

쫘아아아악!

문득 눈앞에서 무정이 피워낸 묵기가 세로로 갈라지는 것이 보였다. 아마도 너무나 빠른 일격에 이제야 갈라지는 듯했다. 그 광경을 보고 있던 조량금은 믿기지 않는다는 얼굴로 입을 열었다.

"허… 허허. 이런… 말도 안 되는 일이……."

쫘아아아아앗!

채 말을 끝내기도 전에 조량금의 몸에서 핏줄기가 솟아오르기 시작했다. 정확히 그의 백회혈과 미간, 그리고 배꼽을 지나는 선에서 검붉은 피가 쏟아져 나왔다. 순간 조량금의 손에 쥐어졌던 장검이 바닥으로 떨어졌다.

떨그렁.

그와 함께 조량금의 신형이 무너져 내리기 시작했다. 양쪽으로 갈라진 채 뜨거운 선혈을 내뿜으면서 그렇게 조량금은 생을 마감하고 있었다.

"……."

아무도 말이 없었다. 너무나도 대단한 일격에 다들 할 말을 잃은 듯했다.

무정의 모습이 보이기는커녕 이젠 느껴지지도 않았다. 그나마 기감으로 그의 모습을 확인하던 사람들은 모골이 송연해지고 있었다. 이제 무정이 마음만 먹는다면 세상 그 누구도 그의 칼날을 피할 수가 없을 것만 같았다.

강호제일인, 명실상부한 그 이름에 걸맞는 무위를 본 사람들은 놀라고 있었지만 한편으로는 다른 생각도 하고 있었다.

질투라고 해야 하나? 최강의 무인에 대한 동경과 질시가 함께 어리는 듯한, 아주 이율배반적인 감정이었다. 무인이라면 어쩌면 당연한 일인지도 몰랐다. 한데 그때였다.

피피핏!

"큭!"

괴이한 소리가 들리면서 무정의 오른팔에서 핏줄기들이 솟아오르기 시작했다. 사람들은 놀라 눈을 동그랗게 떴다. 이상한 일은 그것으로 끝이 아니었다.

파팟!

왼팔에서도 뭔가 터져 나가는 소리가 들리며 갑주의 틈으로 핏물이 흘러나오고 있었다. 돌연한 사태에 사람들은 눈을 휘둥그렇게 떴다.

"대… 대장!"

놀란 상귀가 앞으로 나가려 했고, 무정 일행 또한 그에게 다가가려 할 때였다. 무정의 왼손이 그들을 향해 주욱 펴졌고, 상귀와 일행은 그 자리에서 멈추었다.

"오지 마라……. 그냥 그 자리에 있도록."

묵직한 음성과 함께 무정의 허리가 펴지며 그가 일어서고 있었다. 그러나 그의 신형은 이미 흔들거리고 있었다.

죽음, 그것뿐이었다. 이미 몸은 버틸 만큼 버텨주었다. 더 이상을 바라는 것은 무리였다. 자신이 운이 좋아 그런 것이지 보통 사람들이었다면 여기까지 오지도 못했을 것이다.

마치 공기가 된 듯한 느낌이었다. 온몸에서 고통을 호소하였지만 그의 정신만큼은 그 어느 때보다 맑았다. 아마 백회혈이 열린 효과가 바로 이런 것일 듯싶었다.

하나 이미 죽음은 예정된 것이었다. 지금도 점점 커지는 힘을 인식하고 몸에 담는 기운을 확대해 나가고 있었다. 왼팔과 오른팔은 이를 이기지 못해 혈관 이곳저곳이 터져 버린 상태였다.

그러나 후회는 없었다. 전장에서 태어나 전장에서 살았고, 이렇듯 강호에서 죽음을 맞이하지만 그는 이 세상에 남겨두는 것이 있었다. 최소한 그의 죽음으로 인해 동료들은 살아날 수 있었으니 그것으로 족했다.

파파팟!

가슴과 등쪽에서도 핏줄기가 터져 나오자 무정은 정신이 혼미해지는 것을 느꼈다. 순간 그는 손아귀에서 힘이 빠져나가는 것을 느꼈다.

스릉… 쩔그렁…….

초우가 바닥에 나뒹구는 소리가 들려왔다. 꽉 잡고 싶었지만 이젠 그 것이 자신의 힘으로 되지 않았다.

돌아보고 싶지 않았다. 지금 돌아서서 일행과 홍관주, 명각과 명경을 본다면 눈물이 나올 것만 같았다. 그건 자신이 바란 것이 아니었다.

이렇게… 그저 이렇게 최후를 맞이한다면 그걸로 족했다. 더 이상의 동정도, 눈물도 그는 보고 싶지 않았다.

털썩.

그는 두 무릎을 땅에 꿇었다. 자신의 의도가 아니라 몸이 그 역할을 다 하지 못하는 것이었다. 이제 스스로 무너지는 것만 남은 꼴이었다.

머리 속이 빠개질 듯이 아파오기 시작했다. 아마도 백회혈이 점점 커지다 파열되는 듯했다. 이젠 마지막이었다. 무정은 그렇게 생각하며 서서히 눈을 감았다.

"……!"

한데 뭔가 이상했다. 고통… 지금 느껴지는 것은 고통이 분명했는데, 머리 속에서 고통이 느껴진다는 것은 있을 수 없는 일이었다.

백회가 열린다면 오히려 머리가 맑고 또렷해진다. 그건 무정도 이미 겪어 봐서 알고 있었다. 지금 무정이 위험하게 생각하는 것은 백회가 완전히 열림으로써 용천혈로부터 들어오는 엄청난 기운들이 온몸을 갈기갈기 찢어놓는다는 것이었다.

머리가 아플 경우는 백회혈이 완전히 열린 상태에서 치달아오는 기운이 고 백회혈을 찢고 나가는 경우뿐인데, 아직 그 정도는 아니었다. 그러니 고통이 느껴질 리 없었던 것이다.

문득 무정은 백회혈 바로 아래 쪽에 뭔가 이상한 감각이 생기는 것을 느꼈는데, 그와 함께 갑자기 백회혈로 빠져나가는 기운이 줄어들고 있었다. 그것도 아주 급격하게 줄어들고 있었다.

뭔가 있었다. 온 정신을 집중해 몸 상태를 돌아본 무정의 감각에 아주 이질적인 기운 하나가 그 길을 방해하는 것을 느꼈다. 마치 구여 신니가 예전에 막아주었을 때처럼 말이다.

하나 그건 완전히 다른 이야기였다. 그때 무정의 무공은 그다지 강하다고 볼 수 없었고, 그래서 구여 신니도 가능했던 것인데 지금은 불가능했다.

무정의 몸 안에 흐르는 힘을 막으려면 이를 상회하는 힘을 지녀야 했는데, 지금 여기 있는 어느 누구도 그것이 가능한 사람은 없었다.

"……!"

아니, 있었다. 단 한 사람, 홍관주를 제외하고는 말이다. 그라면 목숨을 걸고 무정의 백회를 막을 수 있었다. 실패인지 성공인지는 장담 못해도 말이다.

"그냥 있거라, 정아야. 움직이지 말고 그냥 있어……."

"……."

귓가에 홍관주의 전음이 들려오기 시작하자 무정은 이를 악물었다. 지금 그가 할 수 있는 몇 안 되는 일 중 하나였다.

"이미 난 덕경이 세상을 떴을 때부터 죽은 것이나 마찬가지였다. 내 하나뿐인 친구 놈이니 내 기분을 너는 알겠지?"

고개라도 끄덕여 주고 싶었지만 그는 그럴 수 없음에 가슴이 터질 것만 같았다. 홍관주는 지금 최후의 원영까지 모두 일깨운 듯했다.

"죄책감 가지지 말거라. 나를 위해 울 필요조차 없다. 이 모든 것은 나의 선택일 뿐이다. 네가 슬퍼할 이유는 없어."

툭……. 무정의 턱에서 눈물 한 방울이 떨어져 내렸다. 아니, 핏물일지도 몰랐다. 이미 충혈되어 터져 버린 눈에서는 눈물인지 핏물인지 모를 액체가 뺨을 타고 흘러내리고 있었다.

"생각보다 시간이 별로 없구나……. 덕경, 그 땡중은 너에게 그냥 흐르는 대로 놔두라고 했지? 한데 난 좀 다른 이야기를 하고 싶구나."

우둑!

머리 위의 백회혈이 점점 막혀가면서 기운이 용천혈로 되돌아가자 몸이곳저곳의 감각들이 되살아나고 있었다. 몸의 감각이 되돌아오는 것을 느끼며 무정은 홍관주의 전음에 귀를 기울였다.

"네가 생각하는 강호를 만들거라……. 네가 느끼는 강호, 그 강호 속에서 살아가는 사람들의 모습을 만들려 하지 말고, 그냥 그들이 움직일 수 있는 강호를 만들거라. 그것뿐이란다."

"……."

이해할 수가 없었다. 무슨 강호를 만들라는 것인지……. 자신의 멋대로 강호를 만들란 말인가? 아니, 이해하고 싶지 않았다.

소리치고 싶었다. 이렇게 전음이 아니라 직접해 달라고, 어서 그만두고 말해 달라고 이야기하고 싶었지만 목소리는 나오지 않았다.

"홋홋홋. 미안하구나……. 구여 신니처럼 완전히 막아주고 싶었는데 네 내력은 이미 나를 웃돌아……. 그저 임시방편으로 막아놓는 수밖에 별 도리가 없구나, 정아."

"큭!"

짧은 기합 소리와 함께 무정의 입에서 핏물이 왈칵 쏟아졌다. 검게 죽어버린 피들은 덩어리가 되어 무정의 앞섶을 적셨다.

몸에 불거졌던 혈관들도 어느새 희미하게 그 자국만 보일 정도로 사라지고 없었다. 온몸이 징징거리며 감각이 돌아오는 것을 깨닫자 무정은 일어서려 애썼다.

"정아야, 난… 너를 믿는다……."

점점 가늘어지는 홍관주의 전음을 들으며 무정은 기어이 일어섰다. 그리고는 신형을 뒤로 돌렸다.

"너… 뿐만이 아니라. 나 역시… 널 만난 게… 행운이었… 단다."

무정은 이를 악물고 달렸다. 두 눈에서 혈루를 쏟아낸 채 그는 입을 벌려 크게 외쳤다.

"호, 홍 노야!"

피 어린 무정의 외침이 들리자 그제야 사람들은 홍관주를 향해 시선을 돌렸다. 그리고는 그 모습에 입을 벌렸다.

가부좌를 튼 채 홍관주는 웃고 있었다. 아니, 웃는 모습으로 생을 마친 것이었다. 더 이상 그에게서는 생명이 느껴지지가 않았다.

"사… 사부님! 사부님! …흐어어엉!"

유복진의 입에서 비명이 흘러나오기 시작하자 사람들은 그제야 홍관주의 죽음을 실감했다. 강호의 큰 별, 백염주선 홍관주는 그렇게 별이 되어 사라진 것이었다.

"…노야! 홍 노야!"

다가와 홍관주의 시신을 끌어안은 무정의 절규가 봉우리에 울려 퍼지기 시작했다. 혈루를 뿌리며 우는 무정의 모습은 지켜보는 사람들로 하여금 눈시울을 적시게 하기 충분했다.

고요한 적막이었다. 모두 소리 죽여 눈물을 흘리는 가운데, 그렇게 무정은 마치 석상이라도 된 듯 홍관주의 시신을 안은 채 어깨만 들썩이고 있었다.

*　　　*　　　*

똑똑똑똑……

고즈넉한 산사에 목탁 소리만이 울려 퍼지고 있었다. 강호의 큰 기둥이라 불리는 소림은 오늘따라 유난히 엄숙한 모습이었다.

청천하일불 덕경과 백염주선 홍관주, 두 사람을 위한 제가 오늘로 벌써 십오일째 계속되고 있었다. 이미 소식이 알려져 그런지 수많은 사람들이 소림에 계속 발걸음을 하고 있었다. 그나마 사람들이 별로 없는 소림의 장경각에 몇몇 사람들이 모여 있었다.

무정… 온몸을 목면으로 모두 감은 채 일행과 몇몇 강호의 사람들만이 모여 있었다. 소림의 명경과 명각을 비롯, 유정봉과 무당의 주교, 개방의 유복진까지 모두 모여 있었다.

"…떠나겠다."

"뭐야… 대장! 가긴 어딜 가, 그 몸으로! 당장 요양부터 해도 시원치 않을 판에!"

"쓰벌! 나도 하귀 말이 맞다고 생각해. 정말 가고 싶으면 좀 낫거든가!"

뜬금없는 무정의 말에 상귀와 하귀는 대뜸 소리부터 질러댔다. 하나 솔직히 그 말은 모두가 하고 싶은 말이었다.

화산에서 온 지 근 한 달……. 모든 것이 진정되어 가긴 했으나 그건 그저 표면적인 것뿐이었다. 무정의 마음속은 점점 저 복잡해져 가고 있었다.

도무지 잊히지지가 않았다. 눈앞에서 숨을 거두었던 홍관주의 모습은 머리 속에 각인되어 꿈에서도 나타날 정도였으니, 그 모습을 보며 무정이 편할 리 없었다.

게다가 그가 남긴 마지막 유언, 자신의 강호를 만들라는 말을 어떻게 해석해야 할지도 몰랐다. 최소한 그것이라도 어떻게 해주어야 할 텐데

도무지 어찌해야 될지 판단이 서질 않았다.

"아미타불……. 이런 말씀을 드리기는 주제넘는 것 같으나 소승도 상귀와 하귀 시주와 같은 생각입니다. 무 시주, 좀 더 편안히 마음을 가지시고 일단 쉬시는 게 어떨는지요?"

명각까지 근심 어린 목소리로 이야기하자 모두 고개를 끄떡였다. 사실 마음도 마음이지만 현재 그의 몸 역시 위험한 상태였다.

비록 홍관주가 막아주었다고는 하나 그전까지 무정의 몸은 거의 찢겨져 나가기 직전이었다. 지금도 온몸에 난 상처에서 피가 배어 나오고 있을 정도였으니 그 부상 정도가 어느 정도인지는 능히 짐작할 수 있었다.

하나 정말 위험한 것은 그 내력이었다. 현재 무정의 백회혈 쪽에는 홍관주가 남긴 내력이 자리잡고 있었다. 한데 그것이 완전한 것이 아니라 언제 흩어져 사라질지 모르는 것이었다. 한마디로 언제 죽을지 모르는 운명이란 뜻이었다.

"……."

그러나 명각의 말에 무정은 묵묵히 고개를 저었다. 바로 그런 이유 때문에 무정은 일행에게서 떠나고 싶었다.

짐이 되긴 싫었던 것이다. 도와줄 수 없기에 동료들의 위기를 보며 그저 질끈 눈을 감는 것은 자신이 아니었다. 차라리 죽는 것이 나았다.

일행이야 그게 무슨 소리냐고 난리를 칠 것이지만 그건 그들의 생각이었다. 무정의 입장에서 본다면 참을 수 없는 일이었다.

"장규연이 넘겨준 그 두루마리를 아미에 돌려주겠소?"

"……아미타불. 그거야 어려운 일이 아니지요. 그 점은 염려 마시고 몸부터 생각하시지요."

무정의 말에 명경은 고개를 끄떡이며 입을 열었다. 아마도 난피풍검법의 사라진 삼초식을 일컫는 것 같았는데, 그건 무정의 말이 아니더라도 그리할 생각이었다.

"그럼 됐소…… 흡."

짧은 기합 소리를 내며 갑자기 몸을 일으키자 사람들의 눈이 휘둥그레졌다. 설마 지금 당장 떠날 것이라고는 생각지도 못했던 것이다.

"대주, 지금 떠나려 하는 거요?"

"대장, 뭐가 그리 급해!"

고죽노인과 광검이 눈을 부라리며 소리치는데도 불구하고 무정은 그저 아무 말 없이 파풍의를 집어 들었다. 그리고는 천천히 몸을 휘감으며 신형을 돌렸다.

"밤이 길면…… 꿈도 길겠지……."

알 듯 말 듯한 말을 남기고는 무정은 서서히 장경각을 나서기 시작했다. 그러자 사람들 모두 무거운 표정을 한 채 그를 따라 움직이고 있었다. 이미 결심한 무정을 말릴 수는 없을 것 같았다.

"대장…… 언제쯤 다시 돌아올 거야?"

"……."

하귀의 말에 무정은 묵묵히 그를 바라만 보고 있었다. 언제쯤 온다고 이야기하고 싶건만 그 자신도 모르니 뭐라 말할 수 없었다.

무정은 사람들이 없는 소실봉 뒤편으로 나와 일행과 헤어지려 했다. 무정을 보내며 사람들은 모두 다 굳은 얼굴로 그를 바라만 보고 있었다. 마음이 편할 리가 없었다.

이것저것 다 치우고 그를 따라가고 싶지만 솔직히 이젠 강호에 얽매여 그럴 수가 없었다. 저마다 해야 할 일이 있으니 어쩔 수 없는 노릇이었고, 무정도 그걸 원치 않았다. 독하게 마음먹고 하귀가 쫓아가겠다고 이야기했으나 그저 무정의 고개가 좌우로 저어지는 것만 볼 수 있었다.

"아미타불. 꼭 다시 오시리라 믿습니다. 여기……."

명각은 말과 함께 무정의 초우를 내밀었다. 그간 무정의 몸이 좋지 못해 명각이 보관하고 있었다. 이제 떠나니 주인에게 돌려주는 것이 상례이리라.

한데 무정의 표정이 좀 이상했다. 몸을 지키는 유일한 수단이니 가지고 가야 하건만 다른 장비는 다 봇짐에 넣어 등에 메고 있으면서도 참마도는 그저 바라만 보고 있었다.

"명각 스님, 초우를 잠시 보관해 주시겠소?"

"……무 시주, 그 무슨 말씀이오이까?"

뜻밖의 말에 명각은 눈을 동그랗게 떴다. 대관절 지금 무정이 무슨 소리를 하는지 감을 잡을 수가 없었다. 무인이 자신의 무기를 가져가지 않겠다는 것을 어떻게 생각해야 하겠는가?

"난…… 돌아올 것이오. 반드시 돌아올 터이니 그 녀석을 잘 보관해 주시오. 내가 돌아오는 날…… 나에게 다시 넘겨주시구려."

"……."

무정의 말에 사람들은 어금니를 꽉 깨물었다. 무정의 마음을 알 것 같았다.

자기 자신과의 약속이라고나 할까? 스스로 돌아올 당위성을 남기고 떠나는 것이었다. 행여 닥칠 힘든 상황에 대비해 스스로 강한 의지를 가지기 위한 상징이었던 것이다.

"아미타불……. 알겠습니다. 약속은 반드시 지키는 무 시주이시니 믿겠습니다."

명각은 고개를 숙이며 조용히 입을 열었고, 무정도 고개를 끄떡이며 잠시 사람들을 둘러보다 이윽고 신형을 돌렸다. 그리고는 서서히 일행에게서 떠나기 시작했다.

"대… 대장……."

나직이 입을 열며 필사적으로 눈물을 참는 하귀와 일행을 뒤로한 채 무정은 차분히 걷고 있었다. 겨울 햇살 가득 반짝이는 설원 속으로 그렇게 사람들의 시야 속에서 사라졌다.

"돌아가시겠습니까?"

"……."

사라져 가는 무정을 물끄러미 바라보던 유경의 입에서 작은 목소리가 흘러나왔다. 그의 바로 앞에 있는 한 여인을 향해 이야기하고 있는 듯했는데, 여인 역시 사라져 가는 무정의 모습에 시선을 고정한 채 미동도 없었다.

희명 공주, 그녀 역시 소림에 와 있었던 것이다. 아직도 그녀는 무정의 뒤에서 바라만 보고 있었다. 유경의 입장에서 보면 속이 타는 일이었으나 그는 희명을 이해했다.

궁에서 소중히 자란 사람들의 특징이 바로 적극적이지 못하다는 것이었다. 게다가 황제의 사랑을 받으며 살아온 그녀이니 말할 것도 없었다. 이렇게 부황의 곁을 떠나 조용히 무정을 지켜보는 자체가 바로 용기일 터였다.

"유 호위……."

"예, 공주 마마"

문득 들려오는 희명의 목소리에 유경은 고개를 돌렸다. 아마도 돌아가자는 이야기가 나올 것 같았기에 유경은 뒤쪽으로 손짓을 하며 준비를 하라 일렀다.

"부황께 전해주세요……. 잠시 동안, 아니, 어쩌면 좀 오랫동안 뵙기 힘들 것 같다고 말입니다."

"공주님……!"

유경의 눈이 한껏 커졌다. 희명 공주의 말은 자신의 예상을 뒤엎는 것이었다.

"참 무정한 사내입니다. 아마 한두 해 가지고는 저 사람 마음을 얻기힘들 것 같습니다. 아니 그렇습니까, 유 호위?"

"……."

빙긋이 웃으며 이야기하는 희명을 보며 유경도 조용히 미소를 띠기 시작했다. 결국 희명이 결심을 한 것이다.

"그렇지만 저는 노력할 것입니다. 희명이란 이름을 버리고 가려라는이름으로 그 사람에게 가렵니다. 부디 이런 저의 마음을 부황께 전해주십시오."

"알겠습니다, 공주님."

유경은 고개를 숙이며 그녀의 곁에서 물러났고, 희명은 그런 유경을잠시 바라보다 신형을 돌렸다. 그리고는 무정이 사라진 방향을 어림잡아움직이기 시작했다.

유경은 그런 희명의 모습을 물끄러미 바라보고 있었다. 그러다 그녀가거의 시야에서 사라질 때 즈음 뒤쪽을 향해 입을 열었다.

"너희는 지금부터 황궁에 들어올 생각 따윈 잊어라. 암중에서 공주님을 호위하며 공주님의 신변을 보호해라. 또한 무 대협이 눈치 채지 못하도록 웬만한 일에는 나서지 마라. 알겠느냐?"

"옛!"

짧고 간결한 대답과 함께 유경의 뒤에 서 있던 호위들의 신형이 사라졌다. 모두 삽시간에 희명의 뒤를 쫓는 듯했다. 유경은 호위들의 움직임에는 신경 쓰지 않고 오로지 사라져 가는 희명의 뒷모습만 바라보고 있었다.

"부디… 행복하시기를…… 공주 마마."

작은 미소와 함께 그는 신형을 돌렸다. 그렇게 그녀의 행복을 기원하면서 유경의 신형도 점이 되어 사라졌다.

약속

약속

"후아아암!"

이른 아침의 상쾌한 공기를 들이마시며 하귀는 기지개를 힘껏 폈다. 그는 이어 목을 좌우로 돌리며 한껏 굳어진 몸을 푸는 듯했다.

하늘이 참 맑았다. 어느새 가을로 접어든 계절은 도무지 그 끝을 알 수 없을 만큼 높고 파랗게 물들어 있었고, 여기저기 보이는 나무들은 점차 앙상해 보이는 것이 조금만 더 있으면 겨울이라는 말과 함께 하얀 눈이 내릴 것만 같았다.

하얀 눈…… 그 생각을 하니 왠지 하귀의 머리 속에 생각나는 풍경이 있었다. 눈이 쌓였던 소실봉, 그 뒤편으로 조용히 사라졌던 대장의 모습이 아련하게 떠오르고 있었다.

육 년, 벌써 육 년이나 지난 일이었다. 이제나저제나 기다리다 보니 어느새 육 년이란 시간이 흘러버린 것인데, 아직 대장의 소식은 들리지 않았다.

어디서 뭘 하고 있는지 모르지만 내심 섭섭한 것이 사실이었다. 뭐, 대장이 원래 성격이 그렇다는 것은 알고 있었지만, 연락 하나 없는 것이 정말 그 이름대로 무정했다.

그러나 그는 대장을 믿었다. 그의 약속, 반드시 돌아온다는 그 약속을 그는 믿었고, 그래서 이렇게 웃으며 아침을 맞이할 수 있었다. 그때였다.

"웬일이냐? 이렇게 일찍 나오고? 호오, 그러고 보니 원행 떠난다고 긴장되냐? 킬킬킬."

"아따, 성님도. 내가 뭐가 무서워서 긴장씩이나 하요! 간만에 일찍 일어났으니 당연한 것이지."

문득 옆에서 들린 경박한 소리에 하귀 역시 경박한 음성으로 답례를 했다. 나타난 것은 얼굴에 수염이 덥수룩한 상귀였다.

"성님은 그 수염이나 어떻게 좀 정리해 보쇼! 그게 뭡니까? 산도적도 아니고, 제자들 보기 민망하요."

"쓰벌! 내 수염 같고 내가 이따우로 쓴다는데 왜 니가 난리야, 이 씹새야! 우리 안사람은 좋아하기만 하드라."

"아, 그거야 형수님 성격이 워낙 좋아서 하는 말이……."

당장에 뭐라 대꾸하려던 하귀는 갑자기 입을 꽉 닫았다. 문득 문을 열고 들이닥치는 아이들을 보았던 것이다.

"밤새 안녕하셨습니까, 큰사부님, 작은사부님?"

"허허. 그래 너희도 잘 잤느냐?"

"어서들 아침 연무를 준비하도록 해라. 오늘 나와 여기 큰사부님이 길을 떠나야 된다는 것은 잘 알고 있겠지?"

"예, 작은사부님. 여부가 있겠습니까? 모두 준비시키겠습니다."

"험험. 그래, 그래."

정중한 대화가 오가면서 아이들이 사라져 가자 문득 뒤쪽의 전각에서 누군가 나와 신기한 얼굴을 하고 있는 것이 보였다. 반짝반짝 눈을 빛내며 두 사람을 바라보는 고죽노인이었다.

"나참, 어이가 없어서……. 이눔들아! 사람이 안 하던 짓 하면 죽어! 그리고 네눔들이 그리 성인군자처럼 난리를 쳐도 상귀와 하귀가 싸가지 없다는 건 세상이 다 안다. 차라리 경극을 해라. 솔직히 벌써 육 년이나 봐왔지만 난 정말 적응이 안 된다."

"쓰벌. 이 노인네가 아침부터 사람을 살살 긁네? 그러게 왜 자꾸 여기는 왔다 갔다 해! 빨랑 해남도에 가서 대장 노릇이나 하라니까!"

"글게 말이요! 여기서 산통 다 깨놓을라면 당장 해남도나 가요! 나름대로 성님과 나, 이 지역의 유.지.요!"

"……."

고죽노인은 눈을 가늘게 뜨며 상귀와 하귀를 번갈아 보기 시작했다. 그러다 문득 방 안으로 들어가더니 뭔가 가지고 후다닥 나왔다.

그가 가지고 나온 것은 지필묵이었다. 고죽노인은 붓에 먹을 잔뜩 먹인 채 하귀에게 내밀었다.

"……?"

갑작스런 고죽노인의 행동에 상귀와 하귀는 의아해했다. 한데 그런 그들의 귓가로 고죽노인의 목소리가 들려왔다.

"써봐."

"……?"

"유지, 그 글자 써보라고. 쓰면 내가 인정해 주마! 이 지역의 유지라고."

"……."

상귀와 하귀의 눈이 흉악하게 변하기 시작했다. 이윽고 그들은 내력을 한껏 올린 채 고죽노인을 향해 섬전같이 짓쳐 나갔다.

"쓰벌, 이 노인네! 정이고 뭐고 필요없어!"

"성님, 얼렁 잡으쇼! 내 오늘 해남도에 죄짓고 말것소!"

우당탕거리며 세 사람은 어느새 안마당이 좁다 하고 움직이고 있었다. 희뿌연 먼지를 피워 올린 채 아침부터 어울리기 시작했는데, 그 광경을 보는 두 쌍의 눈이 있었다. 소희와 남궁희였다.

"전 정말 이해를 못하겠네요, 형님. 어째 서로 반가워하면서도 항상 저러죠?"

"후……. 동생, 내버려 둬. 저게 저들 놀이야. 나도 이젠 포기했어. 참 나, 오늘 떠난다는 사람들이 힘이나 아껴둘 것이지……."

소희는 머리를 절레절레 흔들며 발걸음을 돌렸다. 이젠 말리기도 지겨운 것이었다. 하긴 하루 이틀 일이 아니었으니…….

그의 뒤를 남궁희가 천천히 따라갔다. 배가 둥글게 나와서 그런지 그녀의 걸음은 조금 무거워 보였다.

"동생, 조심해. 해산 날도 얼마 안 남았는데 조심해야지. 철없는 남자들은 놀게 놔두고 우린 아침이나 먹자고."

"풋!"

남궁희는 작게 웃으며 소희의 뒤를 따랐다. 그렇게 주여루의 아침은 어느 때와 마찬가지로 시끄럽게 시작되고 있었다.

* * *

"아미타불. 이렇게 어려운 발걸음을 해주신 강호동도 여러분께 소림을 대신해 감사드립니다."

"허허허. 그 무슨 섭한 말씀을……. 강호무림에 대한 정면 도전을 천명한 세력이 있는데 어찌 조용히 있겠습니까? 당연히 와야지요."

너른 객잔에 울리는 명경의 맑은 목소리에 누군가의 입에서 답례가 나왔다. 그러자 모인 사람들 모두 고개를 끄덕였다.

"뉘신지 모르나 맞는 말씀이오이다. 무 대협의 초우가 가지는 의미가 보통 의미가 아닐 텐데 이를 넘기라고 하다니……. 그야말로 정면 도전이오. 그나저나 저들의 도발에 대한 소림의 입장은 어떻습니까?"

한쪽에 조용히 있던 유복진이 조용히 입을 열어 명경을 향해 물어왔다. 명경은 유복진에게 잠깐 목례를 한 후 입을 열었다.

"비록 천축의 소뢰음사가 주축을 이룬 세외 세력이지만 솔직히 그들의 무공은 놀랍습니다. 어쩌면 상당히 고전해야 할지도 모른다는 것은 다들 알고 계실 테니 더 이상은 말하지 않겠습니다. 하나 이것만은 기억해 주십시오."

"……."

"솔직히 저들이 육 년 전 사라진 귀무혈도 무정 대협의 애병, 초우를 달라는 것은 그저 핑계일 뿐입니다. 사실 본 파를 누르기 위해 오는 것이나 마찬가지입니다. 그래서 그 도발 범위를 소림이라는 것에 국한시킨 것입니다."

명경은 말을 마치고 잠시 눈을 감았다. 그리고는 소림에서 결정된 것과 혹 다른 말을 한 것은 아닌지 다시 기억을 되살리기 시작했다.

서장의 도발. 어쩌면 그건 예정된 수순이었다. 그간 강호는 이상하리만치 조용했다. 아미와 화산은 다시 세를 키우려 애쓰고 있었고, 청성은 이제 막 수적으로 본 궤도에 오른 상태였다. 천축 쪽의 세력을 견제할 무림세력들이 그간 너무 없었던 것이다.

사정이 이러니 그들이 중원에 밀정을 보내는 것은 아주 쉬운 일이었다. 온갖 정보를 얻고서 일단 소림을 누르기 위해 핑계를 건 것이 바로 무정의 초우였다.

육 년 전 화산혈사(華山血事)라 불리는 그 사건 이후 강호에서 무정이란 이름은 완전히 사라진 것이었다. 아니, 사실 그 이름은 오히려 더욱 사람들의 입에 오르내렸으나 정작 주인공은 어디로 사라졌는지 알 수가 없었다. 이름만 있고 그 실체는 없어진 꼴이었다.

다만 그가 지금도 무림과 연관되는 한 가지를 말하자면 단 한 가지, 그가 떠날 때 소림에 남겨놓은 자신의 애병 초우뿐이었다.

"물론 지금이라도 무 시주가 나타나 애병을 가지고 가준다면 싸움의 시작조차 되지 않겠지만, 현실적으로 이는 불가능하니 소림에서는 전면에 나선다는 입장입니다. 이 점을 일단 기억해 주시길 바랍니다. 아미타불……."

명경은 조심스레 말을 마치며 불호를 외웠다. 사실 무정의 애병 때문에 여태껏 소림은 조용할 날이 별로 없었다.

자연스럽게 무정의 애병은 강호무림에서 상징적인 의미가 되었고, 지금껏 그것 때문에 소림은 수많은 도전을 받아야만 했다. 거기다 무정의 무공으로 짐작되는 전단격류의 연성법이 초우에 숨겨져 있다는 말도 안 되는 소문까지 나돌아 그 정도는 더욱 심했다.

하나 소림은 그 모든 도전들을 받아들이며 이를 지켜냈고, 사람들로부터 과연 소림이라는 이름을 듣고 있었다. 이젠 소림도 무정의 애병을 포기할 수가 없게 되어버린 것이었다.

"혹 남궁가주께서는 무 시주의 소식을 들으신 것이 있습니까? 아니면 다른 일행 분이라도……."

"음……. 실은 저도 백방으로 찾아보고는 있으나 종적이 묘연합니다. 정말 하늘로 사라져 버린 듯한 느낌입니다."

이젠 남궁가주로 정식 취임을 한 남궁추는 명경의 말에 조용히 고개를 저었다. 잠시 그렇게 조용히 있다 다시 입을 열었다.

"그래도 혹 다른 일행에게 왔는지 알아보기는 할 수 있을 겁니다. 곧 이곳으로 당도한다고 기별을 받았……."

"쓰벌, 광검! 아니지, 여 남궁가주! 오래간만입니다! 허. 허. 허. 허!"

"앗따, 광검 성… 음. 험험, 남궁 형님, 평안하신지요?"

"……."

문득 뒤에서 들려오는 목소리에 남궁추는 미간을 확 찌푸렸다. 보지 않아도 알 수 있었다. 딱 몇 마디 가지고 이렇게 사람 속을 뒤집어놓는 사람은 이 강호에 단 두 명, 상귀와 하귀뿐이었다.

딴에는 놀라게 한다고 문을 벌컥 열며 들이닥친 것인데, 생각 외로 사람들이 많자 바로 말을 바꾸었다. 남궁추는 고개를 돌려 그들의 면면을 바라 보았다.

상귀와 하귀, 고죽노인의 신형이 보였고, 그 뒤로 의자에 바퀴를 달아 움직이도록 만든 특수한 장치에 몸을 실은 반뇌와 이를 끌고 다니는 제자 교의 모습이 보였다. 그리고 그 옆에 서 있는 비연이 보였다. 모두 모였다.

"허허허허. 모두 정말 오래간만입니다. 모두 강건해 보이니 정말 다행이군요, 아미타불."

명경은 한껏 사람 좋은 웃음을 터뜨리며 사람들을 맞이했고, 상귀를 포함한 일행은 그런 명경의 모습에 미소로 답하였다.

"그럼 아무도 모른다는 말이군요. 으음……."

명경은 잠시 생각에 잠기기 시작했다. 역시 아무도 무정의 소식은 알고 있지 못했다.

지금 이곳에는 그나마 친분이 있던 사람들이 모두 모여 있었다. 무정 일행과 명경, 청성의 유정봉과 아미의 소신니 간명, 그리고 아직 장문인이 되진 못했으나 곧 올라가게 될 무당의 주교까지 오랜만에 모두 모인 것이었다.

짧다면 짧을 수 있겠지만 육 년이란 시간은 여기 있는 사람들에게 참 많은 일이 일어나기에 충분한 시간이었다. 그리고 실제로 많은 일들이 일어났다.

우선 명각은 소림의 장문인이 되었고, 명경은 장경각주가 되었다. 두 사람은 소림을 이끄는 진실한 힘으로 강호에 알려졌고, 나날이 그 무훈이 높아져 가고 있었다.

청성의 유정봉도 장문인에 등극했고, 광검은 가주가 되었다. 두 사람은 지금 강호에서도 상당한 인지도를 쌓고 있었는데, 이는 그간 강호에서 들린 소식 중 가장 활발하게 들린 소문 중의 하나였다.

하나 이들의 변화도 놀랍지만 더 놀라운 것은 나머지 사람들의 소식이었다. 그중 제일 놀랄 만한 것이 상귀와 하귀였다.

그들이 연무관을 차린 것이다. 창술을 서로 독자적으로 발전시키기 시작한 그들은 이창관(二槍館)이란 이름으로 주여루의 옆에다 하나 차리고 후진 양성에 힘쓰고 있었다. 참으로 놀라운 일이 아닐 수 없었다.

더욱이 그것이 잘되고 있는지 그 제자 수가 육십여 명에 이른다고 한다. 두 사람의 성격을 생각했을 때 정말 믿어지지 않는 일이었다.

그 외에 반뇌와 비연은 화산에 자리를 잡았다. 비연은 이제 밖의 일엔 잘 신경 쓰지 않고 오로지 반뇌를 도와 화산의 기강을 바로잡는데 일조를 하였다. 반뇌의 하체가 불편한 것은 별다른 문제가 되지 못했다.

그것은 과거 장규연이 부탁했던 아이, 교가 성장하고 자연스럽게 반뇌의 제자가 되면서 해결된 것인데, 지금도 그의 그림자가 되어 반뇌의 머리 속에 있는 모든 것들을 전수받고 있었다.

하나 뭐니 뭐니 해도 불가사의할 정도로 놀랄 일은 바로 패도였다. 육년 전 무정이 사라지고 난 후 바로 난영화와 혼인한 그는 지금 강호에서 상당한 무위를 떨치고 있었다.

반혼도(半魂刀) 구서력, 그것이 그의 별호였다. 반쪽짜리 거도를 가지고 세상을 휘젓는 그는 이미 일류를 벗어나 특급으로 자리매김하고 있었다. 실로 뼈를 깎는 각고의 노력이 뒤따랐음은 말하나 마나였다.

"쓰벌. 근데 패도 이 인간은 어디 가서 안 와?"

"얼래, 호랑이도 제 말 하면 온다더니 뒤에 있네요."

상귀와 하귀는 투덜거리다 고개를 돌렸다. 그곳에는 우람한 덩치로 방문을 열고 들어오는 패도의 모습이 보였다.

"뭐 하느라 이리 늦었냐? 결전이 내일인데!"

"대장의 소식을 알아보느라 좀 늦었다."

"뭣! 혹 들은 것이 있어?"

시큰둥하게 물어오는 광검의 목소리에 예의 묵직한 목소리로 대답하는 패도에게 사람들은 단박에 물어왔다.

하나 패도는 큰 몸을 움직여 자리에 앉은 후 탁자 위에 놓인 차를 단숨에 마시더니 한숨을 쉬며 입을 열었다.

"후……. 대장의 소식은 아니지만 뭔가 이상한 것은 있었다. 그것 때문에 유경을 만나느라 좀 늦은 거다."

"유경? 이제 은퇴해 광서의 본가로 간 용신검 유경 말이오?"

유정봉이 눈을 동그랗게 뜨자 패도는 묵묵히 고개를 끄덕였다. 그리고는 말을 이었다.

"희명 공주… 그녀가 지금 어디 있는지도 알 수 없어. 육 년 전 대장이 사라질 때 그녀도 사라졌다고 해. 우연히 알게 돼서 확인하러 다녀왔다."

"희명 공주께서? 그렇다면 두 사람이 한꺼번에 사라졌다 이건가?"

고죽노인은 패도의 목소리에 의구심 어린 표정을 지었다. 진짜 그렇다면 두 사람이 같이 있을 확률도 있었다.

희명 공주가 무정을 좋아했다는 것은 다들 아는 일이었다. 그런 여인이 무정이 사라질 때 같이 사라졌다면 충분히 의심할 만한 일이었다.

"쓰벌! 그래서 같이 있대?"

상귀는 결과가 궁금한지 패도를 보채기 시작했다. 패도는 묵묵히 그를 보다 고개를 좌우로 흔들었다.

"그게 뭐냐?"

"모른단다."

"……."

갑자기 들려온 패도의 대답에 사람들은 잠시 말을 잃었다. 그러다 상귀와 하귀의 커다란 목소리가 방 안을 울렸다.

"이 쓰벌, 패도! 뭐야 그럼! 아무것도 모른다는 거 아냐!"

"글게요. 괜히 좋아했네."

두 사람은 악다구니를 한 후 자리에서 벌떡 일어났다. 그리고는 사람들을 향해 입을 열었다.

"괜히 사람 맘만 이상하게 만들고… 이 쑵새! 니기미. 가자, 하귀야. 술이나 한 사발 하자."

"글게요, 성님. 맥이 탁 풀리네……."

두 사람이 나가자 사람들은 하나 둘 자리를 뜨기 시작했다. 이미 할 말들은 다 했고, 이젠 서로 어울려 회포를 풀 때였다. 그렇게 사람들이 사라지고 나니 방 안에는 명경과 패도, 두 사람만 남게 되었다.

"아미타불. 구 시주, 정말 용신검께서 모른다고 하셨소이까?"

"……."

패도는 조용히 명경의 눈을 바라보았다. 명경은 옅은 웃음을 띠고 있었는데 뭔가 눈치 챈 듯했다.

"흠, 명경 스님도 눈치 챘으니 반뇌도 눈치를 챘겠군. 맞소이다. 유 대협은 물론 그렇게 이야기했소"

드륵……

패도의 의자가 뒤로 빠지면서 그도 일어섰다. 다른 일행과 오랜만에 합석하려는지 등을 돌리며 움직이고 있었다.

"한마디 더 하기는 했소. 남들이 물어보면 그렇게 이야기하라고 합디다."

"……!"

말을 마친 패도의 신형이 문밖으로 사라지자 명경은 잠시 멍하니 있었다. 그러다 함뿍 웃음 지으며 입을 열었다.

"아미타불… 무 시주 무사하셨구려."

*　　　*　　　*

화창하게 맑은 가을 하늘이었다. 파란 하늘 아래 명각은 저 앞의 산문을 보며 지그시 웃음 지었다.

곧 흉험한 일전을 치루어야 하지만 그는 정말 기분이 좋았다. 오랜만에 보는 사람들의 모습이 너무 반가웠던 것이다.

그의 앞에는 지금 수많은 사람들이 있었다. 구대문파의 사람들부터 시작해서 상당한 수의 사람들이 보였는데, 그중 가장 눈에 띄는 사람이 바로 무정 일행이었다.

저마다의 독특한 개성을 가지고 강호를 종횡하는 사람들, 그는 그들이 좋았지만 그간 서로 뭐가 그리 바쁜지 거의 본 적이 없었다. 지금 이렇게 반갑게 보는 것만으로도 명각은 기쁘기 그지 없었다.

"아미타불… 소림을 대신하여 여기 모인 모든 분들께 감사드립니다. 하나 한 가지만 알려 드리려 합니다."

내공이 실린 명각의 목소리에 사람들은 하던 일을 멈추고 모두 그에게로 눈을 돌렸고, 명각은 다시 소리를 내었다.

"이 일은 어디까지나 본파에 대한 일과 귀무혈도 무정 대협의 애병이 표면에 드러난 것이니 본 파와 무 대협 일행을 제외하고, 다른 분들은 일단 무력을 자제해 주십시오. 아미타불……."

명각의 말에 사람들은 대부분 고개를 끄덕였다. 사실 여기서 진짜 싸움에 참여할 사람들은 그리 많지 않았다. 대부분 구경하러 온 사람들이 많았던 것이다.

쓸데없는 싸움으로 또다시 서장과 중원의 전면전이 일어나는 것을 명각은 원치 않았다. 그래서 이야기한 것인데 그때,

"아미타불… 장문인께 아룁니다. 소림의 초입에 저들 서장의 무인들이 왔다는 전갈입니다."

"음……."

한 승려의 목소리에 명각은 고개를 끄덕이더니 옆에 놓아두었던 무정의 초우를 잡아 들었다. 그리고는 서서히 앞으로 내려가려 할 때였다.

산문에서 누군가 급하게 달려오고 있었다. 아마도 경계의 임무를 맡은 승려 같은데, 그는 명각의 앞에 오더니 고개를 숙이며 입을 열었다.

"장문인께 아룁니다. 정체를 알 수 없는 무인이 벌써 산문 앞까지 쳐들어왔습니다. 무공이 너무나 고강하여 막을 수가 없사옵니다!"

"뭐라!"

제자의 보고에 명각은 미간을 좁혔다. 그렇다면 다른 사람들의 눈을 속이고 왔다는 것인데, 저 서장의 무리 때문에 경계를 강화한 것을 생각

한다면 상당한 무공이 있는 자로 추측되었다.

"진정하고 다시 이야기하거라. 몇 명이더냐? 그리고 피해는 얼마나 입었느냐?"

문득 옆에서 명경의 차분한 목소리가 들리자 명각은 그제야 퍼뜩 정신이 들었다. 정말 중요한 것을 묻지 않고 있었다.

한데 보고를 하는 자의 표정이 좀 이상했다. 아마 소림에 입문한 지얼마 안 된 듯 우물쭈물하며 조금 난처한 표정을 짓다 이윽고 입을 열었다.

"저… 그게 실은 두 명입니다. 남녀 각 한 명씩인데 여인은 강보에 싸인 아이를 안고 있었고, 무공은 없어 보였습니다. 그리고 피해는… 없습니다."

"…지금 무슨 소리를 하는 것이냐! 한 명? 게다가 피해는 없어? 그가 우리의 적인지 확실한 것이냐?"

혹 이번 일에 소림을 돕기 위해 강호의 은자라도 나선 것이 아닌가 하는 마음에 명각의 목소리가 조금 커졌다. 만일 그렇다면 상당한 실례였다.

하나 이어 들린 승인의 목소리에 명각의 눈이 점점 커져 갔다. 아니, 그뿐만이 아니라 모여 있던 모든 사람들의 눈이 커졌다.

"그게 아니오라……. 그자의 인상이 너무나 험악한지라. 육 척 장신에 한쪽 어깨부터 손까지 모두 철갑을 차고 있는데다 다리에도 철각반을 하고 있었습니다. 무기는 없고, 등에 무슨 봉 하나를 차고 왔습니다. 비록 머리칼은 정갈하게 묶었으나 얼굴에 검상이 깊게 새겨져 있었습니다. 딱 봐도 흑도의 무……."

"놈! 말을 함부로 하는구나! 지금 어디 계시느냐! 당장 정중히 모시지 못할까!"

좀처럼 화를 안 내던 명경의 입에서 불호령이 터져 나왔다. 인상 착의로 보아 충분했다. 그가 아니면 다른 누구도 그와 같은 모습을 할 수가 없었다.

그때였다. 그들의 귓가로 내력이 담긴 음성이 들려왔다. 아주 묵직하고 낮은 목소리였고, 그 소리에 사람들이 술렁이기 시작했다.

"귀무혈도 무정, 소림에 진 빛을 갚기 위해 왔소이다."

"대… 대장!"

"무 대협!"

"귀… 귀무혈도!"

산문에 누군가의 신형이 보였다. 마치 시간이 정지한 듯이 육 년 전과 다를 것이 하나 없는 무정의 모습이었다. 그때 그 모습 그대로 무정이 소림에 나타난 것이었다.

"오랜만이오, 명각 스님."

"그렇소이다. 허허허, 부처님의 홍복이오이다. 아미타불, 아미타불."

명각은 그저 불호만 되뇌이고 있었다. 몇 번이나 눈을 감았다 떠봐도 정말 무정은 눈앞에 있었다. 그것도 예전과 달라진 점 하나 없이 말이다.

달라진 것이 있다면 그가 아니라 그 뒤에 강보에 싼 아이를 안고 있는 여인이었다. 희명 공주, 바로 그녀였다.

"공주님을 뵙습……."

"예는 거두세요. 전 이제 공주가 아니랍니다. 그저 이 사람의 아내일 뿐이지요."

차분한 목소리로 입을 여는 희명 공주에게 명각은 깊숙이 허리를 숙였다. 정말 완연한 여인의 모습이었고, 그 어디에서도 그녀에게서 범접하기 어려운 분위기는 느낄 수가 없었다.

"소림에 진 빛을 갚으러 오셨다고 하셨습니까?"

"그렇소, 명경 스님. 갚아야지요. 아니, 내가 빚진 사람들에게 모두 갚아야지요."

무정은 조용히 입을 연 채 명경을 향해 입을 열었다. 명경은 미소로써 그의 목소리에 답했다.

무정은 말없이 고개를 좌우로 돌렸다. 자신을 바라보는 초롱한 눈들을 보며 작은 웃음을 지었다. 그리고는 신형을 돌렸다.

그곳에는 이젠 멋지게 강호에서 살고 있는 그의 동료들이 보였다. 상귀와 하귀, 고죽노인, 비연과 반뇌, 그리고 패도와 광검까지 모두 나와 있었다.

"……."

무슨 말이 필요하랴? 그들 사이엔 말 따위가 필요없었다. 그저 서로 고개를 까딱거리는 것으로 끝이었다. 그때였다. 무정의 묵직한 목소리가 들려왔다.

"상귀와 하귀는 전방, 고죽노인은 좌측, 패도는 우측을 맡는다. 광검은 내 뒤. 비연과 반뇌는 최후방에서 전세를 돌본다."

"……."

뜬금없는 무정의 목소리에 사람들은 잠시 멍하다 이내 퍼득 정신을 차리고는 몸을 움직이기 시작했다. 반사적으로 무정이 말한 방향을 점하며 얼굴에 함빡 웃음을 짓고 있었다.

"대장, 가기 전에 이거 하나만 묻자. 쓰벌, 이 일이 끝나면 또 사라질 거야?"

갑자기 들려온 상귀의 목소리에 무정은 그를 바라보았다. 상귀의 눈에는 일말의 불안감이 서려 있었다. 아니, 모두의 눈에 다 같은 감정이 서려 있었다.

한데 그들의 표정과는 달리 무정의 얼굴에서는 작은 미소가 피어오르기 시작했고, 이내 그의 음성이 들려왔다.

"아이와 아내까지 있다. 사라질 거면 나타나지도 않았다."

"…쓰벌, 좋았어!"

"갑시다, 성님! 일단 쓸고 이야기나 들어보자구요!"

상귀와 하귀가 좋아라 하며 앞장서기 시작하자 일행이 모두 움직이기 시작했다. 무정은 미소를 지우지 않은 채 그들의 뒤를 따르기 시작했다. 그때였다. 뒤쪽에서 명각의 목소리가 들려왔다.

"무 시주! 애병은 가져가야 하지 않소이까?"

내력이 깃든 목소리에 무정은 움직이던 신형을 멈추고 뒤로 돌았다. 움직이는 무정 일행의 뒤를 따라 사람들이 오고 있었지만 꽤 거리가 멀리 떨어진 상태였다.

명각은 양손으로 초우를 받치고 앞으로 빠르게 움직이려 했다. 이 도는 무정이 가지고 있는 것이 역시 제일 좋을 것이라 생각하며 기쁜 마음으로 나가려 할 때였다.

피이이잉…….

"헛!"

순간적으로 명각의 입에서 헛바람이 흘러나왔다. 초우가… 허공으로 치솟고 있었다.

핑그르르…….

초우는 공중에서 화려한 회전을 하며 커다란 포물선을 그리더니 무정에게 날아갔다. 그리고는 정확히 무정의 쫙 벌린 오른손에 그 손잡이가 잡혔다.

턱.

"……."

초우를 바라보며 무정은 잠시 도면을 쓰다듬었다. 그리고는 예의 묵기를 집어넣었다.

지이이이이잉…….

긴 칼 울음소리가 들리면서 오 장여가 넘는 묵기가 초우에서 솟아나오고 있었다. 눈으로 보고서도 믿을 수 없는 크기였다.

"겨… 격공섭물이라니! 이 거리에서!"

명각은 입을 딱 벌린 채 중얼거렸다. 오 장이 넘는 거리였다. 게다가 무정이 격공섭물을 한다는 것은 청성의 청음검처럼 검을 날리는 이기어검과는 의미가 달랐다.

완전한 묵기의 제어, 그것이 가능하다는 것이다. 그렇다면 홍관주의 희생은 헛된 것이 아니었다.

"무 시주! 방법을 찾으셨구려! 아미타불……."

명경의 입에서 기쁜 목소리가 흘러나오자 무정은 그저 알 듯 말 듯한 미소를 지으며 답을 대신했다. 이윽고 신형을 돌려 움직이기 시작했다.

산문을 지나면서 그는 문득 신형을 멈추고 고개를 들어 하늘을 바라보았다. 푸르른 가을 하늘이 그의 눈 안 가득 들어왔다.

언제나 보아오던 하늘이지만 오늘은 달랐다. 언제나 맡던 싱그러운 내음이지만 오늘은 달랐다. 풀 하나, 나무 하나까지 모두 달리 보였다.

하늘이 다른 것이 아니다. 냄새가 다른 것이 아니고, 모습들이 달라서 그런 것이 아니었다. 동료와 함께한다는 그 사실 하나만으로 모든 것이 달라진 것뿐이지 그 이상은 없었다.

"……."

그 푸른 하늘 속에 사람들의 얼굴이 지나갔다. 구여 신니, 덕경, 마 대인 등 수많은 사람의 얼굴……. 그리고 홍관주.

잊을 수가 없었다. 이런 제이의 삶을 살게 해준 그의 얼굴을 어찌 잊겠는가? 절대로 잊을 수 없었다. 그리고 그가 한 말, 나의 강호…….

무정으로 하여금 한참이나 생각하게 만든 말이었다. 나의 강호, 그 강호를 만들라는 홍관주의 말.

지금껏 무정은 그 진정한 의미를 깨닫지 못하고 있었지만 더 이상 고민할 필요는 없었다. 그가 할 수 있는 일, 그가 옳다고 생각하는 방향은 이미 정해진 것이나 마찬가지였다는 것을 깨달을 수 있었던 것이다.

"대장, 안 가?"

"……."

갑자기 들려온 하귀의 목소리에 무정은 고개를 내렸다. 자신을 바라보는 동료들의 얼굴이 보였다. 모두 왜 안 가는지 의아하다는 듯한 눈빛이었다.

무정은 고개를 돌렸다. 아직 산문을 벗어나지 못한 사람들과 이제 벗어나 다가오는 사람들이 보였는데 낯익은 사람들이 너무나 많았다.

명각과 명경, 유정봉을 위시한 청성의 사람들, 무당의 주교, 개방의 유복진과 아미의 간명을 비롯한 그의 사람들……. 모두가 자신을 보고 얼굴 가득 미소를 지어주고 있었다.

"가자."

이윽고 낮은 목소리를 내면서 무정은 다시 움직이기 시작했다. 동료들과 보조를 맞추어가며 무정은 마음속으로 홍관주를 향해 외쳤다.

'지켜보시오, 홍 노야. 나의 강호를… 내겐 이들이 강호일 것 같소이다.'

작은 웃음을 지으며 그는 산을 내려가기 시작했다. 그렇게 동료들과 함께 무정의 강호는 또다시 시작되려 하고 있었다.

『무정지로』 完

무정지로를
마 치 며

한 자 한 자 쓰다 보니 어느덧 완결이란 말을 쓰게 되는군요. 그간 써왔던 시간들이 새삼 머리 속을 스쳐 갑니다.

아무것도 모른 채 그냥 뛰어든 일에 마음속으로 상당히 부담도 느꼈던 지난날이었습니다. 하나 그저 일단 시작한 일은 어떠한 일이 있어도 끝을 맺어야 하기에 나름대로 최대한의 노력을 했습니다.

막상 이젠 하나의 이야기가 끝난다고 생각하니 시원하면서도 섭섭하지만 이것이 제 마지막 글이 아님을 너무나 잘 알기에 기쁜 마음으로 글을 맺습니다.

누가 뭐래도 이 글을 인터넷에 올리게 해준 무협소설천국의 국주님을 비롯해 운영자님들께 감사드립니다. 또한 미력한 글을 보며 항상 격려해 주신 대마교 식구들과 회원님들에게 감사드립니다.

그저 묵묵히 지켜봐 주시는 부모님께 정말 감사하다는 말을 올리며, 또 방 하나 내준 집주인 동생 내외에게도 이 자리를 빌어 고마운 마음을 전합니다.

새로운 날이 열린 지 얼마 안 됩니다만 벌써 일월이 지나 이월로 접어들려 하는군요. 빠른 시일 내에 또 다른 글로써 찾아뵐 것을 약속드리며 마지막으로 과감하게 출판 결정을 내준 청어람과 언제나 밝은 목소리로 좀 더 나은 글을 위해 총력을 기울여 준 김민정 씨에게 감사의 인사를 전합니다.

독자 여러분의 건승을 기원합니다. 언제나 행복하시기를…….

참마도 배상